P

Patricia Hespel est née en 1969 en Belgique. Passionnée par la lecture, elle écrit depuis l'adolescence. Son premier roman, *Au bout du chemin*, a paru en 2013 aux Éditions Les Nouveaux Auteurs. Il a été récompensé par le Grand Prix du roman *Femme actuelle*. *La Fille derrière la porte*, son deuxième ouvrage, a paru chez le même éditeur et a été récompensé du Prix du suspense psychologique 2017.

LA FILLE DERRIÈRE
LA PORTE

DU MÊME AUTEUR
CHEZ POCKET

AU BOUT DU CHEMIN
LA FILLE DERRIÈRE LA PORTE

PATRICIA HESPEL

LA FILLE DERRIÈRE LA PORTE

éditions Les Nouveaux Auteurs

MIXTE
Papier issu de
sources responsables
FSC® C003309
FSC
www.fsc.org

Pocket, une marque d'Univers Poche,
est un éditeur qui s'engage pour la préservation
de son environnement et qui utilise du papier fabriqué
à partir de bois provenant de forêts
gérées de manière responsable.

ISBN : 978-2-266-28516-2
Dépôt légal : avril 2018

À Hugues,
à Nicolas et Julie.

Prologue

1995

Poppy a des yeux ronds et bleus. Un sourire en forme de cœur et deux nattes rouges terminées par de jolis rubans. Son ventre est tout mou, ses bras et ses jambes ondulent comme des spaghettis. Elle porte une robe rose taillée dans une ancienne chemise de nuit de Moune. Poppy ne pleure pas quand on la déshabille ou qu'on la met au lit. Elle n'est jamais fatiguée ni en colère. Elle sourit tout le temps, même quand elle dort.

Poppy ne la quitte jamais, pas même quand Moune l'envoie au cagibi.

Dans le cagibi, ça sent mauvais, le sol est froid. Il fait noir et elle ne peut pas s'empêcher de penser aux toiles d'araignées qui pendent du plafond. Elle a des chatouilles partout, elle imagine les bestioles courant sur leurs vilaines pattes et elle serre sa jupe autour de ses cuisses. « Fais comme moi, dit Poppy : souris et elles t'embêteront pas. » Elle essaie, mais elle n'y arrive pas. Alors elle crie, jusqu'à ce que Moune rouvre la porte. Puis elle demande pardon, même si elle ne sait pas toujours pour quoi.

— Crois pas que ça me plaise de te punir, fait Moune en lui ébouriffant les cheveux. Si t'étais aussi sage que Poppy, ça n'arriverait pas.

Moune sait aussi être gentille. Le soir, après l'avoir bordée bien serré dans son lit, elle tapote la couverture avant de s'en aller. En hiver, quand elle tousse, Moune lui tâte le front et lui donne une cuillerée de sirop et de la tisane sucrée. Elle étale aussi sur sa poitrine une pommade qui pique le nez. Ses mains sont rêches et froides, mais ça fait du bien. Quand elle n'arrive plus à respirer, que l'air siffle dans sa poitrine, elle voit bien que Moune est embêtée :

— Calme-toi, respire doucement. T'es si maigrichonne, tu vas pas crever, hein, ma petite chose ? Tu vas pas me laisser, dis ?

Ces mots-là, Moune les dit tout bas, en lui caressant le dos. Et c'est si bon qu'elle fait parfois semblant de s'étouffer, rien que pour aller sur ses genoux.

Elles habitent une maison au bout d'un chemin de cailloux. Par la fenêtre, on voit des arbres et des buissons. Si on regarde plus loin, on aperçoit de grands bâtiments gris et une tour au toit pointu. Elle n'a pas le droit d'aller jusque-là parce que c'est dangereux, les murs ne tiennent pas. Moune dit qu'ici, personne ne viendra les embêter vu que les bonnes sœurs sont parties depuis longtemps. Que c'est très bien comme ça et qu'elles n'ont besoin de personne !

De temps en temps, on sonne à la porte. Alors elle attrape Poppy et elle file se cacher sous le lit. Elle n'a pas envie de se faire attraper par des voleurs ou des assassins. Elle ne veut pas qu'on l'emmène loin de Moune.

Ce jour-là, elle est occupée à construire une tour avec ses blocs quand Moune ouvre la porte de sa chambre. « Tiens, dit Poppy, il y a quelqu'un avec elle. » Un visiteur avec un crâne lisse, des poils dans les oreilles et des lunettes qui lui font de gros yeux. Il la regarde et il sourit. Il a les dents jaunes.

Moune explique qu'elle a de la chance. Elle est trop bête pour aller en classe, mais Monsieur Jo veut bien lui apprendre l'alphabet et le calcul. Elle va avoir un professeur pour elle toute seule. Elle est contente au moins ?

Elle dit que non, qu'elle préfère jouer avec Poppy. Les sourcils de Moune se rapprochent.

— Viens dire bonjour ou… tu sais bien !

Elle renifle. Ses yeux picotent. Elle serre Poppy contre son ventre.

Quand Moune lui empoigne le bras, le monsieur intervient.

— Laissez-nous, Rita ! Tout se passera bien.

— Si vous le dites, lâche Moune avec une moue pincée. J'y vais, alors. J'ai des courses à faire.

Monsieur Jo a fermé la porte. Il lui tend un paquet avec des rubans.

— Regarde ce que je t'ai apporté. Je suis sûr que tu seras très mignonne dedans : une vraie petite poupée.

Il se penche pour l'aider à déballer le cadeau et l'odeur de son parfum lui pique le nez. La robe est jolie : rose pâle avec un nœud à la ceinture, des volants et des boutons brillants. Elle n'a pas envie de l'essayer. Poppy, elle, trouve la robe affreuse. Monsieur Jo ne sourit plus.

— Je travaille au palais de justice. Sais-tu ce qui arrive aux gens qui désobéissent ?

Elle regarde par terre. Poppy aussi.

— Certains doivent payer beaucoup d'argent, d'autres vont en prison. C'est moi qui décide de cela. Tu ne veux pas aller en prison, n'est-ce pas ?

Elle secoue la tête.

— Tu as raison, la vie y est très dure. Allons, enfile-moi ça et viens t'asseoir, qu'on puisse commencer à travailler.

Elle fait comme il a dit, pose Poppy sur la table pour qu'elle puisse écouter la leçon.

— Vire-moi ce tas de chiffons. C'est plein de microbes.

Monsieur Jo attrape Poppy par les cheveux et la jette dans un coin. Sa robe s'est relevée et cache son visage. Poppy ne voit pas ce qui se passe ensuite. Mais elle entend.

* * * *

Chenille

1

2015

« Il m'a pris les enfants. »

Emmy ouvre les yeux dans le noir, les referme et se recroqueville sous la couette.

La voix haut perchée de Maxime, ses petits pas dans le couloir, les gazouillis de Clara, le creux tiède du matelas à côté d'elle, la radio qu'Étienne écoutait en se rasant… Rien, il n'y a plus rien. Que le silence et le vide qui la renvoient à elle-même.

Elle se rassemble, pose un pied sur le sol et gagne la cuisine d'un pas incertain. La boîte à café est vide. Elle réchauffe celui de la veille, étale un fond de confiture sur les tranches récupérées dans la huche. Enfourne, mâche et avale, jusqu'à la dernière bouchée, malgré l'étau qui lui serre l'estomac. Il faut qu'elle mange, on le lui a répété sur tous les tons. Les collègues, la concierge, le médecin, les voisins, les copines. Aucun d'eux n'imagine ce que cela lui coûte. Aucun d'eux ne sait qu'elle se précipite une fois sur deux aux toilettes pour rendre ce qu'elle a réussi à ingurgiter.

Dans le frigo, c'est la steppe. Il va falloir sortir faire quelques provisions. Quitter sa tanière, croiser des gens, affronter leur regard, leur pitié.

Des étagères en fouillis, Emmy exhume un survêtement et un sweat-shirt, rapatrie une paire de baskets. Elle snobe le miroir de l'entrée, claque la porte et dévale les marches en priant pour ne croiser personne. La cage d'escalier sent le propre, mélange surprenant de muguet et de désinfectant. La concierge de l'immeuble ne jure que par l'eau de Javel : « Ça désinfecte en profondeur, madame Delcourt, ils l'ont dit à la télé. »

Pour Olimpia, elle reste Mme Delcourt, malgré l'étiquette toute neuve apposée sur sa boîte aux lettres. Comment lui en vouloir alors qu'elle-même ne sait plus par quel patronyme se désigner ? Renoir, le nom d'un père dont la porte lui est fermée. Delcourt, le nom de l'homme qui l'a trahie. Plus de nom auquel se raccrocher, elle est Emmy tout court, Emmy rien du tout, celle qui flotte, se perd, se fait peur.

Le portable vibre dans son sac. Emmy scrute le numéro affiché sur l'écran sans se décider à décrocher. Isabelle est la mère du meilleur ami de Maxime. Le genre de femme qui élève sa tribu pied au plancher, avec méthode et principes. Le genre aussi qui ne lâche pas une copine en galère et aime à le faire savoir. Emmy rengaine son téléphone. Pas la force d'endurer son écoute compatissante, ses harangues de cheftaine scoute, ses conseils en rafales. Elle rappellera plus tard. Ou pas.

Rez-de-chaussée : arrêt stratégique, le temps de s'assurer que personne n'est en vue. La porte de la loge est fermée et les rideaux tirés. C'est le moment ou jamais ! Dans sa précipitation à quitter l'immeuble, elle heurte de plein fouet la jeune fille qui y entre au pas de course.

— Désolée, je ne vous avais pas vue.

— C'est rien, fait l'autre, la respiration chuintante. Vous devriez attacher vos lacets. Ça vous évitera de tomber.

Emmy s'agenouille à contrecœur. Ses doigts tremblent. Il lui faut s'y reprendre à deux fois pour exécuter ses nœuds. Dans le meilleur des cas, elle passera pour une alcoolique, dans le pire… Pourquoi cette fille reste-t-elle plantée là, à l'observer ? Depuis le sol, elle a une vue directe sur les chevilles, les mollets musclés et les chaussures de sport dernier cri de la joggeuse. Les jambes sont fines, moulées dans un collant en Lycra noir. À tous les coups, le genre de Lolita branchée qui taquine le démon de midi des pères de famille.

— Vous tremblez. Vous avez mangé quelque chose au moins ?

« De quoi je me mêle ? » songe Emmy, à deux doigts de répliquer que l'autre ferait mieux de se préoccuper de ses poumons. Celle-ci lui coupe l'herbe sous le pied en sortant de sa poche un aérosol de Ventoline dont elle s'administre deux doses.

Emmy se redresse lentement. En face d'elle, la joggeuse se tient très droite – on la dirait même dressée sur la pointe des pieds. Peut-être pour compenser leur différence de taille, vu qu'elle est vraiment petite. Le plus troublant, c'est son assurance, la curiosité presque insolente avec laquelle elle s'autorise à la dévisager. Emmy lui rend son regard. D'égale à égale. Car à y regarder de plus près, la joggeuse n'a rien d'une adolescente. C'est une jeune femme, modèle réduit, mais canon !

— Vous voulez ma photo ? lâche Emmy en remontant jusqu'au menton la fermeture Éclair de son sweat-shirt.

L'autre secoue la tête et entame ses étirements face au miroir du hall. C'est le moment que choisit la concierge pour sortir de sa loge, le téléphone collé à l'oreille. Dents en pagaille, frémissement de poitrine sous le tablier, Olimpia lève un index autoritaire pour leur intimer de patienter et lâche dans le combiné une flopée de syllabes chuintantes. Il y a des jours où toute la poisse du monde vous semble personnellement destinée. Résignée, Emmy s'adosse au mur, quand la joggeuse lui attrape le coude et la pousse vers la sortie :

— Filez ! Je m'en occupe.

Prise au dépourvu, la jeune femme bredouille un merci et s'éclipse sans demander son reste. Si l'autre a une vocation de martyre, ce n'est pas son problème.

Emmy zone dans les rayons, empile au hasard dans son panier les biscottes, le café et les yaourts. Elle ignore les cookies aux noix de pécan – pourtant ses préférés jadis – et choisit au hasard des légumes en conserve, de la soupe en sachet. Rien ne lui fait envie, mais il faut bien alimenter la machine en attendant que l'appétit revienne. En longeant le rayon « Hygiène et Cosmétiques », elle s'attarde devant les gels douche, se risque à en déboucher un ou deux en douce. C'est inattendu, cette envie de beauté en flacon, de corps parfumé. Quelque chose qui revient de loin et la rattache au clan des femmes. Les yeux fermés, elle hume et tergiverse, se demande quel serait le choix de la joggeuse. Violette, peut-être, ou jasmin ?

— Madame Delcourt, quel plaisir de vous voir ! Avec Hadija, on se demandait justement…

Serviable et empressé, Farid est la perle des épiciers de quartier. Il connaît tout le monde, papote et complimente à volonté – surtout les clientes –, commente la météo ou prend des nouvelles. « Collant comme une mouche », résume Emmy *in petto* tout en se fendant d'un sourire crispé.

— Comment vont les enfants ? Le petit est toujours décidé à faire du foot ?

Emmy opte pour la version courte : Maxime et Clara sont en vacances avec leur père. L'épicier hoche la tête avec la mine de circonstance. Il est au courant pour la séparation avec Étienne, pas pour l'ordonnance judiciaire, heureusement. Pas question d'avouer la vérité à cet homme qui vénère ses quatre filles comme la prunelle de ses yeux.

— Ce n'est pas une raison pour vous laisser fondre ! Il faut manger, madame Delcourt, si vous voulez reprendre des forces.

Que sait-il de ce qu'elle veut, de ce qu'elle peut ? Emmy acquiesce et ronge son frein, les maxillaires douloureux à force de sourire. Farid ne tombe-t-il jamais à court de mots ? Le panier pèse sur son avant-bras, mais elle résiste à l'envie de le déposer. L'heure de la délivrance sonne enfin lorsque l'épicière expédie son mari en réserve pour réceptionner la marchandise.

Emmy dépose ses provisions sur le tapis roulant, les jette dans des sacs en plastique au fur et à mesure qu'Hadija les pointe. L'épicière garde les yeux rivés sur sa caisse, indifférente aux poignets osseux de sa cliente, au survêtement qui lui pend sur les hanches, à ses joues creuses, à son regard fiévreux. Elle met tant de zèle à jouer son rôle qu'elle en fait trop. C'est presque pire. Tandis qu'elle fouille dans son sac, à la recherche de son portefeuille, Hadija en profite pour lui glisser dans les mains un ravier de couscous.

— Cadeau de la maison. Il faut vous accrocher, madame Delcourt. Si ce n'est pas pour vous, faites-le pour les petits !

Enfin, elle s'échappe, un sac ballant au bout de chaque bras. Si elle avait su que c'était la journée mondiale du conseil charitable, elle serait restée au lit. Sous la couette, personne pour venir aux nouvelles, lui dire de manger, de ranger l'appartement, de se laver les cheveux… Elle pile sur place : la sollicitude sirupeuse de Farid lui a fait oublier le shampoing. Un coup d'œil en arrière lui confirme que sa visite n'a pas fini de faire jaser. Depuis le seuil de la boutique, le couple lève la main dans un bel ensemble ; le genre de geste qu'on adresse à sa grand-mère pour lui dire qu'on l'a trouvée en grande forme. Emmy poursuit sa route. Tant pis pour les cheveux gras !

Deuxième étage. Emmy pose ses sacs, reprend son souffle. Voilà des mois que l'ascenseur est hors service. Depuis le dernier rapport du service de sécurité, le syndic fait le mort, lance des appels d'offres à tour de bras et recompte interminablement sa cagnotte. Si Étienne était encore là, il y a beau temps qu'il serait allé taper du poing sur la table et exiger une date de remise en service. Mais Étienne a déserté le navire avec ses mensonges et ses valises.

Au milieu de ses ruminations, le Post-it collé sur la porte lui arrache une ombre de sourire : « Mission accomplie. Vu le temps que ça m'a pris, considérez que vous êtes ma débitrice. À bientôt. » Elle colle le billet sur le frigo. Un bon point pour la joggeuse qui choisit de la traiter en être humain plutôt qu'en petite chose fragile.

Le ravier de couscous, lui, atterrit directement dans la poubelle.

* * * *

Magnus saisit une vierge en plâtre, l'emballe dans du papier de soie et la dépose avec précaution au fond du carton, Des statuettes comme celles-ci, il y en a des dizaines dans l'appartement, disséminées sur les étagères, accrochées au mur ou disposées dans des vitrines. Thérèse Minet, la précédente occupante des lieux, en faisait collection. Certaines d'entre elles auraient même de la valeur, selon l'employée de l'agence qui leur a fait visiter ce « vaste appartement meublé avec vue sur le fleuve ». Encombré eût été plus approprié que meublé, vu que les lieux ont été reloués dans l'état où ils se trouvaient au moment du décès de la vieille dame, papier peint fleuri, rideaux râpés et meubles ringards inclus. S'il n'avait tenu qu'à lui, jamais il n'aurait accepté d'emménager dans cet endroit.

C'est Léna qui a déniché l'annonce et organisé la visite. Elle a trouvé la vue fabuleuse et la disposition des pièces parfaite. Ce que veut Léna, Dieu le veut certainement aussi. Alors lui, dans tout ça… Il a bien essayé de lui expliquer cette impression de chausser des pantoufles encore tièdes, de s'allonger dans les draps d'une morte, mais elle lui a ri au nez.

— Ne sois pas ridicule, Magnus. Thérèse Minet est morte dans sa cuisine, pas dans son lit. Cet appartement est une aubaine : le loyer est dérisoire pour le quartier, sans parler du fait qu'on ne doit rien acheter puisque c'est meublé.

— Tu veux dire moche ? Et bruyant en plus. On n'était pas bien au studio ?

— Le studio, c'était chez toi. Ici, ce sera chez nous. C'est bien toi qui voulais un nouveau départ, non ?

Coincé ! Il a signé le bail, s'est coltiné un état des lieux d'entrée détaillé et a négocié avec l'agence l'autorisation d'entasser les bibelots à la cave pour éviter la casse et la surcharge oculaire. Le jour où ils sont venus déposer leurs premiers cartons, Léna rayonnait. Infatigable, elle déambulait dans les étages, indiquait l'emplacement des conteneurs à déchets, des compteurs, de la chaudière. D'un coup d'ongle joyeux, elle a fait sauter l'étiquette de Thérèse Minet de la boîte aux lettres et y a apposé la leur. Puis la concierge est sortie de sa loge pour les saluer et elle s'est rembrunie :

— Celle-là, il va falloir apprendre à l'éviter. Si elle te coince, tu en as pour des heures.

— Comment le sais-tu ?

— C'est la fille de l'agence qui me l'a dit.

Avertissement justifié, Olimpia est une vraie plaie qu'il a appris à saluer au pas de course depuis deux semaines qu'ils ont emménagé.

Nouvelle statuette : un saint aux yeux révulsés, le torse sanguinolent, percé de flèches. Un sommet du genre ! Magnus se dresse comme un ressort en entendant le bruit de la clé :

— C'est pas trop tôt ! Je finissais par me demander si tu n'étais pas tombée dans le fleuve.

— J'ai croisé la Portugaise en revenant. Pas moyen d'y couper.

La jeune femme attrape une pomme dans le plat à fruits, mord à pleines dents dans la chair juteuse. Sa manière d'arpenter la pièce et celle de s'acharner sur le trognon indiquent qu'elle est d'humeur combative. Léna a toujours un combat sur le feu. À la longue, cela peut s'avérer éreintant.

— Tu as décidé quoi pour ce job de vendeur ?

Avec ses cheveux ramenés en palmier sur le haut du crâne et sa tenue de sport, Léna a des airs d'étudiante bien dans sa peau. En près de sept ans de vie commune, Magnus a appris à connaître l'envers du décor. Pour être franc, il le pressentait déjà avant qu'elle ne vienne lui annoncer qu'ils étaient faits l'un pour l'autre. Parfois, il se demande où ils en seraient aujourd'hui s'il lui avait tenu tête ce jour-là.

Elle avait débarqué un matin dans son studio alors qu'il finissait de dessoûler dans le canapé. Majeure depuis peu, elle n'avait nulle part où aller. Ses valises étaient posées dans l'entrée. Il n'avait pas pris la peine de lui demander comment elle l'avait retrouvé. Elle l'avait décidé, cela suffisait. Ils ne s'étaient pas revus depuis le jour de leurs adieux à l'hôpital, six ans plus tôt. Bien sûr, elle était furieuse qu'il n'ait pas donné de nouvelles, à peine quelques lettres ou cartes postales, de plus en plus courtes et espacées, jusqu'au silence radio. Magnus ne sait plus pourquoi il a arrêté de lui écrire. Manque d'énergie, de conviction ? C'est tout lui, ça : une absence de vie, d'envie. Alors qu'elle se tenait devant lui, des reproches plein la bouche, il avait eu honte. Pour se faire pardonner, il avait dévoilé la brûlure sur sa hanche : « Je n'ai rien oublié, Léna. Tu étais avec moi chaque fois que mon jean frottait contre cette cicatrice. » Elle lui avait sauté au cou, avait enroulé les jambes autour de sa taille. Sur la hanche de Léna, ses doigts avaient trouvé à tâtons la cicatrice jumelle de la sienne. Elle avait planté son regard dans le sien : « L'un à l'autre, jusqu'au bout, tu te souviens ? » Il avait manqué répliquer qu'ils n'étaient alors que des enfants, qu'ils avaient grandi, que la vie était plus compliquée que ça, mais son regard solennel l'en avait dissuadé. « Tu es à moi, Magnus. Redis-le ! » avait-elle répété et l'intensité de sa voix l'avait fait frissonner. Être à Léna, mettre ses pas dans ceux de cette fille qui le rendait vivant comme personne. À quel point le voulait-il ? Davantage sans doute que toutes les choses qu'il avait vécues jusque-là. Il avait refermé les bras autour de sa taille mince, bouleversé de découvrir une femme à la place de l'adolescente qu'il avait connue. Ils étaient restés ainsi de longues minutes, ivres et comblés. Un moment parfait qui l'avait décidé à lui faire une place dans sa vie, persuadé que les étrangetés de Léna faisaient partie intégrante de son charme.

— Magnus, je t'ai posé une question. Qu'est-ce que tu décides au sujet de ce boulot ?

— Je ne sais pas. J'ai mes habitudes au *nightshop*, le boulot est correctement payé et ça me laisse du temps.

— Pour faire quoi ? Écrire des pensées déprimantes dans des carnets que personne ne lira ?

Elle le cherche. Ne pas répondre, éviter la confrontation. Il saisit une autre statuette, coupe un nouveau morceau de papier de soie. Ce job, c'est son idée à elle, encore une fois. C'est elle qui a appris que le fleuriste du quartier cherchait un assistant. Elle qui lui a suggéré d'aller le trouver, au cas où. Il y est allé la veille, à reculons. Persuadé qu'il ne ferait pas l'affaire. Au moins serait-elle forcée de le laisser tranquille puisqu'il aurait essayé.

En entrant dans la boutique, il a respiré une odeur de jardin sous la pluie, s'est rempli les yeux et les narines des couleurs et des parfums qui peuplaient la pièce. Sur le comptoir, il a aperçu l'offre d'emploi prête à être apposée en vitrine. Il était en train d'en déchiffrer les conditions lorsqu'un homme long et maigre est sorti de l'arrière-boutique. Magnus lui a trouvé le teint pâle des oiseaux de nuit, les yeux cernés. Le fleuriste l'a détaillé de la tête aux pieds et l'a laissé débiter son baratin avant de le couper.

— Vous êtes mignon, mais vous n'avez aucune expérience. Expliquez-moi pourquoi je devrais vous engager.

— Parce que vous êtes en train de calculer vos chances de me convertir, a risqué Magnus avec un sourire plus large qu'il n'aurait voulu.

C'est plus fort que lui, ceux qui voyagent à côté des rails lui sont d'emblée sympathiques. Sans doute aimerait-il avoir le courage de leur ressembler. Avec son jean trop moulant, sa chemise excentrique et son ahurissant chignon, l'homme appartient assurément à cette catégorie. Il a esquissé un sourire amusé :

— Intéressant. À combien s'élèvent ces chances ?

— Elles tendent vers zéro.

— Je m'y ferai. Bon, on part à l'essai pour deux semaines. Rendez-vous lundi, six heures tapantes. Dernière précision : mon nom, c'est Jem. Appelle-moi une fois Jean-Marie et t'es viré.

Magnus n'arrête pas d'y penser depuis la veille, change d'avis toutes les demi-heures. Un vrai contrat, ça signifie salaire et sécurité. Mais aussi engagements et contraintes. Alors il fait comme d'habitude, il se tâte, tergiverse et procrastine en espérant que les circonstances décident pour lui. Léna, elle, ne procrastine jamais.

— Ce fleuriste ne va pas t'attendre cent dix ans. C'est un job déclaré, avec des horaires réguliers. On serait un couple comme les autres, avec une vie normale. C'est pas ce que tu voulais ?

— Et toi, comment comptes-tu contribuer à notre vie normale ? Par des plats cuisinés avec amour et des soirées télé ?

Parfois, l'ironie fonctionne : Léna se déride, éclate de rire et surenchérit. Pas aujourd'hui. D'une voix pincée, elle lui annonce qu'elle en avait assez de végéter dans son bar-PMU et de se coucher aux petites heures. Fini les ivrognes au regard poisseux et les pourboires miteux. Elle vient d'accepter un emploi de réceptionniste dans un hôtel du centre-ville. Un quatre-étoiles, précise-t-elle avec fierté, avec restaurant gastronomique et centre de balnéothérapie. La voilà, sa contribution à leur nouvelle vie ! Quant à lui, s'il continue au *nightshop*, ils ne se verront plus vu qu'elle a signé pour un horaire de jour.

Pris d'un espoir insensé, Magnus l'interrompt :

— Et ton job au Cachot, tu le plaques aussi ?

Devant le visage fermé de sa compagne, il avance une main prudente, lui touche l'épaule.

— On en a déjà parlé, Léna. Si tu veux nous donner une chance, il faut que tu renonces.

Un ange au sourire extasié explose contre le mur. Magnus et Léna se font face au milieu des débris :

— Tu avais promis de ne pas t'en mêler.

— J'ai essayé de comprendre, Léna, d'accepter. J'ai même pensé que ça pouvait être une solution à court terme, mais je n'aime pas la tournure que ça prend.

— Ce n'est pas négociable. Tu me veux, tu prends le tout.

— Je n'ai jamais signé pour le tout. J'espérais seulement que…

Du regard, elle le met au défi de poursuivre. Qu'espérait-il au juste ? Comment a-t-il pu être assez stupide pour gober ses promesses ?

— Laisse tomber ! Plus ça va, plus je me demande si tu as vraiment envie que ça s'arrête.

Elle le fusille du regard, enfile sa veste et son écharpe par-dessus son survêtement :

— Tu me déçois beaucoup, trésor. Reste en dehors de ça !

Cette voix, sèche et froide comme une lame. Cette manière de l'appeler « trésor », comme s'il était un butin qu'elle s'est approprié. Il n'esquisse pas un geste pour la retenir.

Il sait qu'il comptera chaque minute passée à l'attendre. Car elle finira par rentrer. Elle revient toujours. Aussi curieux que cela puisse paraître, elle est perdue sans lui, déboussolée, presque fragile. Il en est ainsi depuis qu'elle lui a pris la main sous la table, la toute première fois, dans la salle 14.2 du service de pédopsychiatrie. Ce besoin qu'elle a de lui – ce pouvoir qu'il détient sur elle sans parvenir à se l'expliquer – résume le paradoxe de leur relation. C'est ce pouvoir aussi qui lui donne envie de croire à un avenir possible.

* * * *

Treize ans plus tôt

L'infirmière frappe et entre sans attendre. Magnus referme les doigts par réflexe, le morceau de verre lui entaille la paume.

— Qu'est-ce que tu as encore fait ? râle-t-elle en apercevant les draps tachés.

Il baisse les yeux, gratte une tache imaginaire sur son jean. La jeune femme lui desserre les doigts, récupère le morceau de verre et le jette à la poubelle. Elle s'agite, nettoie les plaies sur l'avant-bras et la paume à l'aide d'un coton humide, les badigeonne d'alcool iodé et comprime pour stopper l'hémorragie. Ça pique et ça brûle, il en a la tête qui tourne, mais elle risque de tirer la gueule s'il lui demande d'appuyer plus fort.

— Il faut que tu arrêtes ça, Magnus. C'est dangereux, sans compter que ça va te laisser des cicatrices.

Il hausse les épaules, mordille ses lèvres gercées. Son regard s'évade par la fenêtre. L'infirmière pose des compresses propres qu'elle maintient à l'aide d'un bandage serré.

— Je vais devoir le noter dans mon rapport. Tu n'as pas encore compris ? Ils ne te laisseront pas sortir tant que tu ne leur auras pas prouvé que tu vas mieux.

— Qui dit que j'ai envie d'aller mieux ?

— Miracle ! Il a retrouvé sa langue. Ça tombe bien, il en a besoin pour la séance de quatorze heures. Allez, zou ! Les autres y sont déjà.

L'adolescent se recroqueville sur son matelas, se fourre la tête sous l'oreiller. Elle le secoue en douceur, passe la main sous le coussin, dans les cheveux blonds et fins. Des cheveux de fille. Il est beau, ce gamin, malgré son visage creusé et son regard hanté. Trop beau, sans doute. Les raisons de son hospitalisation sont notées dans le dossier du service. Elle a lu le rapport médical établi lors de son admission aux urgences un an plus tôt. Elle sait la violence de l'agression dont il a été victime. Elle sait qu'il a préféré garder pour lui le nom de ses bourreaux et le récit des humiliations qu'il a endurées. Elle sait que l'enquête n'a pas abouti, que les coupables n'ont pas été punis. La redoutable omerta des internats. Il a été bien soigné, ses cicatrices ne se voient presque plus. Ce sont ses autres blessures qui sautent aux yeux. Celles qui saignent à l'intérieur et celles qu'il inflige à son corps. Celles qui embarrassent ses proches et font qu'on se détourne de lui. Celles qui l'ont amené ici, au service de pédopsychiatrie. L'infirmière étouffe un soupir. Pauvre gosse ! Même pas quinze ans et déjà cette merde à trimballer dans son sac à dos ! Qu'on n'aille pas lui prétendre qu'on démarre tous avec les mêmes chances ! Elle se bricole un sourire de surface :

— Le docteur ne t'obligera pas à parler si tu n'en as pas envie. Contente-toi d'écouter les autres. Et mange au moins une pomme, pour me faire plaisir.

Il grogne, roule sur le dos. Enfile un pull trop large et chausse ses pantoufles.

— Les autres, je m'en fous.

Magnus quitte la chambre, jette le fruit dans la poubelle du chariot et traîne ses semelles vers la salle 14.2. Sa vision de l'enfer collectif.

Dix chaises autour d'une table. Assise et dossier en bois, tubulures en métal gris. Banales et tristes, à l'image des adolescents qui s'y tiennent. Certains sont là depuis un bail. Chloé, Laure, Marco, Rainman. Devant chaque chaise, une feuille et un crayon : les mots se disent, ils peuvent aussi s'écrire ; les dessins et les gribouillis sont admis.

Au passage, Magnus détourne les yeux de l'unique toile accrochée au mur. La rumeur prétend qu'il s'agit de l'œuvre d'un ancien patient, mort d'une overdose depuis. « Si j'avais peint un truc pareil, moi aussi je me foutrais en l'air », songe Magnus en rejoignant sa place. Il a envie de vomir, mais rien dans le ventre. Rien à rendre sauf de la bile, acide et brûlante. Le plafond tangue un instant, se confond avec le sol. Il ferme les yeux, déglutit et prend place avec les autres.

— Bonjour, Magnus, tu es le dernier. Alors, qui se lance aujourd'hui ?

Le professeur Ronald Joubert affiche une soixantaine épanouie. Ses fesses débordent de la chaise, son ventre s'affaisse sur ses cuisses et son visage lui dégouline dans le cou en trois vagues de chair molle. Le silence qui suit la question est chaque fois pareil.

Les jeunes rongent leurs ongles ou tripotent la fermeture Éclair de leur sweat. Joubert ôte ses lunettes pour en nettoyer les verres, étouffe un bâillement. Il faudrait penser à revoir l'horaire, éviter de fixer ces séances à l'heure de la digestion.

— En attendant que l'un d'entre vous se décide, je voudrais vous présenter une nouvelle venue. Quel est ton prénom, jeune fille ?

Nouveau silence. Hostile et compact, cette fois. Un mur.

Magnus tourne la tête, dévisage la fille assise à sa droite. Petite et filiforme, épaules osseuses, cheveux bruns emmêlés. Elle a l'air d'une gamine, qu'est-ce qu'elle fiche dans la séance réservée aux ados ? Le médecin remet ses lunettes et joint les mains sur la table.

— Nous avons une convention autour de cette table. Personne n'est obligé de parler, mais nous formons un cercle de confiance. Cela implique au minimum que nous partagions qui nous sommes. Tu peux l'écrire sur la feuille si tu ne souhaites pas le dire. Est-ce que tu sais écrire ?

La fille redresse la tête, ses cheveux lui dégringolent sur les épaules et découvrent un visage au teint mat, des yeux couleur d'eau stagnante. Elle attrape le crayon, le pose sur la feuille. La mine se brise net. Ses yeux n'ont pas lâché ceux de Joubert. Magnus sourit en coin : très forte, la nouvelle !

— Tu as vécu des choses difficiles, reprend le médecin, comme tous ceux qui sont assis ici. Nous dire ton prénom, c'est le seul geste de bonne volonté que nous demandons à ceux qui rejoignent le groupe. Prends ton temps.

À l'autre bout de la table, une fille pouffe dans sa main, un garçon pousse son voisin du coude, un autre se recroqueville sur sa chaise en marmonnant. Magnus se décide brusquement.

— J'ai écrit un poème, fait-il en exhibant une feuille de bloc.

Le professeur opine avec bienveillance. Difficile de savoir si l'interruption le contrarie : L'adolescent se racle la gorge, soudain intimidé.

Gardez-vous des mots creux, des phrases qui sonnent faux.

Les mots sont à tout le monde, ils mentent et font les beaux.

Mon sang n'appartient qu'à moi, il dit ma vérité.

Personne n'empêchera mon sang de couler.

Des murmures montent autour de la table. Profitant du dégel, Joubert lance le tour de table, écoute les commentaires, relance le débat. La nouvelle est toujours raide sur sa chaise. Ses yeux scannent chacun des participants à tour de rôle. Lorsque le professeur leur propose un jeu de rôle en binôme, Magnus réprime un frisson. Sous la table, les doigts de la fille sans prénom viennent de se refermer sur les siens.

* * * *

Le soir est proche lorsque Léna rentre à l'appartement. Épuisée, elle se blottit dans les bras de Magnus et niche sa tête au creux de son cou. Elle l'appelle mon amour, mon essentiel, mon envers, le supplie de rester toujours. La bouche dans ses cheveux humides, il promet. Parce qu'il est soulagé de la sentir contre lui, qu'il ne veut pas savoir à quoi ressemblerait l'existence sans elle. Il la berce comme une enfant, embrasse ses lèvres fraîches et ses paupières, lui caresse l'intérieur du poignet, l'endroit où bat ce cœur qu'il ne sait comment apprivoiser. Le corps de Léna s'alourdit sur le sien, sa tête dodeline de côté. Dans un demi-sommeil, elle murmure :

— Tu as peut-être raison : je ne le veux pas assez. Moi aussi, des fois, ça me fait peur. Mais on a besoin d'elle.

— On pourrait y arriver, Léna, juste toi et moi. Il suffirait que tu me fasses confiance.

Léna ouvre des yeux effrayés.

— Pas moi. Je ne peux pas. Sans elle, tu finirais par me quitter.

— C'est ce qu'elle dit, mais c'est faux. Laisse-moi t'apprendre.

Elle se bouche les oreilles.

— Pourquoi tu compliques tout ? Au fond, pour toi, c'est pareil.

Il en a les larmes aux yeux.

— Non, mon amour. Ce n'est pas du tout pareil. Toi, je t'aime.

* * * *

2

Les provisions sont rangées, le frigo a cessé de tourner à vide. Emmy continue à conjuguer ses journées à l'infinitif : zoner ; somnoler ; regarder la télé ; somnoler encore ; lire un peu ; pleurer parfois ; attendre ; attendre encore. Un miracle. Ou l'envie de quelque chose. N'importe quoi, pourvu que ça la sauve de cette lente noyade dans un temps immobile.

Trois mois déjà qu'Étienne a claqué la porte par un mardi de janvier chagrin. Elle a cru pouvoir le mettre au pied du mur, lui a mis sous le nez la photo de Nora, trouvée dans son portable. A exigé qu'il choisisse là, sans délai. Il est parti. Où a-t-elle puisé l'énergie de continuer après son départ ? L'orgueil sans doute. Pathétique tentative de sauver la face, de lui prouver… Quoi, au juste ? Qu'elle ne le regrette pas ? Qu'elle n'a besoin de personne ? Qu'elle est une mère moderne, organisée et autosuffisante ? À force de placer la barre trop haut, elle a fini par se casser la figure.

Après, il y a eu les lettres. Ces enveloppes qui ont miné son quotidien, sapé son énergie et ses certitudes, pulvérisé sa condition de fille, de femme et de mère. Elle vivait avec son Corbeau comme d'autres avec un amant inavouable. Priait un jour pour qu'il arrête de la persécuter, le jour suivant pour qu'il ne la laisse pas tomber. Elle a soupçonné tout le monde, s'est surprise à épier les gens, a cessé de parler, de se confier. Dans la rue, elle avait l'impression d'être filée, se retournait à l'improviste pour surprendre son épieur. Ses nuits s'égrenaient entre cauchemars et insomnies. Lentement mais sûrement, elle a viré à la paranoïa, a fait le ménage dans les amis et les relations, a refusé de prendre les appels et espacé les rencontres. Petit à petit, elle s'est laissé submerger par les mots, piéger par l'autorité sentencieuse et douceâtre du Corbeau, investir par ses jugements. Elle a perdu pied. Ensuite elle a perdu Max et Clara.

Depuis, ses journées tournent à vide. Sans cartable à boucler dans l'urgence ni frimousse collante à essuyer. Sans pleurs pour le bonnet qui gratte ou le gant en vadrouille. Sans cancans de bureau ni dossiers rébarbatifs depuis qu'elle a signé une renonciation anticipée à son contrat. De toute façon, elle n'allait plus au travail qu'un jour sur deux, pour traîner dans les couloirs ou s'enfermer dans les toilettes. Rien d'étonnant à ce que son directeur des ressources humaines ait demandé à faire le point. Il l'avait écoutée avec bienveillance, lui avait conseillé de prendre du repos. Elle avait signé les documents qu'il lui tendait sans lire ni discuter, avait vidé ses tiroirs et était rentrée se terrer chez elle. Les phrases toutes faites et les pieux conseils de son entourage l'épuisaient. Aucun d'eux n'était dans sa peau, ne réalisait ce qu'elle traversait. Comble de l'ironie, c'était le Corbeau qui semblait la comprendre le mieux. Mais depuis le départ des enfants, lui aussi semble l'avoir oubliée.

Le calendrier affiche toujours la date du jour où Étienne est venu chercher Max et Clara. Ne pas penser à la nuit qui a précédé leur départ. Surtout pas.

Le bulletin météo l'informe du fait que le Gard bénéficie d'un temps doux et ensoleillé. C'est là-bas qu'il les a emmenés, dans la maison de vacances de ses parents. Emmy ne peut s'empêcher de les imaginer dans le jardin qu'elle connaît bien. Max joue au ballon et Clara ramasse de gros cailloux dont elle fait des châteaux improbables. Mamie Françoise leur prépare des gâteaux trop sucrés. Papi Maurice leur raconte des histoires ou joue à un jeu de société. Ces petits riens qui les enchantent et qu'elle n'avait plus la force de faire avec eux.

Combien de jours à tenir avant leur retour ? Elle a promis à Étienne de ne pas appeler, d'offrir aux enfants une vraie coupure et d'en profiter pour se rétablir, mais c'est long. Trop long.

Ne pas se laisser déborder ou elle est fichue. Emmy ravale comme elle peut le sanglot qui obstrue sa trachée, le renvoie vers les profondeurs. Le front collé à la fenêtre du salon, elle se perd dans la contemplation du fleuve. La vue, à la fois permanente et sans cesse renouvelée, l'a séduite dès la première visite.

« On sera heureux ici. » Ce sont les mots qu'elle a prononcés devant cette fenêtre trois ans plus tôt. Étienne la tenait contre lui, les bras enroulés autour de son ventre gonflé. Clara avait remué à l'intérieur ; un frémissement, à peine une vaguelette. Étienne avait acquiescé. Maintenant qu'elle y repense, il y avait dans ce « oui » une amertume qu'elle n'avait pas voulu entendre, un regret pour la carrière d'avocat à laquelle il renonçait, une hésitation face à ce nouveau coup d'accélérateur. Un mariage, deux enfants, un emploi administratif assurant des rentrées d'argent régulières, un crédit-logement. Une vie sur des rails. Elle a tout voulu, tout de suite. Elle lui en a demandé trop. Trop vite. Trop tôt. Pour faire taire ses propres angoisses, effacer le spectre de son père, l'absence de sa mère.

Dans la buée qui s'est formée sur la vitre, son index esquisse un cœur qu'elle brouille aussitôt d'un poing rageur.

* * * *

Vingt ans plus tôt

Dans sa chambre sous le toit, Emmy écoute la pluie crépiter sur les tuiles. Le marchand de sable ne vient pas. Deux fois déjà, elle s'est levée, est descendue à tâtons.

— Il ne se déplace que pour les petites filles sages, a grogné Papa. Remonte te coucher !

Alors elle patiente, immobile, les yeux grands ouverts. Ne pas penser à l'orage qui gronde, au vent qui siffle et fait craquer les châssis. Emmy se recroqueville sous les draps, part à la recherche de Monsieur Carotte et enfouit son visage dans la fourrure râpée par un excès de câlins, de petits et gros chagrins. À petits mouvements circulaires, elle frotte l'oreille en peluche contre son nez.

Un éclair illumine la chambre, le tonnerre explose dans la seconde suivante. Emmy pousse un couinement étranglé, semblable à celui des souris prises au piège. Papa dit qu'elles meurent sur le coup, qu'elles n'ont pas le temps de souffrir, mais elle n'est pas sûre que ce soit vrai. Ça fait drôlement mal de se retrouver coincée sous la languette de fer. Elle le sait. Une fois, elle a voulu libérer une souris et le ressort s'est déclenché. Elle a beaucoup pleuré.

— Qu'est-ce qui t'est encore passé par la tête ? a dit Papa en jetant le corps de la souris dans la grande poubelle. Au moins, maintenant tu sauras pourquoi je t'ai interdit de toucher aux pièges.

Il a mis son doigt sous l'eau froide mais, longtemps après, elle sentait encore battre son cœur au bout de son index. L'ongle est devenu tout bleu, puis mauve, jaune. Il a fini par tomber. Il a repoussé de travers, tout cabossé. Quand elle le regarde, elle ne peut pas s'empêcher de penser au corps de la souris, séparé en deux, avec juste la peau au milieu, et ça lui fait une boule dans la gorge.

L'orage tonne encore, les murs tremblent. Et si la maison s'effondrait ? Et si elle se retrouvait comme une souris, piégée, coincée, aplatie sous les pierres et les tuiles. Est-ce que Papa monterait l'escalier pour venir la chercher ? Est-ce qu'il penserait qu'elle est morte sur le coup, comme les souris ? Elle pourrait appeler, crier, mais ce n'est pas certain qu'il l'entendrait. Papa dort si profondément parfois que rien ne peut le réveiller. Un frottement, là, tout près. Emmy émerge, son regard affolé fouille l'obscurité.

Elle se lève, file vers la porte, descend l'escalier et arrive à la cuisine, hors d'haleine. Ici, on entend moins la pluie qu'en haut. Papa est assis à table. Il lui tourne le dos. Ne pas faire de bruit, ne pas le déranger. Emmy se laisse glisser sur le carrelage froid, replie ses jambes sous sa chemise de nuit et ferme les yeux. Le tic-tac de l'horloge la berce, comme les bruits de verre et les marmonnements de Papa. Elle ferme les yeux, respire l'odeur de Monsieur Carotte. Sa tête dodeline doucement, tombe sur sa poitrine.

— Qu'est-ce que tu fous là ?

Emmy ouvre des yeux ensommeillés. Papa est debout, les jambes écartées. Il a les yeux rouges, l'air fatigué. Il s'accroche à la table et pose son verre. Sort de sa poche un mouchoir et s'essuie le front, la bouche.

— T'es sourde ? Je t'ai demandé ce que tu fichais ici ?

— L'orage… balbutie Emmy.

— À ton âge, on n'a plus peur de l'orage.

— Y avait un bruit dans ma chambre. Tu veux bien venir voir ?

— Tu vois pas que je suis occupé ? Ta mère et moi, on parle.

Le regard d'Emmy fait le tour de la pièce, revient sur son père. Il a saisi la bouteille par le goulot, se ressert un verre. Il en verse un peu à côté.

— Elle est où, maman ?

— Partout ! ricane Papa et il avale d'un trait le contenu du verre. Tu ne peux pas la voir, mais elle est là et ça lui plaît pas de te voir traîner en bas alors que tu devrais dormir.

— Et toi, tu peux la voir ? Elle est comment ?

— Ta mère, elle est…

Il fait un drôle de bruit de gorge, balaie l'air d'un grand geste.

— C'est plus l'heure. Allez, ouste !

Les jambes d'Emmy tremblent quand elle se met debout. Bientôt, Papa s'endormira et il respirera en faisant du bruit avec le nez. Demain, il aura mal à la tête et il lui dira d'être calme, de la boucler. Elle s'approche prudemment pour demander un bisou. Sur la toile cirée, il y a un cadre avec une photo en noir et blanc. Papa tout bien peigné et une dame avec une fleur dans les cheveux. Ils ont l'air amoureux comme à la télévision.

— C'est qui la dame ? C'est maman ?

— Dans ta chambre ! hurle Papa. Je ne veux plus te voir. C'est de ta faute. T'entends ? Tout ce bordel, c'est à cause de toi.

* * * *

Magnus pose les caisses qui lui scient les bras et cherche la clé du sous-sol dans sa poche. Un quatrième étage, ascenseur hors service, tu parles d'une bonne idée !

— Encore des caisses, monsieur Magnus ? Vous voulez un coup de main ?

— Non, ce n'est pas lourd. Je descends les statuettes de Mme Minet à la cave en attendant que les héritiers décident ce qu'ils veulent en faire.

Olimpia acquiesce, compréhensive. Et saute sur l'occasion pour se fendre d'un couplet posthume, mouchoir à l'appui :

— Elle les aimait, ses statuettes, cette pauvre Mme Thérèse. C'était une bonne personne, vous savez. Polie, gentille, avec toute sa tête. Quand je pense qu'elle a passé le week-end allongée sur le carrelage ! Peut-être que si on l'avait trouvée plus tôt… Mais vous savez comment ça va, on est occupé, on court. Vous saviez que c'est moi qui l'ai trouvée le lundi en lui montant son courrier ?

Olimpia fait les questions et les réponses. Il s'est laissé piéger comme un bleu.

— … Et ça se bousculait au portillon pour lui rendre service. L'épicier lui montait ses courses, je lui apportais le courrier, le docteur grimpait les quatre étages pour l'examiner. Il y avait même une jeune fille qui venait la coiffer à domicile et lui apporter ses magazines ; une petite grosse à lunettes, pas très sympathique, jamais fichue de vous regarder en face. Un jour qu'elle était chargée, je lui ai proposé un coup de main et elle m'a dit de me mêler de mes affaires. Les gens peuvent être si désagréables, conclut-elle en tamponnant le bord de sa lèvre supérieure ombrée d'un fin duvet.

Magnus lâche un grognement approbateur, songeant à part lui que la jeune coiffeuse doit regretter autant que les autres la poule aux œufs d'or qui arrondissait ses fins de mois. Peut-être même les vautours s'étaient-ils concertés pour différer la remise en état de l'ascenseur.

Rappelée à l'ordre par le téléphone de la loge, Olimpia s'éclipse en traînant ses chaussons brodés. Une poignée de minutes plus tard, Magnus est de retour au quatrième étage. La vue des étagères et des murs vides lui remonte le moral. Ne reste plus qu'à remettre à neuf le papier peint et les peintures et ils seront vraiment chez eux.

Oserait-il avouer à voix haute que la période actuelle est la plus souriante qu'il ait connue avec

Léna ? La jeune femme parle de son nouvel emploi avec enthousiasme et rentre chaque soir avec un nouveau lot d'anecdotes au sujet de ses clients pleins aux as. L'autre jour, lorsqu'il lui a reparlé du Cachot, elle a admis qu'ils devaient réfléchir ensemble à un compromis. Il a manqué de se pincer en la trouvant de si bonne composition. Cerise sur le gâteau, lui-même s'entend très bien avec son patron et se félicite d'avoir accepté ce job d'assistant.

Avec un soupir d'aise, Magnus ôte sa veste et ses chaussures. Cela fait des heures qu'il fantasme à l'idée d'un bain. Précisément depuis qu'il s'est levé aux aurores pour arpenter les allées du marché matinal en compagnie d'un Jem indécis et grognon. L'homme entretient une liaison clandestine avec un cadre supérieur marié et son humeur évolue au diapason de leurs nuits torrides ou orageuses. Jem a fini par se confier devant un petit noir aussi serré qu'imbuvable. Cette marque d'amitié lui a fait chaud au cœur, au point qu'il a failli embrayer sur les tourments intimes de sa propre vie de couple. Il s'est retenu à temps. Ce qu'il vit avec Léna ne se partage pas. Il doit le porter seul.

Un gazouillis annonce un message vocal sur son téléphone portable. Magnus compose le numéro de la messagerie, jure entre ses dents en reconnaissant la voix de son interlocuteur :

« Bonjour mon garçon, Ronald Joubert à l'appareil. J'ai repensé à notre dernière conversation. Je ne suis plus assez jeune pour suivre un cas de ce genre. Pas assez neutre, surtout. Ne prenez pas la situation à la légère, appelez de ma part le professeur Damien à la clinique du Parc et demandez-lui un avis. » Après un silence de quelques secondes, la voix reprend : « Je me doute qu'il ne sera pas facile de la convaincre d'aller à ce rendez-vous, mais je vous fais confiance pour trouver les mots justes. D'autre part, j'aimerais que vous détruisiez l'ordonnance que je vous ai envoyée. Vos propos m'avaient troublé, j'ai cru bien faire, mais l'idée de traiter un patient sans l'avoir examiné va à l'encontre de mon éthique. Alors, faites les choses dans les règles : prenez ce rendez-vous et tenez-moi au courant. »

Magnus presse le bouton, écoute la voix de l'opératrice lui confirmer que le message est effacé. Inutile de se leurrer : Léna n'ira à aucun rendez-vous, ne voudra pas entendre parler traitement ou thérapie. Il n'aurait pas dû appeler Joubert après leur dernière dispute. Il s'est affolé pour rien : Léna est impulsive, elle a droit à ses coups de sang, comme tout le monde.

L'ordonnance se trouve dans le tiroir de sa table de nuit, glissée entre les pages d'un recueil de poésie que Léna ne risque pas de feuilleter. Magnus en fait une boulette compacte, craque une allumette. Son regard accroche le mannequin de couturière coiffé de rouge, à côté de la penderie. « Jusqu'à quand comptes-tu te mentir ? » À regret, il souffle sur l'allumette, défroisse le papier et le remet en place. Conserver l'ordonnance, c'est un peu comme toucher le parachute sous le siège de l'avion ; se rassurer, se dire qu'on a mis toutes les chances de son côté en cas de crash.

* * * *

Emmy délaisse son yaourt, sirote son café à petites gorgées. Sa nuit a été peuplée d'ombres et de fantômes. Au courrier du matin, elle a trouvé la lettre qui récapitule ses conditions de fin de contrat. Elle avait beau savoir, c'est un choc. Une maille perdue – une de plus – dans le tricot de son ancienne vie. L'une des annexes récapitule les démarches à effectuer : renvoyer les papiers à la caisse d'allocations, s'inscrire comme demandeuse d'emploi, consulter les offres…

Elle repousse le papier, parcourt ses extraits bancaires d'un regard distrait. La situation n'est pas brillante, il va falloir qu'elle se décide à écorner l'héritage maternel. À moins qu'elle ne parvienne à vivre d'air, d'eau et de souvenirs. Elle n'en est plus très loin.

— Madame Renoir ?

Emmy retient son souffle et diminue le volume de la radio. Qui est l'empêcheuse-de-déprimer-tranquille qui se tient derrière sa porte ? La concierge et son seau de sollicitude ? Ou Isabelle, avec un panier de bons conseils. Marre des gens qui veulent son bien. Qu'on lui fiche la paix !

— C'est la voisine. On s'est croisées dans le hall, vous vous souvenez ?

— …

— J'ai entendu la radio ou j'ai rêvé ?

Emmy s'approche de la porte, partagée entre curiosité et agacement.

— Qu'est-ce que vous voulez ?

— J'ai un colis à votre nom, arrivé par livraison expresse. Vous m'ouvrez ?

Emmy balaie du regard l'évier débordant de vaisselle, les verres et les barquettes en aluminium qui traînent sur la table du salon, les magazines sur le sol.

Elle prend conscience de son teint brouillé, de son tee-shirt marqué d'auréoles, de son haleine aigre.

— Pas maintenant, marmonne-t-elle en passant les doigts dans ses cheveux.

À quand remontent son dernier shampoing, sa dernière douche ? Qu'est devenue la femme qui savait se faire belle pour Étienne, celle dont il caressait la peau soyeuse, qu'il buvait de sa langue tiède ?

— Je tombe au mauvais moment ?

Emmy s'appuie contre la porte, lutte contre le vertige qui l'aspire. Les baisers d'Étienne, l'amour avec lui, la certitude enivrante d'être précieuse aux yeux de quelqu'un. C'était il y a longtemps, quand elle était encore amoureuse et gourmande.

— J'ignore ce qu'on vous a raconté, mais je n'ai besoin de personne. Vous pouvez déposer le paquet sur le paillasson.

— Qui pensez-vous tromper ? J'ai des yeux, figurez-vous ! Sans compter que j'ai passé trente-quatre minutes avec la concierge l'autre jour. Elle adore vous plaindre et déballer comment votre méchant mari vous a plaquée avant de vous reprendre les enfants.

Emmy tordrait volontiers le cou à Olimpia. Et à la voisine dans la foulée, d'autant que celle-ci semble décidée à jouer au bon samaritain jusqu'au bout. Un clone d'Isabelle, le vernis diplomate en moins.

— Oui, vous avez eu affaire à un salaud. Vous n'êtes pas la première. Vous enfoncer, vous terrer dans votre trou, ce n'est pas la solution. Il existe d'autres options.

— Gardez vos conseils ! Vous n'êtes pas moi, on ne se connaît pas.

— Alors ouvrez, expliquez-moi ! Dites-moi pourquoi vous en voulez à tout le monde. La colère et l'injustice, je connais. Mais, contrairement à vous, elles ne m'étouffent pas. Elles me font avancer.

La voix de sa voisine lui parvient, à peine assourdie par le battant. Emmy appuie les mains contre le bois, ferme les yeux. Tout ce que cette inconnue sait, reconstitue, pressent, c'est tellement violent. Comme une part d'intimité qu'on lui aurait dérobée à son insu. Comment riposter alors qu'elle-même ne sait rien de l'autre, en dehors d'une prédilection pour les lacets roses ? Rien, pas même son prénom.

De l'autre côté, les ongles de la voisine cliquettent contre le bois.

— Quand j'ai intercepté le colis, le transporteur s'apprêtait à sonner chez la concierge. Je vous ai épargné une demi-heure de verbiage portugais, votre dette à mon égard vient de doubler.

— Laissez-moi tranquille… s'il vous plaît.

— Pensez-y, Emmy ! Si vous décidez de changer de stratégie, vous savez où me trouver. À bientôt.

Son prénom dans la bouche d'une inconnue, cette familiarité tour à tour bousculante et enjôleuse, Emmy en a les jambes coupées. Tandis que les pas de la voisine décroissent dans l'escalier, elle se laisse aller contre la porte, inspire, compte lentement jusqu'à dix. Arrivée à huit, elle déverrouille la porte et l'ouvre en grand. Sur le palier désert, elle respire les effluves d'un parfum épicé – mélange de notes ambrées et fleuries – sans parvenir à les rattacher à un nom connu. Le colis est posé sur le paillasson. Son cœur manque un battement lorsqu'elle réalise qu'il vient de France et reconnaît l'écriture d'Étienne.

Les doigts tremblants, elle déchire le papier kraft, ouvre le carton : trois coloriages de Clara – tout en cœurs et couleurs – et un objet enveloppé de papier de soie, abondamment pourvu de Scotch. Le cadre photo réalisé par Maxime déborde de paillettes et d'étoiles, mais le bricolage est trop proprement réalisé pour qu'il y soit arrivé sans l'aide de Mamie Françoise. Les imaginer, complices autour du tube de colle et des paillettes déversées sur la toile cirée de la cuisine, c'est ça le plus douloureux. Sur le cliché glissé à l'intérieur du cadre, Clara brandit avec fierté le pompon décroché sur le manège. Elle a changé, perdu ses allures de bébé joufflu pour devenir une petite fille. Est-ce la raie au milieu, bien nette, les couettes symétriques, cette robe à volants qu'elle ne reconnaît pas ? Maxime se tient à ses côtés, un peu raide, coiffé d'une casquette neuve. La gravité qui perce sous son sourire édenté la bouleverse. Son fils sait que quelque chose ne tourne pas rond. Il pressent qu'on ne lui dit pas tout. Son regard dit son inquiétude, son impuissance face aux mensonges qu'on lui sert, pour son bien.

Emmy gagne la chambre des enfants et s'écroule sur le lit de Clara. Peluches en vadrouille, cartables béants, vêtements abandonnés sur le plancher… Le désordre de la pièce n'a pas bougé depuis leur départ et leur absence y est plus prégnante que partout ailleurs. Le nez plongé dans le pyjama de sa fille, la jeune femme s'écroule sur le lit, secouée de sanglots rauques et douloureux. Elle ouvre les vannes et se laisse couler sans retenue dans l'eau noire des regrets. Ce qu'elle a fait, n'a pas fait, aurait dû faire… Lasse, tellement lasse de la solitude et de la culpabilité. Plus envie de rien, sauf de toucher le fond, une fois pour toutes. Y Rester. S'y noyer.

« Au moins, tu ne ferais plus de mal à personne. Tu sais comme il est difficile d'aimer bien quand on ne s'aime pas… encore plus quand on a été mal aimé. Tu sais, toi, que ceux auxquels il a été fait du mal feront du mal en retour. Alors, reste au fond. Loin d'eux, loin de tout. »

La petite voix est de retour avec son carrousel démoniaque. Elle est apparue avec la première lettre du Corbeau, s'est faite de plus en plus assertive au fil des lettres, plus difficile à bâillonner, à ignorer. Ce sont les fous qui entendent des voix. **« Peut-être es-tu en train de devenir folle**, susurre la voix. **Peut-être qu'Étienne a eu raison d'éloigner les enfants de leur mère dingue. Peut-être… »** Emmy plaque ses mains sur ses oreilles. En vain. **« Peut-être que c'est génétique. Ta mère a connu ça aussi. Peut-être est-il écrit que vous finirez de la même manière. »**

Elle saute sur ses pieds, attrape ses clés. Guidés par un instinct de survie, ses pas l'emmènent jusqu'au quatrième étage où elle arrive hors d'haleine. Elle rallume la minuterie et s'écroule sur le paillasson de gauche, se recroqueville dans l'encoignure de la porte. L'énergie de se relever lui fait défaut lorsque la lumière s'éteint à nouveau. Elle reste là, immobile et silencieuse, priant pour que personne ne sorte.

La petite voix a fini par se taire, l'angoisse a reflué. Un peu sonnée, Emmy émerge de la crise, déplie ses membres engourdis et jette un regard reconnaissant au paillasson qui lui a servi de terre d'asile. Des pas résonnent sur le parquet de l'appartement. Les voix qu'elle perçoit sont bien réelles cette fois. Celle de la voisine donneuse de leçons, brève et autoritaire. Et une autre plus basse, masculine. Elle se demande fugitivement à quoi ressemble l'homme, s'ils sont bien assortis tous les deux. Une étiquette est punaisée sur la porte à hauteur des yeux : L. Dantès – M. Leroy.

Qui est-elle ? L comme Laurence, Lola ou Lucie ? Ou M, comme Mylène, Maud ou Michelle ? Les pas se rapprochent. Emmy s'enfuit, déroutée par une curiosité nouvelle – la première depuis longtemps –, celle de croiser à nouveau la fille et de la remettre à sa place, de découvrir ce qu'elle a dans le ventre, d'entendre ce qu'elle a dire sur la colère et l'injustice.

Elle a dit : « À bientôt ! » Ça pourrait être demain.

* * * *

3

« Bien rentrés. Longue route. T'appelle demain. »

Enfoncée dans les coussins, Emmy fixe son téléphone en se rongeant l'ongle du pouce. Elle ne parvient pas à faire autre chose depuis que le texto d'Étienne est arrivé. Le jour est tombé et la pièce s'est obscurcie sans qu'elle y prenne garde, éclairée seulement par l'écran de télévision qui diffuse un des dessins animés dont raffolait Maxime. Les mains moites, elle plonge sur l'appareil, compose le numéro et laisse sonner deux fois avant de raccrocher. Les yeux fermés, elle se contraint à respirer calmement avant de recomposer le numéro en enfonçant chaque touche. Il lui semble qu'Étienne met un temps infini à décrocher.

— Passe-moi les enfants !

— Emmy, on a douze heures de route dans les pattes. Ils sont crevés. C'est pour ça que je t'ai envoyé ce texto.

— Ça fait trois semaines, Étienne. Trois putains de semaines !

— OK, concède-t-il avec un soupir las. Ne me les mets pas à l'envers pour la nuit, d'accord ?

Craquement et chuchotis à l'autre bout du fil.

— Maman, je sais faire mes lacets tout seul. C'est Papi qui m'a appris.

Le cœur d'Emmy s'allège d'un seul coup. Ses yeux s'embuent, débordent. Elle prend soin de ne pas renifler, félicite, écoute, envoie des baisers. Il est là, le sens de ses efforts, du combat qu'elle mène contre elle-même, précisément dans la fierté joyeuse de Maxime, dans le récit décousu qu'il lui fait des vacances, dans le zézaiement adorable de Clara et les mots qu'elle écorche.

— C'est toujours d'accord pour samedi prochain ? On pourrait se retrouver à la foire de la place Saint-Loup.

Étienne a repris le combiné. La gorge serrée, elle accepte le rendez-vous.

— Tu as une drôle de voix. Tu vas mieux ? Je veux dire… Est-ce que tu…

Elle raccroche sans le laisser terminer, se recroqueville sur le canapé. La sollicitude d'Étienne est un trompe-l'œil. C'est pour les enfants qu'il s'inquiète, eux qui ne doivent pas être perturbés ni bouleversés par une maman en perte de repères. Parviendra-t-elle à donner le change, à paraître naturelle et joyeuse ? Samedi, c'est dans quatre jours. Autant dire demain.

Ce soir-là, Emmy s'assied dans la cuisine, avale un yaourt aux fruits et deux biscottes avant de se précipiter aux toilettes. Dans la salle de bains, elle se rince la bouche, se force à lever les yeux vers le miroir. Inutile de se mentir, elle n'y arrivera pas sans un coup de pouce.

Le lendemain, elle tombe du lit à l'aube, incapable de supporter plus longtemps le contact de la couette, l'odeur et le silence de la chambre. Elle enfile un survêtement et un tee-shirt propre, une paire de baskets, attache ses cheveux. Puis elle entrouvre la porte donnant sur le palier et guette le pas de la joggeuse dans l'escalier. La fille hausse un sourcil en l'apercevant.

— Vous m'attendiez pour aller courir ?

— Ça fait un moment que je n'ai plus fait de sport. Si on pouvait commencer en douceur…

— Si on allait plutôt prendre un café ? Au fait, je pensais que vous ne vouliez aucune aide de personne.

— Et moi, je croyais que vous aviez autre chose à m'offrir que de l'aide.

L'autre esquisse un sourire approbateur, lui tend une main ferme :

— Exact : je n'aide pas, je forme. Ça fait une sacrée différence. Contente que tu sois là, Emmy. Moi, c'est Léna.

La brasserie embaume le café et le pain frais. Un buffet est dressé au fond de la salle. Les clients sont peu nombreux. Des hommes d'affaires pour la plupart, en tête à tête avec leur journal. Accoudée au bar, la serveuse discute avec le barman. Elle rit trop fort, se penche au-dessus du comptoir, lisse le zinc d'une main affectueuse.

— Saute-la, elle ne demande que ça, marmonne Léna. Le langage du corps, poursuit-elle devant le regard interloqué d'Emmy. Bien plus éloquent que les mots quand on sait décoder. Et je suis une experte.

Léna choisit une table proche du buffet. Emmy s'assied, détourne le regard. Toute cette nourriture, elle en a des frissons.

— Continental ou *british*, ton petit déjeuner ?

— Juste un thé, merci. Je n'ai pas faim.

— Manger ou crever, il faut choisir ! réplique Léna en chipant sur le buffet un croissant qu'elle dépose devant elle.

Soucieuse de ne pas contrarier sa voisine, Emmy mord dans la pâte tiède et feuilletée. Une saveur de pâte d'amandes s'épanouit sur sa langue. Son estomac gargouille, surpris, mais pas rebelle. Aucune nausée en vue. Le barman s'est déplacé pour leur apporter le thé. Il rectifie l'alignement des condiments sur la table voisine, repousse une chaise, lorgne Léna en douce et lui glisse finalement un sourire de crooner :

— Autre chose pour ces demoiselles ?

Léna le congédie comme on balaierait une mouche importune. Elle ne mange pas, se contente de regarder le croissant disparaître dans la bouche d'Emmy, les mains posément croisées devant elle. Le silence s'éternise, compact, pesant.

— Alors comme ça, tu t'es décidée à sortir de ton trou ?

Emmy avale péniblement. Acquiesce.

— On peut savoir pour quelle raison ? C'est à cause de tes mômes ?

Emmy la dévisage, stupéfaite, tandis que Léna développe ses réflexions :

— Tu en crèves de pas les voir. Ça, je peux le comprendre. Ce que je comprends moins, en revanche, c'est pourquoi on te les a enlevés. Il faut une solide raison pour en arriver là, non ? Du style « enfance en danger », « mère indigne »…

Emmy s'immobilise, le souffle court. Sous ses doigts, le croissant s'effrite.

— Et si tu me racontais ce qui s'est passé ?

Emmy réprime un hoquet, se lève et disparaît aux toilettes.

Un quart d'heure plus tard, elles sont assises côte à côte sur le quai et contemplent les ronds huileux et irisés qui flottent à la surface de l'eau, souvenir du passage des péniches. Emmy est encore pâle, mais l'air frais lui fait du bien.

— C'était un peu brutal comme entrée en matière, mais il fallait que j'en aie le cœur net, tu comprends ?

— Qu'est-ce que je suis censée comprendre ?

— D'une, on ne t'a pas pris les enfants sans raison. De deux, tu as perdu le contrôle de ton corps. Manger, c'est la base pour aller bien. Tu dois te forcer, dominer tes réflexes : c'est toi qui choisis si tu gardes ou non ce que tu avales.

— Si tu crois que c'est aussi simple !

— C'est simple, Emmy. C'est une décision, rien de plus. Maintenant, raconte-moi !

Par où commencer ? Le départ d'Étienne, trois mois plus tôt : le six janvier. Elle n'a rien vu venir. C'est vrai que leur couple traversait un creux. De là à imaginer qu'il la trompait…

— Cette femme, c'est qui ? Tu la connais ?

Emmy ne sait pas grand-chose. Seulement que la fille s'appelle Nora. Elle a reçu des photos sans équivoque, envoyées par un numéro anonyme : une rousse, sexuellement motivée et amatrice de dessous coquins

– ça, c'est le relevé Visa qui le lui a appris. D'ailleurs, c'est par là que cette garce a dû le ferrer. Étienne a toujours aimé les trucs cochons, le sexe accessoirisé, les positions inédites. Étonnant d'ailleurs, pour un homme issu d'une famille aussi conventionnelle que la sienne. D'après ses recoupements, ils se sont rencontrés au début du mois d'octobre, elle ne sait ni où ni comment. Tous ces soirs où il rentrait en retard, bardé de prétextes qu'elle ne pensait pas à remettre en question ; tout ce temps passé à s'occuper seule des enfants, à se dire qu'ils formaient une famille, que ça valait bien quelques sacrifices ; ils ne faisaient plus l'amour, se couchaient dos à dos, ne se disputaient même plus. Elle a été aveugle jusqu'à l'absurde, tellement stupide.

Les doléances et les regrets n'intéressent pas Léna. Elle veut les faits. Emmy poursuit avec un soupir las :

— Quand Étienne est parti, j'ai décidé qu'il ne verrait plus les enfants. Mais il a des relations, du bagout. Il a obtenu un droit de visite en un rien de temps.

— Normal, il est leur père. Ça n'explique toujours pas pourquoi on te les a pris.

— …

— Ce qui s'est passé te reste sur l'estomac. Dis-le tout haut, Emmy ! Pour que ça sorte de toi, que tu arrêtes de vomir et de te détruire ! Dis-le ou tu en crèveras !

Ébranlée par la conviction de sa voisine, Emmy se livre enfin : la solitude du lit, l'énergie enfuie, les jours creux ; les moments de lucidité aussi et les bonnes résolutions cent fois prises, jamais appliquées.

Un jour, en allant reprendre les enfants à l'école, elle a croisé Étienne dans la cour. Pendue à son bras, Clara avait les joues barbouillées de larmes et de chocolat, les cheveux plus hirsutes que jamais. Maxime a lâché la main de son père et détourné les yeux en l'apercevant. Quant à l'éducatrice, elle a fermé la porte sans expliquer pourquoi elle avait jugé bon d'appeler leur père.

Étienne a refusé de discuter devant les enfants. Il les a ramenés chez lui et a appelé son avocat. Le dossier a été bouclé en un temps record – un vrai pied de nez à l'arriéré judiciaire chronique – et l'ordonnance a conclu à une « négligence grave confinant à la maltraitance morale ». Elle a tout de même eu droit à des circonstances atténuantes puisque le juge a relevé dans son chef une suspicion de trouble dépressif sévère et lui a recommandé en aparté de consulter quelqu'un. À la question muette de Léna, Emmy répond qu'elle n'a consulté personne. C'est comme pour le reste : elle sait qu'il faudrait le faire, mais elle ne se décide pas.

— C'est pas moi qui vais te le reprocher. Les psys et moi, ça fait deux.

— La veille de leur départ, je suis allée dans leur chambre. Je me suis assise sur le lit de Clara et je les ai écoutés respirer. Ils étaient si paisibles que j'avais envie de hurler. Ce sont mes enfants, ma chair. Sans eux, plus rien n'a de sens. J'ai attrapé un coussin…

Sa voix s'étrangle. Elle pleure, le corps secoué de soubresauts qui ressemblent à des haut-le-corps. Le visage de Léna ne manifeste ni répulsion ni compassion. Elle est une oreille, un puits dans lequel Emmy se déverse.

— Ça n'a duré qu'un instant. Ils ne se sont pas réveillés. J'ai reposé le coussin et je suis sortie de la pièce. J'ai même quitté l'appartement, le temps de me reprendre. Je ne l'aurais pas fait. Je n'aurais pas pu leur faire du mal, tu me crois ?

— Quelle importance puisque tu ne te crois pas ?

Emmy pleure doucement, le nez enfoui dans son écharpe. Comme une litanie, elle répète : « Je les aime. Je ne l'aurais pas fait. » Devant elles, une péniche glisse sur le fleuve. L'eau clapote le long de ses flancs, se referme sur son passage avant de retrouver son immobilité opaque. Une femme lave le pont à grande eau, on entend la radio allumée dans la cabine de pilotage. La femme lève le bras pour saluer le capitaine du bateau-mouche, encore à quai.

— Est-ce qu'il y a autre chose ? questionne doucement Léna.

Emmy détourne la tête. Elle ne parlera pas du Corbeau, de la voix qui la persécute depuis qu'elle reçoit les lettres. Cette voix qui persifle et méprise, lui serine à longueur de temps son insuffisance et son insignifiance. Voilà un moment qu'elle n'a plus reçu d'enveloppe. Évoquer le volatile pourrait bien le réveiller. Tout ce qu'elle veut aujourd'hui, c'est revenir du bon côté. Quitter le mode survie. Se lever sans boule au ventre et reprendre le cours de sa vie.

— Pourquoi aujourd'hui ?

— Je revois les enfants samedi. Je n'y arriverai pas toute seule.

— Et avec ton mari, vous en êtes où ?

Elle revoit Étienne, les traits convulsés par la colère, tandis qu'elle brandissait devant lui la photo de Nora. « Oui, j'ai quelqu'un d'autre dans ma vie !

Et une vraie femme dans mon lit, pas une retraitée du sexe. Désolé d'avoir à te le dire, Emmy, mais on n'en serait pas là si tu t'étais montrée plus coopérante. » À cet instant, elle l'a tellement haï qu'elle aurait pu le tuer.

— Je ne sais pas. Ce genre de trahison laisse des traces, mais Étienne est le premier, le seul homme que j'ai connu. Mon mariage et mes enfants, c'était tout ce que j'avais, tout ce que je voulais. J'ai du mal à tourner la page.

L'air atterré de sa voisine lui fait honte. Emmy s'empresse de poursuivre :

— De toute façon, il est bleu de cette fille, la question ne se pose pas.

Ce n'est manifestement pas la réponse qu'attendait Léna. Celle-ci se mordille les lèvres en réfléchissant avant de se décider :

— Je passerai chez toi samedi matin avant le boulot. On choisira tes vêtements, je te montrerai comment faire pour avoir l'air pétante de santé. Crois-moi, un maquillage pro peut faire des miracles. Et je te regonflerai à bloc. Tu seras à la hauteur.

— Si ça marche, je te rembourserai au centuple.

Léna émet un rire où perce une joie de gamine :

— J'y compte bien ! Plus sérieusement, il faut que tu recommences à te nourrir. Tous les jours, à heures fixes, même si tu n'as pas faim. Je t'enverrai des textos pour te le rappeler et tu noteras ce que tu auras réussi à avaler. Promets-moi que tu ne tricheras pas.

Emmy acquiesce, émue par la gravité de la jeune femme, lui saisit la main avec émotion.

— C’est la première fois que je me dis que j’ai une chance d’en sortir. Tu n’imagines pas ce que ça représente. Merci !

— Attends d’avoir testé ma méthode pour les remerciements. Un de ces jours, tu pourrais bien me détester.

* * * *

Depuis le café où elle est assise, Sombre a une vue dégagée sur la place Saint-Loup où défilent des couples, des étudiants et des enfants. Aucune femme seule.

— Tu as gagné, elle ne viendra pas. Contente ?

La jeune femme froisse le sachet de sucre entre ses doigts et avale la dernière gorgée de son café. Planté devant la fontaine, Étienne s’efforce de faire patienter les enfants. Il semble avoir renoncé à convaincre Clara de ne pas tremper les mains dans l’eau et concentre son attention sur Maxime qui poursuit les pigeons à coups de pied. Il sort à nouveau son téléphone, le colle à l’oreille. Sombre est trop loin pour entendre ce qu’il dit, mais elle devine ses reproches et ses propos blessants.

Il n’y a pas d’états d’âme à avoir. Après tout, Emmy avait le choix, c’est elle qui a décidé de renoncer. Sombre ne recherche ni le bien ni le mal. Elle s’en tient au Plan. Au regard du Plan, il n’était pas souhaitable qu’Emmy vienne à ce rendez-vous familial. À l’heure qu’il est, elle doit se planquer chez elle, isolée, désespérée. Être convaincue du bien-fondé du Plan n’empêche pas Sombre de douter.

N'a-t-elle pas frappé trop fort, cette fois ? Emmy se relèvera-t-elle ? La jeune femme joue nerveusement avec sa cuiller, la plie en deux. Elle aimerait être certaine que tout se passera comme prévu. Jamais elle n'aurait pensé que sa stratégie – longtemps mûrie et étayée par des heures de recherches, d'observation et de filature – s'avérerait si complexe à mettre en œuvre.

— Lâche-moi, je fais au mieux, marmonne-t-elle.

Ignorant le coup d'œil soupçonneux du retraité assis à la table voisine, Sombre dépose un billet sur la table et quitte le café. Cela fait longtemps qu'elle a appris à faire fi des regards curieux et des messes basses. La différence dérange, effraie. Des originaux, il y en plus qu'on ne pense dans les rues. Certains parlent à leur chien, d'autres aux statues ou aux oiseaux. Est-elle pire que ceux-là ?

À petits pas, elle longe les boutiques, s'attarde devant la vitrine de la papeterie Jaumard, au coin de la place. Étienne est à bout. Il vient d'infliger une fessée à Maxime qui braille comme un porcelet. Sa petite sœur lui donne aussitôt la réplique. Sombre traverse la rue et s'approche de la fontaine, fait la grimace devant l'anorak aux manches détrempées.

— Bonjour, je viens de gagner des tickets pour la pêche aux canards. Ça vous intéresse, pour les enfants ?

— Eh bien, je… volontiers, si vous ne les utilisez pas.

— Je suis un peu âgée pour les peluches et les babioles en plastique, ironise-t-elle en tendant les tickets à Étienne. Autant faire plaisir aux amateurs ! Tu aimes la pêche aux canards, demande-t-elle à Clara ?

La petite hoche vigoureusement la tête, les joues encore mouillées, saisit dans la foulée le biscuit que lui tend la jeune femme et l'engloutit avant que son père ait le temps d'intervenir.

— C'est pas juste, grogne Maxime. Tout le monde préfère Clara parce que c'est un bébé.

— C'est vrai, ce n'est pas équitable. Si tu veux qu'on te préfère, il faut que tu fasses jouer tes propres atouts, tu sais ce que ça veut dire ?

— Moi, je suis raisonnable parce que je suis grand, répond Maxime, sûr de lui.

— C'est une option, admet Sombre. Tu pourrais aussi être plus malin, plus créatif, plus performant.

Devant l'air abasourdi de son fils, Étienne lâche un rire forcé :

— Mademoiselle plaisante, Maxime. Les parents ne font pas de différence, ils aiment leurs enfants de la même façon, quels que soient leurs atouts.

— Si maman nous aime, alors pourquoi elle est pas venue aujourd'hui ?

— Veux maman, braille soudain Clara, dans une explosion de salive et de miettes.

Étienne soulève la petite, la serre contre lui. Son regard désemparé croise celui de la jeune femme lorsqu'il réalise qu'il vient de donner raison à son fils en privilégiant le désarroi de sa cadette.

— Ce n'est pas simple, murmure-t-il à l'attention de Sombre.

Celle-ci hausse les épaules avec fatalisme et se détourne :

— Ce n'est simple pour personne. Et ne dites pas n'importe quoi à vos gosses. Un jour, ils pourraient vous le reprocher.

— Attendez ! Est-ce qu'on s'est déjà vus ? Votre visage me semble familier.

— Quelle approche originale ! Je vous suggère de vous recycler.

— Non, ce n'est pas ce que je voulais dire. C'est seulement que…

— Allez plutôt pêcher les canards avec vos enfants !

Elle ébouriffe les cheveux du garçonnet :

— Être sage ne suffit pas, Maxime. Il faut apprendre à se battre pour préserver sa place. Mais ça, personne ne le dit aux enfants.

Médusé, Étienne la regarde quitter la place avant d'entraîner les enfants vers les manèges. Cette silhouette menue, cette allure de danseuse, il jurerait l'avoir déjà croisée.

* * * *

Le téléphone a sonné six fois en tout. D'abord le portable, puis la ligne fixe. Il y a eu des messages aussi. Emmy ne les a pas écoutés, s'est bouché les oreilles lorsque le répondeur s'est enclenché. Elle ne veut rien savoir de la colère d'Étienne, de ses questions, du temps qu'il a passé à l'attendre avant d'emmener les enfants faire un tour sur les manèges. Elle ne veut pas savoir quelle explication il a bricolée pour justifier le rendez-vous manqué. Inutile aussi de chercher à se justifier, il ne comprendrait pas. Ce n'est pas assez rationnel.

Si seulement elle avait réussi à ignorer l'enveloppe glissée sous sa porte – toujours le même vélin noir et soyeux, luxueux –, à la mettre de côté pour continuer à se préparer. Au lieu de cela, elle a composé le numéro de Léna et raccroché sans laisser de message. Elle n'a pas trouvé les mots. Elle sait ce que Léna lui aurait répondu, ce que toute personne sensée aurait répondu : « La peur est dans ta tête, pas dans cette enveloppe. Ce n'est qu'un morceau de papier, le délire d'un malade. On s'en occupera plus tard. On l'ouvrira ensemble, on ira même à la police si tu veux. Ce qui compte, c'est ton rendez-vous avec tes enfants. »

Comment expliquer à Léna qu'avec l'enveloppe, c'est le Corbeau qui est revenu dans la pièce ? Et avec lui, sa voix malfaisante, ses insinuations et ses ordres. Il volait de tous côtés, se cognait contre les murs, craillait à tue-tête : **« Cesse de me snober, tu as envie de me lire. Tu veux savoir ce que j'ai à dire. »** Il avait raison, comme chaque fois. Elle le voulait, au point d'en avoir la bouche sèche et les mains moites. Elle a ouvert l'enveloppe. Les mots se sont plantés dans sa chair, un à un, comme des clous rouillés.

« Me croyais-tu envolé ? Erreur ! Je ne te quitte pas des yeux.

« Ton désordre, tes cauchemars, ton frigo vide, les fois où tu te vides l'estomac... Tout, je sais tout de toi, même ce que tu ignores, ce que tu n'avoues qu'à demi-mot. Oh ! Je ne te condamne pas. Pas plus que je ne te plains.

« Je suis un miroir, un instrument neutre dont la nature est de refléter. Impitoyable et cruel ? Sans doute, le miroir ne triche pas avec la vérité.

« Voici ce qu'il dit de toi :

« Tu es seule... Parce que ton besoin d'amour est si oppressant qu'il fait fuir ceux qui t'approchent. Tu es maigre et laide... à force de te renier et d'exister à moitié. Tu es neutre... Si peu femme. Je ne vois qu'une petite fille apeurée, incapable de poser des choix et de prendre son destin en main ; prête à passer l'éponge et ouvrir les cuisses si cela pouvait lui ramener celui qui l'a trompée. Tu es indigne... d'être mère bien sûr. Étienne sait-il que tu as pensé à faire du mal à vos enfants ? Peut-être devrais-je le lui dire. Peut-être devrais-tu éviter de voir tes enfants si tu n'es pas une bonne mère.

« Je sais que tu seras incapable de trancher.

« Laisse le miroir décider à ta place et reste dans ton trou. »

Elle a relu le message. Elle les a sentis en elle, vivants et palpitants, l'angoisse inscrite dans son corps depuis toujours, les doutes et les questions qui entravent sa marche et ses choix. Elle est malade ; malade d'amour, d'une enfance gâtée par les silences et les reproches, d'un passé en ombres chinoises ; malade d'elle-même.

Du fond de la penderie, Emmy exhume la boîte à chaussures dans laquelle elle range les messages, y jette celui du jour et repose prestement le couvercle. Sur sa branche, le Corbeau ricane : **« Quelle naïveté ! Il y a un moment que je ne suis plus dans cette boîte, que je me promène dans ta tête, que**

j'ai colonisé ton sommeil et repeint tes idées en noir. Tu redoutes mes enveloppes et pourtant tu les attends, tu les relis. Avoue-le, tu as peur que je t'abandonne à mon tour. »

Emmy rouvre le carton. Elles y sont toutes, noires et carrées. Nébuleuses et inquiétantes à force de ne pas savoir d'où sort leur auteur, comment il sait ce qu'il sait ni où il veut en venir.

La première enveloppe est arrivée en janvier, peu après le départ d'Étienne. Elle l'a ouverte avec une sorte d'incrédulité. Les corbeaux et les lettres anonymes, c'est pour les polars ou les villages dans lesquels les voisins s'épient à l'abri de leurs volets. Pas pour les gens comme elle, trop normaux, insignifiants. Et pourtant… Dans l'enveloppe, elle a découvert une coupure de presse titrant : « Le bébé miraculé de la Fourche de Satan sort du coma. L'enquête conclut à l'imprudence de la conductrice. » Le Corbeau s'est contenté d'une question, écrite à l'encre rouge en travers de l'article : « **Que fuyait-elle ?** » La bouche sèche, les yeux brûlants, elle s'est obligée à regarder la photo jointe à l'article, en a scruté chaque détail : la Fiat de sa mère retournée, déchiquetée, calcinée. Un peu plus loin, une forme allongée recouverte d'un drap et entourée de pompiers et de gendarmes. Comment le Corbeau s'est-il débrouillé pour obtenir ce cliché aux couleurs passées ? L'a-t-il acheté à un curieux venu se promener sur les lieux ? L'a-t-il dérobé dans le dossier de police ou d'assurance ? Les nuits suivantes, Emmy s'est retrouvée prisonnière des tôles tordues, l'essence gouttant dans ses cheveux ; le hurlement de sa mère brûlée vive la faisait se dresser sur son lit, épouvantée, le cœur en furie. Pur fantasme ! Elle ne se souvient de rien, elle n'avait même pas deux ans au moment de l'accident. Vingt-trois ans ont passé sans qu'elle ait réussi à parler de la tragédie avec son père. Ni Internet ni les archives régionales n'ont répondu à ses questions. Si le Corbeau détient une réponse, elle est preneuse.

La seconde enveloppe contenait une copie de la première page du rapport d'hospitalisation de sa mère à la suite d'un épisode de paranoïa particulièrement violent ; en termes crus et précis, le document relatait de quelle manière Louise Renoir tournait en boucle, accusait les médecins, les infirmiers, les autres patients de lui avoir volé son bébé, les implorait de le lui rendre. Emmy l'a lu et relu jusqu'à la nausée. Anéantie, plus orpheline que jamais, elle a torturé sa mémoire pour ressusciter le visage de cette femme à peine connue, battu le rappel de souvenirs qui confirmeraient le diagnostic des médecins. Sous le jargon médical, elle a senti vibrer la douleur et l'impuissance de sa mère, sa confusion au milieu de ces gens qui refusaient de l'entendre ; sa colère aussi et la solitude insoutenable vécues dans cette chambre aux murs lisses où on lui répétait d'accepter l'inacceptable : il n'y avait pas d'enfant. C'était avant sa naissance. Sa mère était folle, elle ne l'a jamais su. Encore une chose passée à la trappe. La maison des Renoir, monastère du mensonge et de la violence silencieuse. Le Corbeau ponctuait son épître par une nouvelle question : **« Jusqu'où sa folie l'aurait-elle menée pour avoir un enfant ? »**

La troisième enveloppe contenait une copie du procès-verbal de 1999, constatant les dégâts causés par Pierre Renoir sur la voiture de leur voisin. Dégâts causés à coups de masse. **« Boire un peu, beaucoup, souvent, violemment... on a le père qu'on mérite »**, ricanait le Corbeau, en grandes lettres déliées et rouges, inscrites en travers du procès-verbal.

Cet épisode-là, Emmy s'en souvient. Elle n'était qu'une enfant, mais elle se rappelle sa honte à voir son père se déboutonner dans la rue et pisser sur la voiture, de l'expression de pitié avec laquelle les badauds la regardaient, de la galette et du chocolat chaud qu'on lui avait servis au poste en attendant qu'une voisine vienne la chercher. Rien que de fermer les yeux, tout lui revient comme une lame de fond : l'haleine rance de son père, sa transpiration acide, ses yeux fous, sa voix grasseyante, butant sur les syllabes, sa main agitée de soubresauts incontrôlés. Un autre souvenir remonte, à peine moins vieux, éclate à la surface de sa mémoire, comme une bulle nauséabonde…

* * * *

Onze ans plus tôt

La grande valise bleue est dans l'entrée, au pied de l'escalier. À côté, la malle en fer, déjà cadenassée, prête à s'envoler. Le sac de cours atterrit sous le portemanteau. Emmy se précipite dans la cuisine.

— Papa, t'avais dit que t'accepterais plus de mission à l'étranger cette année. Et t'avais aussi promis d'être là pour mon anniversaire.

Pierre Renoir prend le temps de doser le café dans le filtre et d'enclencher le percolateur avant de se retourner.

— On n'aura qu'à fêter le suivant. Quatorze ans, c'est un nombre à la con. Ça se fête pas ! Enlève tes baskets, tu mets de la boue partout.

— Pourquoi tu ne m'as rien dit ?

— On vient de me proposer le job. Un désistement de dernière minute.

Il ment. Encore. Il sait qu'elle le sait et il ment tout de même. Le menton d'Emmy tremble, son nez picote. Elle pleurera tout à l'heure, dans sa chambre. Cette fois, elle ne lui demandera pas combien de temps il s'en va ni pour quelle destination. Loin, de toute façon. Comme si la distance changeait quelque chose à la situation. Un jour, elle s'en ira aussi. Loin de ces murs hantés, de cet homme plus veuf que père, de leurs dîners muets et des bouteilles qu'il ne prend plus la peine de dissimuler.

— Pourquoi tu n'essaies pas ? Tu pourrais rencontrer quelqu'un, refaire ta vie. Ça me dépasse.

— Ça ne m'étonne pas.

Son père a sa tête des mauvais jours. Mal rasé, les paupières tombantes, le cheveu hirsute. Son tee-shirt est souillé, marqué d'auréoles sombres sous les bras. Emmy l'examine avec appréhension : les veines de ses avant-bras sont gonflées, mais ses mains ne tremblent pas. Bon ou mauvais signe ? Il se verse un mug de café, dépose sur la table la chemise en plastique contenant ses documents de voyage.

— Je vais chez Solange et Daniel ?

Il confirme d'un signe de tête, boit une gorgée de café, lève les yeux, radouci.

— Ils s'occupent bien de toi, non ? Ce sont des gens bien. Louise t'aurait confiée à eux les yeux fermés.

Elle prend place en face de lui, tripote le sucrier, se sert une tasse de Nesquik.

— Ce sont des voisins, papa. Ces gens, c'est pas ma famille.

— Ils ont des bonnes valeurs, martèle Pierre qui s'absorbe dans la contemplation de sa tasse.

Emmy avance la main, touche ses doigts. Il la regarde, hébété.

— Ce serait possible, papa. Si tu voulais…

— Je fais ce que je peux, Louise.

Ça recommence. Ça la rend folle.

— À qui tu parles ?

— Ta mère sait que je fais de mon mieux, elle comprend.

— Ah oui ? Ben, ce serait cool qu'elle m'explique. Parce que moi, je comprends que dalle.

Les mâchoires de Pierre se contractent, le mug roule entre ses doigts. Emmy ignore les signaux d'alerte.

— Et quand elle te voit ivre mort, étalé dans le canapé, elle comprend aussi ? Elle applaudit, peut-être ? Et glou et glou…

La gifle atterrit sur son nez. Le sang gicle des deux narines à la fois. Le faire sortir de ses gonds, c'est mieux que rien. Pierre se lève, tourne sur lui-même, attrape le rouleau d'essuie-tout :

— Pardon. Ça va ?

Le Nesquik a viré au rose. Les larmes d'Emmy ruissellent en silence autour de son nez gonflé. Pierre contourne la table et pose une caresse maladroite sur ses cheveux.

— Tu vois bien qu'il vaut mieux que je parte. Nous deux, on ne sait pas faire autrement que de se faire mal.

— Reste, balbutie la jeune fille, le nez dans son mouchoir, s'il te plaît.

La sonnerie du téléphone retentit dans le salon. Pierre ébauche un geste d'impuissance et s'esquive pour répondre.

* * * *

Emmy n'a jamais cessé d'en vouloir à son père. Longtemps, elle s'est consolée en se répétant qu'on ne choisissait pas ses parents. Elle méritait mieux. Son compagnon de vie serait différent : aimant, présent, fiable.

Elle a cru qu'Étienne était cet homme-là. Le regard de la jeune femme glisse le long des murs, s'arrête sur les rectangles pâles des cadres qu'elle a bannis pour survivre après le départ de son mari – la photo de leur mariage, de leurs prénoms écrits dans le sable –, revient vers la commode sur laquelle traîne l'écrin vide de la montre chrono qu'elle lui a offerte à Noël, juste avant de découvrir sa liaison.

Peut-être ne mérite-t-elle pas mieux, finalement.

D'un geste rageur, elle éparpille les enveloppes noires sur le sol. Une dizaine de pièces jaunes s'en échappent et roulent sur le sol. Il y en a une dans chaque envoi. Toujours les mêmes, d'anciennes pièces de dix centimes, ternies par les années. Emmy les ramasse une à une, frotte ses paupières douloureuses. Elle est exsangue, exténuée d'imaginer, d'affabuler, de s'interroger, de douter, de nier. À deux doigts de basculer.

« **Et si tu n'étais pas la pauvre victime que tu crois ? Si tu étais responsable de toutes les choses moches qui te sont arrivées ?** persifle le Corbeau, décidément en verve. **Au fond, tu le sais, tu le sens. C'est pour ça que tu n'appelles pas ton père, que tu as laissé filer Étienne, que tu lui as abandonné les gosses. Tu as peur de la vérité. Tu vis dans la peur. Tu transpires la peur.** »

Au secours ! Il lui faut de l'air. Du bruit. Des gens.

La fraîcheur du crépuscule l'enveloppe. Peu à peu, les bruits de la ville se superposent à la voix du Corbeau, l'absorbent et la font reculer. Emmy resserre son écharpe et rejoint les quais. Sur la surface opaque du fleuve, les réverbères allument des reflets jaunes et onduleux. Une ambulance passe, toutes sirènes hurlantes, et la fait sursauter sur le banc où elle se ronge les ongles en grelottant. Ses pas l'ont ramenée au bout de quai désert qui a été le témoin de ses confidences à Léna et de la bouffée d'espoir qui l'a envahie alors. Comment aurait-elle pu se douter qu'elle toucherait le fond aujourd'hui ? Un pas vif résonne dans son dos. Pas besoin de se retourner pour savoir qu'il s'agit de Léna :

— C'est ici que tu te caches ? On avait rendez-vous chez toi. Tout s'est bien passé ?

Emmy renifle, essuie la morve qui lui coule du nez. S'il existe des mots pour raconter les heures qu'elle vient de traverser, elle n'a pas l'énergie de les prononcer.

— Tu as décidé de jouer aux devinettes ?

— …

— Tu te rappelles ce que je t'ai dit l'autre jour ? Tout est affaire de choix : raconter ou te taire, saisir une perche ou la repousser, rester à terre ou te relever.

Emmy se recroqueville un peu plus sur son banc, rentre la tête dans ses épaules. La raison voudrait en effet qu'elle saisisse cette main tendue. Mais sa raison est en vadrouille ces temps-ci.

— Comme tu veux, décrète Léna d'un ton coupant. Salut !

Emmy avale la balle de golf coincée dans sa gorge, se dresse d'un bond et entreprend de la rattraper. Ses jambes sont molles et fatiguées, le sol tangue sous ses pieds.

— Attends !

Léna ne ralentit pas. On dirait même qu'elle accélère le pas.

— Je ne sais plus ce que je fais. Je ne suis même plus sûre de savoir qui je suis.

Cette fois, Léna s'est arrêtée. Elle ne s'est pas retournée.

— Est-ce que tu as déjà eu peur de perdre les pédales, Léna ? Devenir dingue, folle à lier, à enfermer ? Je n'en peux plus de porter ça toute seule.

Les épaules de Léna se raidissent. Comme elle lui tourne toujours le dos, Emmy ne voit pas trembler son menton, ne la voit pas non plus cligner des paupières pour en chasser une larme importune.

— Ma mère était délirante, bipolaire ou quelque chose du genre. Je l'ai appris récemment par une lettre anonyme. C'est héréditaire ces choses-là, non ?

— Je ne sais pas.

— Est-ce que tu crois que je pourrais faire du mal à quelqu'un ? À mes enfants ?

— C'est toi qui sais.

— Je ne sais plus rien. J'ai peur, Léna. Est-ce que tu as déjà eu peur au point de te dire que tu n'arriverais pas à vivre avec cette peur ?

Emmy s'effondre sur les pavés du quai, poursuit d'une voix brisée :

— J'entends des voix… une voix. C'est à cause des lettres anonymes… Ça me détruit… Si tu étais juge, tu confierais des enfants à quelqu'un qui entend des voix ?

Léna revient sur ses pas et s'accroupit aux côtés d'Emmy. Elle l'écoute se purger de sa peine. Dans son coupe-vent trop large, sa voisine paraît frêle et perdue. Ses pleurs lui déchirent les tympans. Timidement, elle lui caresse les cheveux. Les trouve lisses et doux, respire leur parfum d'amande. Se souvient qu'elle l'a aidée à les coiffer ce matin en vue du rendez-vous. Non, elle ne se laisse pas attendrir : après ce qu'Emmy vient de vivre, un peu de tendresse n'est pas un luxe. Léna passe sa langue sur ses lèvres sèches. Certains jours, elle aimerait se décoller la peau du visage, racler jusqu'au sang, avec les ongles. La jeune femme saisit le menton d'Emmy, attire vers elle son visage défait.

— À partir d'aujourd'hui, c'est ma voix que tu vas écouter, moi et seulement moi. Tu n'as plus à avoir peur. Je m'occupe de tout.

Emmy enfouit son visage dans l'écharpe de Léna et s'enivre de son odeur. Seuls comptent l'épaule tiède et vivante qu'on lui offre, les bras qui l'enserrent et la soutiennent. Ces bras dans lesquels elle s'abandonne tout entière.

— Tout va bien. Je suis là maintenant, avec toi.

Pas sûr qu'Emmy l'ait entendue. Tant pis. Ou tant mieux. À genoux sur les pavés, transie par l'humidité qui monte du fleuve, Léna sait qu'elle est à sa place.

* * * *

4

Les listes et les plannings de Léna rythment désormais les journées d'Emmy. Se doucher, s'habiller, ranger, nettoyer, faire les courses, manger. Parce qu'elle ne cherche plus la raison pour laquelle elle devrait s'en acquitter, Emmy accomplit ses tâches en bonne exécutante, sans réfléchir. Elle fait ce qui est écrit, parce que c'est écrit. Et c'est merveilleusement reposant !

Léna l'appelle plusieurs fois par jour et passe chaque soir au retour de l'hôtel pour faire le point sur ses progrès. Elle lui a confisqué la boîte avec les enveloppes et l'a jetée dans l'incinérateur de l'immeuble. « Ces saletés t'ont pourri la tête. N'y pense plus et considère que tu repars de zéro. » Emmy a failli répliquer qu'on n'efface jamais complètement l'ardoise, encore moins quand on a des enfants, mais elle s'est tue. Elle a déjà pu constater que sa nouvelle amie n'apprécie pas qu'on discute ses consignes. Léna a une vision très claire de ce qui peut l'aider ou lui nuire. Étienne et les enfants appartiennent sans conteste à la seconde catégorie.

Emmy s'applique. Et la méthode fonctionne. Jour après jour, elle apprivoise ses dégoûts, sa phobie des aliments et le galet qui obstrue son œsophage. Elle s'oblige à grignoter plusieurs fois par jour, des petites quantités, se concentre sur la texture des aliments en contact avec ses papilles, s'applique à reconnaître les épices et les saveurs. Lorsque la voix du Corbeau tente de s'insinuer dans ses pensées, elle se plante devant le miroir et égrène son nouveau mantra jusqu'à la réduire au silence : « *Personne ne me dit qui je suis, personne ne me dit ce que je vaux, personne ne me dit ce que je dois croire ou ce que je veux. Personne sauf moi. Je sais qui je suis, ce que je vaux, ce que je crois, ce que je veux...* »

— Personne sauf toi, a-t-elle plaisanté un jour devant Léna. Jusqu'à présent, c'est toi qui me dis toutes ces choses.

— Le jour où tu n'auras plus besoin de moi pour y croire, tu seras mûre pour voler en solo. Mais crois-moi, on est loin du compte ! a répliqué Léna avec mauvaise humeur. Contente-toi d'appliquer mes trucs, je m'occupe du résultat.

Ce matin, enfin, le pèse-personne atteste d'un premier kilo reconquis. Première victoire, première audace : Emmy s'offre une récréation à l'insu de son coach.

Indécise, elle traîne devant la penderie, effleure jupes, pantalons et blouses sans parvenir à choisir. Une dizaine d'essais plus tard, elle y est. Le jean flotte aux cuisses et le col du chemisier bâille un peu, mais elle s'en accommodera. Emmy camoufle sa pâleur sous une couche de crème teintée qu'elle rehausse d'une touche de blush. Les paupières à peine fardées, les cils allongés au mascara, elle fait une mère de famille tout à fait présentable. Un soupçon de gloss pose la touche finale. Emmy sourit à son reflet et noue le foulard que lui ont offert Étienne et les enfants à la dernière fête des Mères. En route !

C'est un jour lumineux et frais. Le genre de météo qui rougit le nez et fait regretter d'avoir cru au printemps. Emmy gagne le métro d'un pas alerte. La rame l'emmène dans le quartier des casernes, à proximité de la nouvelle école de Maxime et Clara. Les bâtiments scolaires sont érigés au milieu d'un parc, arbres centenaires inclus. Un luxe, quand on pense qu'on se trouve en pleine ville. Étienne a bien choisi. Sur ce plan au moins, elle peut lui faire confiance.

Elle arrive hors d'haleine devant la cour de l'école primaire alors que le tintement de la cloche résonne. Les adultes patientent et discutent par petits groupes devant les grilles, en habitués des lieux. Déjà, les rangs sortent du bâtiment, s'alignent dans la cour. Le regard d'Emmy remonte les files, identifie les turbulents, les premiers de la classe, les caïds en herbe et les minidivas. Pas d'anorak bleu ni de cartable rouge en vue. Enfin, elle aperçoit Maxime, en queue de file. Il est vêtu d'une veste neuve d'un orange agressif. La mallette est devenue sac à dos. Étienne croit-il réparer ses dégâts à coups de nouveautés ?

Son fils lui semble plus frêle que dans son souvenir, le nez fixé sur ses chaussures, les épaules voûtées par un poids plus lourd que ses cahiers. Dire qu'il n'a même pas six ans. Peut-être aurait-elle dû refuser qu'on lui fasse sauter une classe ? Elle a toujours pressenti que Maxime était différent. Intuitif, créatif, fragile. « Trop sensible, avait précisé l'institutrice. Votre fils prend tout au premier degré, madame Delcourt.

Il gère difficilement ses émotions et il a du mal avec les consignes. Il va devoir apprendre à s'intégrer, s'endurcir un peu. »

Comment lui apprendre ce qu'elle-même n'est jamais arrivée à faire ? Comme Maxime, elle a poussé de travers, en se demandant ce qu'elle avait fait de mal. Si elle veut le rassurer aujourd'hui, il lui faudra surjouer la grande forme. Emmy s'exerce, étire les commissures de ses lèvres vers le haut, se force à plisser les yeux. L'idée du regard inquiet de son fils quêtant la vérité sous les apparences a quelque chose d'insupportable. Des silences et des mensonges, on l'en a gavée depuis l'enfance. Va-t-elle lui infliger la même chose ? La vérité, elle va lui dire la vérité, avec des mots simples et justes. Parce qu'il la mérite. Parce qu'il en a besoin. Le cœur battant, elle regarde les enfants se disperser dans la cour et s'approcher de la grille.

— Emmy, que faites-vous ici ? Étienne ne m'avait pas prévenue.

Françoise Delcourt est égale à elle-même, aristocratique et distinguée dans son manteau en laine grise, un foulard en soie enroulé autour de son cou d'échassier. Un léger recul du buste, vite maîtrisé, à peine teinté de dégoût, comme si la dépression pouvait être contagieuse. En femme du monde, sa belle-mère improvise un sourire polyvalent tout en rajustant un des peignes qui maintiennent sa coiffure. Une compassion fugace passe sur ses traits.

— Dieu sait que je n'étais guère favorable à votre mariage. Je le jugeais précipité et, dès lors, voué à l'échec. Sachez que je souhaiterais m'être trompée – au moins pour les enfants – et que je n'approuve pas la conduite de mon fils. Comment vous en sortez-vous ? Avez-vous besoin d'aide ?

Encore et toujours les mêmes questions. Emmy secoue la tête avec nervosité. Elle qui était persuadée d'avoir fait le nécessaire pour donner le change !

— Je voudrais voir mes enfants, Françoise, les embrasser. Vous êtes une mère, vous pouvez comprendre ça.

— Ce n'est pas une bonne idée. Ils ont été très perturbés par la séparation, très déçus aussi que vous ne soyez pas venue au rendez-vous la fois dernière.

— Ce n'était pas possible. Je n'étais pas… assez bien.

— C'est justement pour cela qu'il vaut mieux éviter qu'ils vous voient. N'ayez pas d'inquiétude, Maxime et Clara vont bien, nous y veillons. Soyez patiente, vous finirez par remonter la pente et tout rentrera dans l'ordre.

Dans la cour, les enfants se bousculent et s'interpellent, impatients de raconter leur journée, de rentrer dévorer leur goûter.

— Où est Clara ? s'entend articuler Emmy d'une voix implorante.

— À la maison, avec mon mari : encore une otite ! Partez, s'il vous plaît, insiste Françoise. Je vous assure que c'est mieux. D'ailleurs, vous en avez conscience, vous aussi.

Le palier du quatrième étage est plongé dans l'obscurité. Un rai lumineux filtre au ras du sol, sous la porte de l'appartement 4B. Blottie contre le chambranle, les yeux clos, Emmy ressasse ce qu'elle n'a pas fait. Bousculer Françoise, foncer vers la grille, saisir

Maxime à bras-le-corps et le faire tourner comme un avion. « Tout est affaire de choix et de conviction », répète Léna. Si au moins elle avait essayé. Elle se sent lasse et minuscule, fatiguée d'elle-même, de cette course à l'amour dont elle sort systématiquement défaite.

Léna n'aurait pas tourné les talons devant Françoise. Léna se fiche bien d'être aimée. Elle EST, c'est tout. Comment ne pas lui envier sa liberté, son indépendance ? Comment ne pas lui demander sa recette ? « Tu pourrais être comme moi, ce n'est pas compliqué. Il suffit de le décider. »

Voilà ce que son amie répondrait à ses jérémiades.

Le bruit de la porte la prend au dépourvu. Son cerveau tombe en panne sèche.

— Bonsoir, j'ignorais que mon paillasson était aussi confortable.

L'homme dépose son sac-poubelle, s'essuie les paumes sur son pantalon et lui tend la main pour l'aider à se relever. Pitié ! Qu'il cesse de la regarder de cette manière, de froncer les sourcils. Sa curiosité a beau être légitime – ce n'est pas tous les jours qu'on trouve une inconnue vautrée sur le pas de sa porte – elle n'en est pas moins gênante.

— Mademoiselle Renoir, je présume ? Appartement 2B ?

— Madame ! Comment connaissez-vous mon nom ?

— Je suis médium. Il me suffit de toucher quelqu'un pour tout savoir de lui.

Il sourit en la voyant enfoncer ses mains dans les poches de son jean.

— OK. Il pleut, vous êtes sèche et en chaussettes. J'en conclus que vous habitez l'immeuble. Depuis qu'on s'est installés, j'ai croisé tous les locataires au moins une fois, sauf celle du deuxième gauche qui ne quitte sa tanière qu'au compte-gouttes. Et puis il y a une belle étiquette sur votre boîte aux lettres. Voilà pour mes prétendus dons. En quoi puis-je vous aider ?

— Je… euh… Est-ce que Léna est là ?

— Vous la connaissez ?

Elle acquiesce, avec la curieuse impression d'avoir commis une bourde, répète sa question. Il se rembrunit, répond par la négative.

— Ce n'est rien, je repasserai une autre fois.

Il la rattrape avant qu'elle n'arrive à l'escalier, lui empoigne fermement le bras.

— Qu'est-ce que vous croyez ? Que vous pouvez squatter mon paillasson et puis vous enfuir sans explication ? Entrez un moment, qu'on discute.

Mortifiée, la jeune femme désigne du doigt le sac plastique posé à leurs pieds. Il hausse les épaules :

— Les poubelles attendront. Venez, les pâtes doivent être prêtes. Il y en a assez pour deux. Au fait, je m'appelle Magnus.

— Moi, c'est Emmy. Et pour les pâtes, je ne…

Il est déjà parti en direction de la cuisine, sans écouter sa réponse. Elle trottine sur ses talons, curieuse et embarrassée, le regarde égoutter les pâtes et remuer la sauce. Son voisin est joli garçon : un visage régulier, presque trop pour qu'on puisse le qualifier de viril, une bouche charnue, des cils longs et fournis qui donnent à son regard marron une touche veloutée. Pas le moindre début de barbe. Stature longue et déliée, le contraire d'Étienne.

Réagissant à l'onctueuse odeur d'aromates qui se répand dans la cuisine, son estomac interrompt ses observations par un borborygme embarrassant. Magnus lui jette un regard moqueur :

— Ça vient ! En attendant, rendez-vous utile ! Le tire-bouchon se trouve dans le tiroir de droite.

La salle à manger est meublée à l'ancienne, avec un dressoir aux pieds tarabiscotés et une table ovale en chêne sombre. Du Louis quelque chose ? Le papier peint fleuri est désuet lui aussi et contraste avec le kilim bon marché du salon. Emmy débouche la bouteille et s'assied à table, bientôt rejointe par Magnus, porteur d'un plat de *fusilli all'arrabiata*. La salive roule dans sa bouche, son estomac frétille tandis qu'elle le regarde remplir les assiettes. Peut-on être aussi affamé sans en avoir conscience ?

Dieu, que c'est bon ! Elle mange, elle savoure. Non, elle dévore. Le bruit des couverts et de la vaisselle accompagne leur dîner. Magnus ne cherche pas à animer la conversation. Il se contente de veiller à ce que leurs verres restent pleins. Il ne se lance qu'après qu'elle a terminé sa seconde assiette :

— Donc, vous connaissez Léna !

Emmy manque de s'étrangler et pose son verre. En quelques mots, elle raconte sa rencontre avec Léna dans le hall de l'immeuble. Son voisin l'observe d'un air sceptique.

— Elle ne m'a pas parlé de vous. Pas un mot.

Elle s'agite sur sa chaise, troublée. Peut-être ne compte-t-elle pas autant qu'elle le pensait aux yeux de Léna. Aurait-elle pris pour de l'amitié ce que celle-ci considère comme pure charité ? Magnus guette sa réponse, le menton levé. « Ne te laisse pas impressionner, lui souffle la voix de Léna. La meilleure défense, c'est l'attaque. » Emmy décoche à son hôte un sourire innocent :

— Elle ne m'a pas parlé de vous non plus. Pourtant, vous faites aussi partie de sa vie.

Il s'esclaffe, se laisse aller contre le dossier de sa chaise et boit une gorgée de vin :

— Un peu, que j'en fais partie ! Et depuis plus longtemps que vous. Léna et moi, on était encore des enfants quand on s'est rencontrés. On a fini de grandir ensemble.

— C'est… bien.

Que dire d'autre ? Elle a l'impression de jouer à celui qui pisse le plus loin et n'est pas outillée pour l'emporter.

— Savez-vous que pendant toutes ces années, pas une fois, pas une seule, Léna ne m'a présenté une amie ? Pas même une copine. Alors vous pensez si je suis intrigué. Que faites-vous lorsque vous vous voyez ? Des séances d'abdos-fessiers, du shopping, de la pâtisserie ?

Il y a dans le ton de Magnus quelque chose qui la hérisse. Une touche de suffisance, peut-être même un début d'hostilité. Elle ne peut s'empêcher de se demander ce que penserait Léna de les savoir ici, en tête à tête devant un plat de pâtes et une bouteille de vin. Un vin qui fait très mauvais ménage avec ses nuits d'insomnie. La tête lui tourne, elle se sent pesante et molle, les pensées emmêlées.

— Je n'ai pas d'exi… d'expla… Merde ! Je ne sais pas pourquoi elle a rien dit.

Un rictus narquois au coin des lèvres, Magnus soulève la bouteille de vin pour la resservir, mais elle pose la main sur son verre juste à temps – sans le renverser – s'applique à faire sortir les syllabes suivantes dans le bon ordre :

— Je traverse une mauvaise passe. Léna me donne un coup de main pour m'en sortir.

— Vous voulez dire qu'elle vous… aide.

Il éclate d'un rire incrédule. Cuisant comme une gifle.

— Vous avez un problème avec l'alcool, c'est ça ?

Cette fois, la coupe est pleine. La tête en feu, Emmy se lève, rattrape de justesse la chaise qui allait tomber et appuie ses mains tremblantes sur le dossier. Quelle horreur ! On croirait voir son père, un soir d'ivresse.

— Si j'étais vous, je me demanderais pourquoi elle m'a caché ces rencontres. Les prétextes et les cachotteries, c'est la mort annoncée du couple. Bonsoir !

Pas peu fière de sa réplique, Emmy regagne l'entrée aussi dignement que possible.

— Qui a dit qu'on était un couple ?

La main sur la poignée de la porte, elle ne peut s'empêcher de se retourner vers Magnus, toujours affalé sur sa chaise :

— Parce que vous n'êtes pas…

— Demandez à Léna, puisqu'il paraît que vous êtes son amie.

Il a lourdement insisté sur le dernier mot. Quel type odieux ! Qu'est-ce que Léna peut bien lui trouver ?

Emmy disparaît en laissant la porte grande ouverte. C'est moins ridicule que de la claquer derrière elle. Et ça l'obligera à se lever.

* * * *

Sombre ouvre la porte aussi discrètement que possible. Précaution inutile : Magnus est planté au milieu de l'entrée, les épaules raides, les mains croisées dans le dos. Une caricature de maître d'école ! Elle sourit, enjôleuse et câline :

— Encore debout, trésor ?

— Tu as presque trois heures de retard. Où t'étais ?

A-t-il l'intention de lui flanquer une fessée en guise de sanction ? Voilà qui serait inédit. Et intéressant. Sombre inspire par le nez. Naturelle, innocente.

— Sonia était malade, j'ai dépanné au pied levé. Carton plein ! s'exclame-t-elle en sortant de sa poche une liasse de billets à laquelle il n'accorde pas un regard.

— Tu aurais pu prévenir.

— J'ai pas que ça à penser quand je bosse, figure-toi. Et puis, cesse de jouer les nounous, j'ai passé l'âge.

— Je croyais avoir été clair : quand on a parlé d'un nouveau départ, ni toi ni tes prestations au Cachot ne faisiez partie du programme.

— C'est ça, la vie, trésor : on fait des choix et on en accepte les conséquences. Moi, je trouve que tu bénéficies d'un assez joli bonus. En tout cas, j'en connais qui aimeraient être à ta place.

Elle s'enroule contre lui. Sa peau luit légèrement et dégage un parfum vanillé. L'air de rien, elle promène ses ongles sur le cuir de la ceinture, joue avec les passants, agrippe le bouton du jean. L'estomac de Magnus se contracte aussitôt, un tic nerveux déforme sa bouche. Comment est-il possible de la vouloir, de la craindre et de la détester dans le même instant ? Il l'écarte de lui avec rudesse.

— J'aimerais que tu respectes les règles. Ton territoire, c'est le Cachot. Techniquement, ici tu es hors jeu.

La jeune femme rabat la capuche qui dissimulait ses cheveux avec un claquement de langue agacé. Quel rabat-joie, toujours à la sermonner, alors qu'ils pourraient prendre du bon temps ! Et vas-y que j'en remette une couche, que je te refixe le cadre, que je te bassine avec mes mauvais pressentiments et l'importance de respecter les règles… Blablabla. Il est capable d'y passer la nuit. Que croit-il ? Les règles, c'est elle qui les fixe. Sombre bâille longuement, sans mettre la main devant sa bouche. S'étire à la manière d'un chat.

— Je suis crevée. Je vais me changer.

Elle lui dépose son imperméable dans les bras et gagne la chambre. Du regard, il suit la danse des volants de dentelle rose qui caressent le haut de ses cuisses. Sombre allume le miroir de la coiffeuse, se penche et ôte les faux cils démesurés qui bordent son regard turquoise. Puis, une à une, récupère ses lentilles et les plonge dans le liquide désinfectant. Elle pose la perruque rouge sur la tête du mannequin de couturière, en lisse les mèches avec soin et rajuste les nœuds en satin qui terminent les nattes. Enfin, elle ôte le filet qui enserre son crâne. Ses cheveux châtains se répandent sur ses épaules.

— Tu m'aides à défaire les boutons ?

Il secoue la tête, buté. Bientôt, la robe et l'ample volant de tulle rejoignent à leur tour le mannequin. Les vêtements de Sombre sont son unique coquetterie. Elle passe des heures sur des catalogues en ligne, se ruine avec application et ferveur. Vêtue de ses sous-vêtements de coton, les jambes gainées de hauts bas blancs terminés par une dentelle délicate, elle s'approche, le défie. Il se détourne, la bouche sèche.

— Inutile de continuer à faire semblant, trésor. Tu as perdu.

Elle glisse les mains dans les cheveux blonds, les tire violemment pour approcher son visage du sien et colle sa bouche à la sienne. Sur sa langue, il goûte l'alcool et la fumée. En pilote automatique, ses mains attrapent les hanches de Sombre. Ils s'empoignent, s'étreignent et se bousculent sans se lâcher des mains ni des lèvres.

— La perruque, souffle soudain Magnus, mets au moins la perruque.

— Pas besoin ! On est adultes et consentants.

— C'est important. Fais-le pour moi.

Elle se dégage avec brusquerie, attrape la perruque. Tandis qu'il se tortille pour s'extraire de son jean, elle le pousse sur le matelas, lui attrape les mains et les glisse avec une dextérité de professionnelle dans les menottes fixées au montant du lit. Il transpire et frissonne lorsqu'elle le rejoint. La chemisette en coton valse dans un coin laissant apparaître ses seins menus et blancs. Les yeux allumés d'une lueur gourmande, elle dessine des arabesques compliquées sur son torse.

— Tu m'as dit des choses méchantes. Dis-moi que tu regrettes !

Il le concède, avec la conscience aiguë de se renier.

— Je ne sais pas si je te pardonne, minaude-t-elle. C'est trop facile. Comment savoir si tu es sincère ?

Elle se frotte contre sa peau, le griffe, le pince et l'embrasse. S'assied sur lui, nue et brûlante. Magnus suspend son souffle. Les mains de Sombre encerclent son cou, les pouces posés à plat sur sa trachée. Il ne sait jamais à l'avance quand elle va serrer. C'est le jeu, leur jeu. Magnus s'abandonne au va-et-vient de sa compagne, concentré sur les sensations électrisantes qui le traversent. Leurs corps ne font plus qu'un, emmenés par un même mouvement, par les soupirs qu'ils se renvoient en miroir. Sombre s'immobilise soudain, accentue la pression de ses pouces.

— Dis-le maintenant !

Il secoue la tête, cherche vainement de l'air. Elle appuie encore.

— Dis que tu m'aimes !

La vue de Magnus se brouille. Ses oreilles bourdonnent. Un univers blanc et ouaté se déploie devant lui. Il est en apesanteur. Sombre se retire brusquement et se rue vers la salle de bains. Elle pourrait le tuer pour ces mots qu'il lui refuse. Ce désamour muet.

Sur le lit, Magnus aspire l'oxygène à grandes goulées rauques. Frustré, échauffé, soulagé. Il a beau savoir que Sombre sait ce qu'elle fait, qu'elle s'arrêtera à temps, la peur est là, chaque fois identique, mêlée à l'étrange extase de savoir son sort entre ces jolies mains, abandonné à elles de la manière la plus totale. Pourquoi ne se contente-t-elle pas de ce cadeau ? Pourquoi ne respecte-t-elle pas la limite qu'il refuse de franchir ?

Elle le veut tout entier. Il la veut tantôt pour une moitié, tantôt pour l'autre. Leur histoire finira comme elle a débuté, sur un malentendu. C'est inévitable.

* * * *

Treize ans plus tôt

À l'hôpital, nuit ne rime pas forcément avec sommeil. Il y a les pas dans le couloir, la voix de l'infirmière de nuit, les cris de ceux qui cauchemardent. Magnus ne rêve plus. Il ne dort plus non plus. Il veille, pour éviter que les souvenirs ne rappliquent : « Debout, lopette ! C'est l'heure… On va t'enseigner tout ce qu'une bonne pute doit savoir… Chiale pas, minus, ou je t'en colle une… » Quand les images s'imposent, que la peur et la honte le font transpirer, il songe au couteau qu'il achètera pour crever ses bourreaux, s'oblige à respirer calmement, comme Joubert le lui a appris. Il bloque le film, zappe les rires gras et les insultes, les gifles et les coups, les mains qui le tiennent et celles qui le fouillent, la terreur brute, la douleur qui déchire, le froid humide de la cave sur sa peau. Il gagne son lieu de sécurité, cet endroit virtuel où rien ni personne ne peut l'atteindre. Magnus a appris à se protéger de sa mémoire, il continue pourtant de saigner. Il en a besoin.

La veille, Joubert l'a pris à part après la séance de thérapie collective pour le remercier d'être intervenu. Il a examiné son avant-bras blessé avec dépit :

— Tu pourrais t'en sortir si tu le voulais. Tu es plus résilient que tu ne le penses.

Magnus a secoué la tête, désigné la nouvelle qui regagnait sa chambre.

— Elle, c'est une résiliente, une vraie.

— Impossible à savoir tant qu'elle ne parlera pas, a conclu le médecin.

Les minutes s'égrènent dans l'obscurité de la chambre. Les pensées de Magnus s'accrochent, se décrochent. Les ombres et les bruits se fondent. Il sombre doucement. Le matelas tangue un peu. Bruit de draps froissés.

— Qu'est-ce que tu fous là ?

Elle se blottit contre lui, appuie ses pieds froids contre les siens, cherche sa main. Il la repousse.

— Fous le camp ou j'appelle l'infirmière.

Elle se redresse, s'assied sur le lit, étonnée.

— Pourquoi tu veux que je parte ?

Elle parle ! D'une voix un peu enrouée, mais assurée. Sous la chemise de nuit, Magnus repère un léger renflement. La fille a des nichons, ce n'est pas une gamine. Elle a quoi… douze ans, treize peut-être ?

— Pourquoi tu ne parles pas aux médecins ?

— J'aime pas leurs questions. Je peux rester ?

Magnus hausse les épaules, se rallonge et lui tourne le dos. Elle se colle contre lui, s'emboîte dans les creux de ses hanches, de ses genoux. Il la sent respirer et accorde instinctivement sa respiration à la sienne. Cette fois, il ne repousse pas la main qui cherche la sienne.

— Tu m'écriras un poème ?

— Peut-être, si tu me dis ton prénom.

Elle remue, se tortille contre lui sans répondre. Les minutes glissent encore.

— Si je te le dis, je pourrai revenir demain soir ?

Il se retourne vers elle, effleure du bout des doigts les mèches emmêlées. La lumière de la pleine lune expose crûment la peau pâle de la fille, ses yeux immenses, sa bouche entrouverte. La fait paraître plus âgée. Il sourit dans la pénombre : « D'accord. » Elle plisse les yeux, retrousse les lèvres et lui murmure un mot à l'oreille.

— Tu te moques de moi. C’est pas un vrai prénom.

— J’en ai un autre. Je te le dirai aussi, si tu veux.

Elle se blottit contre lui.

— Tu sens bon. Il te fait mal, ton bras ?

— La douleur peut faire du bien. Moi, elle m’aide.

— Pourquoi ?

— Parce qu’elle est me rappelle que je suis vivant, que je peux sentir des choses.

Elle paraît impressionnée. Défait le bandage d’une main adroite. Ses doigts se promènent sur les cicatrices fraîches comme si elle lisait en braille. D’un coup d’ongle, elle rouvre l’une d’elles. Le cri de Magnus s’étrangle dans sa gorge, mais déjà les lèvres de la fille ont pris le relais. Les poils de son corps se hérissent jusqu’à l’insupportable. Il se laisse aller sur le dos, le cœur en plein sprint :

— T’es vraiment barrée !

— Tu vois, moi aussi je peux te faire sentir des choses.

* * * *

5

Sur la liste de Léna, la rubrique « Défi du jour » mentionne : « Affronte quelqu'un qui te connaît, qui te posera à coup sûr des questions personnelles. N'explique rien, ne te justifie pas. Tes secrets t'appartiennent, tu dois rester maîtresse du terrain. Si tu parviens à ne rien lâcher, tu auras gagné le droit de te faire plaisir. »

Côté candidats, Emmy avait l'embarras du choix. À la curiosité d'Olimpia, au sourire mielleux de Farid et à l'inépuisable oreille d'Isabelle, elle a préféré la franchise carrée de Jem.

Cela fait une éternité qu'elle n'a plus acheté de fleurs. Elle avait oublié l'atmosphère tiède et humide de la boutique, le cocktail de senteurs poivrées et la touche d'herbe fraîche, le friselis de la fontaine et le grand bouddha de pierre méditant sur la vaine agitation des humains. Son monde s'est effondré, elle est partie à la dérive, mais la boutique de Jem a continué à tourner. Les gens ont continué à venir y acheter des fleurs pour s'aimer, se consoler ou se faire pardonner. Peut-être simplement par amour du beau. Cette pérennité-là a quelque chose de réconfortant.

Les clochettes du carillon ont ramené Emmy aux dimanches où ils allaient dîner chez les parents d'Étienne, aux bouquets choisis dans l'espoir de séduire sa belle-mère. Jem aime les fleurs presque autant que les hommes. Ses compositions sont exubérantes et colorées, toujours surprenantes. La boucle d'oreille et les jeans moulants perturbaient trop Étienne pour qu'il sympathise avec le fleuriste. Il lui commandait cependant les bouquets de Saint-Valentin et passait les prendre en coup de vent en rentrant du travail : vite payé, vite emporté, pas le temps de bavarder, pas envie non plus de frayer avec ce genre de type. Pourtant, des choses à dire, Jem n'en manque pas. Avec lui, elle parlait boutures, taille de rosiers et culture d'orchidées. Mais aussi usure du couple, enfants et cuisine. Presque une copine, en somme. Éviter de s'épancher sur son épaule ne sera pas chose aisée.

— Je peux vous aider ?

Surprise, Emmy se retourne vers le comptoir. La température de la pièce chute de quelques degrés lorsqu'elle reconnaît Magnus. Trois jours se sont écoulés depuis leur tête-à-tête. Elle n'est pas prête à lui pardonner l'ironie dont il a fait preuve. Pas plus que le sourire goguenard qu'il arbore aujourd'hui.

— Très bon choix, ces Ice Follies. C'est pour offrir ?

— Pas la peine, fait Emmy en reposant dans l'eau la botte de tulipes qu'elle avait choisie. Je repasserai, quand vous serez en congé par exemple.

Magnus ébauche un sourire embarrassé :

— Dites, pour l'autre soir…

Le carillon tinte à nouveau. Emmy s'est envolée.

Dans le coin-bureau, Jem repose le combiné et siffle entre ses dents. Contournant le comptoir, il saisit deux bottes de tulipes dont il emballe les tiges dans du papier aluminium avant de les tendre à Magnus :

— Pas le temps de faire joli. Rattrape-la et offre-les-lui avec ton plus beau sourire.

— C'est pas ce que tu crois.

— Écoute, mon bonhomme, je suis pédé, mais pas aveugle. La dame est en rogne après toi. Il se trouve que je la connais et que je l'aime bien : le genre poli, gentil, attention fragile. Son mari l'a plaquée et depuis, elle galère. Me demande pas pourquoi, mais je jurerais que t'as joué au con. Alors tu choisis : ou tu lui cours derrière et tu t'aplatis… Ou tu prends la porte.

Le Premium Café fait partie de ces établissements à l'atmosphère design faussement décontractée. Des murs parés de liège aux tables en teck brut en passant par les tabourets de bar en résine noire et blanche, tout y évoque la sophistication discrète et coûteuse. Rebutée par la froideur de l'ensemble, Emmy a opté pour la terrasse en bord de fleuve. Ils se sont assis sous un des radiateurs infrarouges destinés à réchauffer les téméraires. Une toile isolante les protège du vent piquant qui balaie les quais. Et accessoirement des regards indiscrets, songe Emmy tout en se demandant si Magnus a eu la même idée en choisissant cette table.

Coincée dans un siège bien trop profond pour être confortable, elle étouffe un soupir et mordille la paille qui accompagne son thé glacé. Elle a accepté les fleurs et les excuses maladroites de son voisin, l'a suivi à contrecœur pour écouter ce qu'il avait à dire. *A priori* pas grand-chose, vu qu'il se contente de piocher dans les friandises asiatiques servies avec leurs consommations. Elle tend la main vers les tulipes, effleure les pétales blancs dentelés de rose sombre.

— Elles sont très belles, merci.

— C'est Jem qui les a choisies.

— Ah !

Nouveau silence… 12, 13, 14… À vingt, s'il ne s'est pas décidé, elle le plante là avec ses fleurs… 17, 18…

— Tu as parlé à Léna de l'autre soir ? Je veux dire, du moment qu'on a passé ensemble.

Comme s'il s'agissait d'un rendez-vous galant ! Elle le ferait bien marcher, juste pour voir, mais il paraît réellement soucieux. Et il est vrai qu'elle n'a rien dit à Léna : l'intuition que ça ne lui plairait pas. Elle finit par hausser les épaules, fait signe que non. Magnus respire, étend les jambes, lève son verre et avale une gorgée de bière.

— Tu as bien fait. Santé !

— Elle a des raisons d'être jalouse ? s'enquiert Emmy, dans un élan de solidarité féminine.

— Ce n'est pas le problème. Si tu la connais aussi bien que tu le prétends, tu as déjà dû remarquer que Léna est, plutôt, disons « binaire » : il y a ce qui lui plaît et ce qui lui déplaît. Ce qu'elle veut et ce qu'elle refuse. Et entre les deux… il n'y a rien.

Emmy retient un geste impatient. Où les mène ce genre de considération ? Léna a des avis tranchés, et après ? Étienne aussi fonctionne ainsi. Le monde est peuplé de gens qui n'admettent pas la contradiction et pensent tout savoir mieux que les autres. Il faut s'en accommoder, prendre ce qu'ils ont de bon à offrir.

— Votre amitié m'intrigue. Habituellement, les gens comme toi font partie de ceux qui déplaisent à Léna. Le maternage n'est pas sa tasse de thé.

— Elle ne me couve pas, elle me coache. C'est assez difficile à expliquer, mais…

Emmy ferme les yeux : le hall d'entrée de l'immeuble, la joggeuse qu'elle a d'abord confondue avec une adolescente, un premier regard, froid et cru, qui a éclaboussé son orgueil, le trouble ressenti le jour où elles se sont parlé au travers de la porte, le paillasson du quatrième, anxiolytique inattendu. Elle rouvre les paupières sur un sourire :

— Dès le jour où je l'ai rencontrée, j'ai su qu'il allait se passer un truc entre nous. Elle a une telle façon de te regarder, de te faire sentir…

— Vivant, unique.

— Exactement ! s'enthousiasme Emmy, mais d'un autre côté, on sent aussi qu'il s'agit de lui donner le maximum, de…

— De ne surtout pas la décevoir, achève Magnus. C'est vrai, elle est comme ça. Difficile de résister à l'envie de lui donner le meilleur de soi.

Ils échangent un regard, surpris et heureux de se comprendre. Magnus avale une poignée de cacahuètes. De l'index, il trace des signes dans la buée du verre.

— Puisqu'elle t'a choisie…

— C'est peut-être moi qui l'ai choisie, suggère malicieusement Emmy.

Il sourit, dubitatif, poursuit son raisonnement :

— Ce que je voulais dire, c'est que – il cherche ses mots, comme s'il allait lui lâcher le scoop du siècle – si elle devait exiger de toi des choses qui te paraissent inacceptables, si elle devait te décevoir ou te blesser, laisse-lui une chance. Léna a eu un parcours chaotique. À sa manière, c'est une survivante.

— Et ce jour-là, je suis censée faire quoi ? Écouter, réconforter, psychanalyser ?

— On voit bien que tu n'as pas encore le mode d'emploi. Viens plutôt m'en parler. Je saurai quoi faire.

Il avance sa main vers celle d'Emmy, la tapote avec une condescendance agaçante.

— C'est bien que vous soyez amies. Même si elle l'ignorait, Léna avait besoin de quelqu'un comme toi.

— Ça signifie quoi exactement « quelqu'un comme moi » ?

— Un double positif. Quelqu'un qui lui rappelle que l'existence peut être autre chose qu'un combat, qui lui apprenne à baisser la garde et à profiter de ce qu'elle a.

S'il savait comme il est mal tombé ! Elle qui admire Léna pour ses qualités de guerrière, sa force et ses certitudes. Elle qui rêve de lui ressembler, de faire payer à Étienne son abandon.

— Je n'ai jamais vu un poignet aussi fin, commente Magnus à mi-voix. C'est assez effrayant.

Ses doigts encerclent l'articulation, son pouce effleure la peau fragile, trace de petits cercles concentriques à l'endroit où bat son pouls.

— Lâche-moi, qu'est-ce que tu fais ?

Il se penche, accentue la pression de son pouce :

— Tu es quelqu'un de sensé, Emmy. Alors, tu vas m'écouter : le dîner de l'autre soir, cette discussion, les tulipes… toutes ces choses qui pourraient contrarier Léna, mettre en danger votre amitié et ma relation avec elle, on va les oublier. Toi et moi, on se croise dans l'immeuble, mais on ne se connaît pas, du moins tant qu'elle ne nous présente pas. Par contre si elle a des comportements inhabituels, il faut que tu viennes m'en parler. C'est très important, tu comprends ?

— Tu me demandes de l'espionner ?

— Je te demande de veiller sur la femme que j'aime.

Elle acquiesce, mal à l'aise et flattée, impressionnée aussi par l'intensité qui perce sous les mots de Magnus. Il ouvre les doigts et la relâche. Sur son poignet, elle sent encore la tiédeur de sa paume.

— Je vais rentrer. Je laisse les fleurs ?

— C'est mieux.

Il la regarde s'éloigner d'un pas de brave petit soldat. Il lui semble sentir encore au bout de son pouce les pulsations lentes et régulières du pouls d'Emmy. Confiante – trop sans doute – et vulnérable. Avec un soupir las, il vide son demi, se tourne vers la table voisine et tend le bouquet à la vieille dame attablée devant un verre de sherry. Puis il quitte la terrasse et gagne les quais. Il a besoin de marcher avant de rentrer.

* * * *

C'est Léna qui a eu l'idée de cet après-midi détente et balnéothérapie. Comme employée de l'hôtel, elle bénéficie de conditions préférentielles pour accéder au Spa installé dans les sous-sols de l'établissement. À présent qu'elles arpentent le couloir dallé de pierre naturelle et croisent les affiches vantant le bien-être et les soins à base d'algues, de cire ou de pierres chaudes, Emmy sent monter la vague familière de la peur. Tout, dans cet endroit, la ramène au corps, ce territoire qu'elle a déserté, volontairement laissé en friche. L'idée de s'exhiber en maillot de bain devant sa voisine est au-dessus de ses forces.

— Arrête de te miner ! fait Léna, comme si elle lisait dans ses pensées. Ça te fera du bien, tu verras.

Emmy tente un sourire pour éviter de se liquéfier, accepte la serviette et le peignoir en nid-d'abeilles qu'on lui remet au comptoir. Se déshabille à la va-vite dans une des cabines du vestiaire et enfile le maillot de piscine distendu qu'elle portait à l'époque des cours de bébés nageurs de Maxime. La silhouette de Léna, harmonieusement moulée dans un deux-pièces noir, lui confirme que la situation est pire qu'elle ne croyait.

— Je suis affreuse, une chenille, marmonne-t-elle en s'enroulant étroitement dans son peignoir.

— Moi, c'est le futur papillon que j'aperçois. C'est lui qui m'intéresse.

— …

— Laisse-moi m'occuper de toi, Emmy. Je sais ce dont tu as besoin.

La main de Léna enveloppe la sienne et l'entraîne dans les couloirs tamisés du Spa. Ensemble, elles testent le Jacuzzi, les jets massants et les arcs-en-ciel lumineux, boivent une tisane au goût amer, grignotent des fruits secs et terminent dans deux cabines contiguës pour un massage aux huiles essentielles qui réconcilie Emmy corps et âme.

Dans la salle de détente, les haut-parleurs diffusent le bruit des vagues. Tout est tiède et apaisé. Enroulée dans son peignoir, Emmy flotte en apesanteur et peine à rassembler les morceaux, se demande comment elle fera tout à l'heure lorsqu'il lui faudra quitter son transat, regagner sa vie, son appartement et ses nuits solitaires. Tout à l'heure… Plus tard… Son magazine vient de glisser à terre, une torpeur délicieuse noie ses pensées.

— Ce n'est pas encore l'heure de dormir. Il nous reste juste le temps de tester le sauna.

Emmy proteste mollement, se lève à contrecœur et gagne la cabine en bois qui jouxte la salle. Dès l'entrée, une bouffée d'air incandescent décape ses narines et son palais. Son corps se couvre d'une pellicule humide qui, bientôt, ruisselle le long de son dos, de ses bras, entre ses seins. Il n'en faudrait pas beaucoup plus pour aspirer ce qui reste d'humidité dans son corps desséché par le jeûne des derniers mois.

— C'est intenable. Je sors d'ici ou tu auras ma mort sur la conscience.

Debout devant la porte, Léna secoue la tête. Sa poitrine se soulève rapidement, sa voix est rauque et essoufflée.

— Assieds-toi. Je te dirai quand tu peux sortir.

— Tu es sérieuse ? On fond sur place. Même toi, tu…

— Les plannings, c'était rien, juste un cadre pour te remettre d'équerre. C'est maintenant que ça commence et, si tu veux que ça marche, j'ai besoin d'une confiance totale de ta part. Pas de question ni d'hésitation. Pas de retour en arrière non plus. Alors, c'est oui ou c'est non ?

— C'est absurde, je ne sais même pas de quoi on parle. Ce que tu demandes, c'est un chèque en blanc.

— Ou le sésame vers une vie sans peur ni doutes. Voilà ce que je peux t'offrir et tu le sais. La vraie question, c'est : à quel point tiens-tu à quitter ta condition de chenille ?

Le bois craque dans l'air surchauffé, les corps dégoulinent en silence, les poumons peinent.

— À quel point, Emmy ? reprend Léna d'une voix radoucie.

— D'accord, je marche. Mais…

— Prouve-le. Déshabille-toi !

— Quoi ?

— Vire la serviette et fais-moi voir celle qui se planque sous ce maillot de bain. Montre-moi la matière première sur laquelle je vais travailler, que je sache à qui j'ai affaire.

— Pas maintenant. Je ne suis pas prête. Je…

D'un geste nonchalant, Léna verrouille la porte de la cabine. Elle semble à présent plus détendue, moins oppressée.

— Sans question ni hésitation. C'est ici et maintenant que ça se joue, entre toi et moi. Comment feras-tu si tu n'es même pas capable de m'offrir ça ? Deux bretelles et un bout de tissu à faire glisser pour un face-à-face sans trucage. Moi, je n'ai pas peur de te montrer qui je suis.

En miroir, les bretelles glissent, les maillots tombent et dévoilent leurs seins – maigres ou pleins –, leur ventre – creux ou plat –, leurs hanches – osseuses ou étroites –, leur pubis – soyeux ou lisse. Des mouchettes noires passent devant les yeux d'Emmy. Elle ne parvient pas à détacher les yeux de la cicatrice qui fleurit sur la hanche droite de Léna. Rose foncé en forme d'étoile, si précise qu'on la dirait dessinée.

En face d'elle, Léna semble statufiée, étrangement émue :

— Si semblables, murmure-t-elle en posant sa paume contre la sienne, et pourtant si différentes.

* * * *

Léna plisse les yeux, ajuste le pull sur les épaules d'Emmy, noue un foulard pour dissimuler les clavicules qui pointent et se recule, satisfaite :

— Tu es parfaite ! Pour les chaussures, je vois une paire d'escarpins noirs : classique, élégant et sexy ! Ce sont les talons qui feront la différence. Trop plats, tu ressembles à une mémère en balade, trop hauts, tu fais femelle en quête de mâle !

Emmy ne peut s'empêcher de ricaner :

— Je te signale que je portais des baskets quand j'ai séduit Étienne.

— Avec une paire de talons, il serait sans doute encore là. Un nouvel ensemble de lingerie aurait fait l'affaire aussi. Le tout, c'était de le vouloir un minimum. Enfin, ce qui est fait est fait.

Les mots sont sortis d'une traite, sans que Léna ait cessé de se tordre le cou pour s'apercevoir de dos dans le miroir. Lorsque la vendeuse vient s'enquérir de leurs essayages, Emmy lui rend les vêtements en vrac et entreprend de se rhabiller.

— Qu'est-ce qui te prend ?

— Je suis une mémère de vingt-cinq ans. Autant que j'aille m'acheter directement les dessous molletonnés qui collent à mon statut.

— Ne dis pas n'importe quoi.

— Il m'a quittée, Léna. Je lui ai demandé de choisir et il est parti. Et tu prétends que c'est une question de centimètres ?

Léna lève les yeux au ciel, replie posément le pull qu'elle vient d'essayer et le pose sur la pile de vêtements qu'elle met de côté. Elle poursuit, docte comme une institutrice :

— Ce que j'essaie de te dire, c'est que tu ne t'es pas battue pour le retenir. Est-ce que je t'ai déjà expliqué ma théorie de la victime consentante ?

— Non. Et inutile de développer, je m'en fiche.

— C'est pourtant très instructif. D'après ce que je sais, Étienne ne t'a pas quittée pour n'importe quelle autre femme, mais pour une partenaire sexuelle qui a su exciter sa libido et flatter son ego. Face à cette concurrence redoutable, il y avait toi, version petite fille triste ou respectable mère de ses enfants. Tu parles d'un dilemme, il n'a pas dû hésiter longtemps. C'était perdu d'avance, Emmy. Plié, foutu, mort ! Ça crève tellement les yeux que c'est à se demander si tu ne l'as pas cherché. Voilà ce que j'appelle être une victime consentante.

Emmy émet une exclamation scandalisée que Léna, toute à son discours, ignore avec superbe :

— Joue une autre carte. Sois une femme libre, assurée, sexy, convoitée. Peu importe que ce soit vrai, il suffit qu'il le croie et il reviendra te manger dans la main. Ça te permettrait de lui rendre la monnaie de sa pièce… ou de le récupérer, si tu y tiens vraiment.

— Tu dis n'importe quoi. Tu ne le connais pas, tu ne nous connaissais pas. Et puis, merde ! Je ne sais pas pourquoi j'écoute ce ramassis de conneries.

— Parce que tu sais que j'ai raison.

Emmy termine en hâte de reboutonner son chemisier. À prétendre tout savoir, tout comprendre et maîtriser, Léna devient oppressante. Son histoire avec Étienne ne se résume pas à quelques préceptes basiques. Et elle ne rivalisera pas sur le terrain de Nora parce que ce n'est pas son genre.

— Bien sûr que si, réplique sèchement Léna. Tu possèdes la panoplie féminine complète comme nous toutes : la petite fille, la garce, l'amante, la mère, la bonne copine… L'important, c'est de savoir quelle carte jouer à quel moment et de garder sa stratégie en tête. C'est un jeu de rôle, comme les gosses qui jouent à « On dirait que ». Si tu veux, je t'apprendrai.

— Et avec Magnus, c'est quoi, la carte maîtresse ?

Léna se fige, lisse les plis de la tunique en mousseline qu'elle a choisie et lui décoche un regard froid :

— Tu connais Magnus ?

— On s'est croisés devant les boîtes aux lettres. D'ailleurs ; pourquoi tu ne nous présentes pas ?

— Magnus est à moi. Je ne partage pas.

Le métro est bondé. Elles s'intercalent dans un wagon avec leurs paquets, évitent de se regarder, font comme si rien ne s'était passé. Quelque part dans les pensées d'Emmy s'entrechoquent les mots que Magnus a prononcés au Premium Café : « combat… baisser la garde… survivante… seconde chance… ».

Au fur et à mesure que les stations défilent et que le terminus se rapproche, les voyageurs se font moins nombreux. Soudain, Léna lui pince le bras et lui désigne du menton un quadragénaire en costume-cravate assis au bout du wagon. Plongé dans la lecture de son écran, celui-ci ne les a pas remarquées.

Du bout des lèvres, Léna articule : « Regarde-moi faire ! »

Elle se lève et gagne la banquette en face de l'homme, s'y pose voluptueusement, croise et décroise les jambes, se tortille. Enfin, il redresse la tête, lui jette un regard distrait et revient à sa tablette. Léna ne se décourage pas, elle persévère, le dévisage jusqu'à ce qu'il lève à nouveau les yeux. Cette fois, il esquisse un sourire poli, mais déjà, elle a détourné le regard vers la fenêtre, une ombre de fossette au creux des joues. L'homme hésite, replonge dans son écran, mais la concentration n'y est plus. Il s'agite à son tour, toussote, fouille ses poches et en sort un paquet de bonbons collants qu'il tend à Léna. « On m'a dit de ne jamais accepter de bonbons de la part d'inconnus », minaude celle-ci. L'homme rit, un rien trop fort, décline son identité pour prouver sa bonne foi et lui propose à nouveau les bonbons. « Merci, vous êtes sympa », susurre Léna en glissant une pastille entre ses lèvres humides. Elle le suce avec application, pointe un bout de langue de temps en temps et le promène dans sa bouche avec de petits bruits de succion. « C'est fort, ces trucs, hein ? » Il acquiesce, sans savoir s'il s'agit ou non d'un compliment. Enfin, elle lâche un long soupir et pose les mains sur ses cuisses. « Tellement que ça me fait des frissons. Pas vous ? » Du bout des doigts, elle agace une déchirure dans son jean, joue avec les fils. C'est là que ça se produit, à ce moment précis. L'homme est aux aguets, sa tablette éteinte, prestement rangée dans sa mallette. Il passe la main dans ses cheveux et dans un troublant effet de mimétisme, pose également les mains sur ses cuisses. Il se risque à demander à Léna si elle est étudiante si elle habite loin du métro, si elle rentre chez elle à pied… Boit ses réponses avec l'air bonasse du collectionneur de bons points. Sursaute brusquement, pas sûr d'avoir bien entendu : « Arrête de tourner autour du pot, tu es partant ou non ? » L'homme transpire, rougit, bafouille. Son regard fait rapidement le tour du wagon pour voir si quelqu'un d'autre a capté les mots de la jeune fille. À voix basse, il répond que ce n'est pas son style de draguer les jeunes filles, qu'il cherchait seulement à se montrer cordial.

— Dommage, fait Léna en se levant. Je te trouvais plutôt cool pour un vieux. De toute façon, j'ai pas de capote sur moi.

— Attendez, mademoiselle ! Peut-être que… Mon fils laisse souvent les siennes dans la boîte à gants.

Sur le quai, Emmy et Léna se tiennent les côtes sans parvenir à reprendre leur souffle. En boucle, elles ressassent les répliques du dialogue et miment l'air consterné de leur victime lorsque Léna l'a traité de « vieil obsédé dégueulasse » d'une voix assez claire pour informer l'ensemble du wagon. Un étudiant passe à leurs côtés, s'arrête et les mate sans complexe.

— Vous êtes défoncées, les filles ? Votre came a l'air super.

Elles lui jettent à peine un regard, repartent de plus belle. Mi-vexé mi-amusé, l'étudiant rajuste son sac à dos et s'éloigne vers l'escalator, en bout de quai. En une fraction de seconde, Léna a retrouvé son sérieux. Ses pupilles sont dilatées par l'excitation et l'air siffle affreusement en sortant de sa gorge, mais elle ne paraît pas en avoir conscience.

— On vient de trouver le sponsor de ta nouvelle lingerie. Fonce et rattrape-le !

— Quoi ? Tu es folle ?

D'un geste brusque, Léna attrape le coude d'Emmy et coupe court à ses protestations.

— C'est plus facile que tu ne penses. Trouve les mots, invente, promets, envoûte… Souviens-toi : ce n'est qu'un jeu, mais c'est toi qui en fixes les règles.

* * * *

Chrysalide

6

Trois mois plus tard

La musique est assourdissante, les jeux de lumière dessinent sur la foule des motifs mouvants et hypnotiques. Sur la piste, les corps se frottent, se frôlent et s'échauffent. Accoudée au bar, elle ne quitte pas des yeux l'homme assis quatre tabourets plus loin. La trentaine bien entamée, mise élégante, silhouette sportive, discret début de calvitie. Elle l'a ferré un peu plus tôt alors qu'il jouait à Travolta, a lâché du lest avant de mouliner à nouveau à présent qu'il sirote un cocktail. La blonde qui l'accompagne s'est éclipsée aux toilettes. C'est le moment. L'homme fait tourner les glaçons au fond du verre, lève les yeux et surprend une nouvelle fois son regard posé sur lui. Il hésite, se retourne, se désigne ingénument du doigt comme pour vérifier qu'il est bien la cible de cette attention exclusive. Elle demeure impassible. Seul le coin droit de sa bouche remonte imperceptiblement. L'homme jette un regard en coulisse vers les sanitaires pour évaluer les risques et s'approche d'elle.

— On se connaît ?

— Qu'est-ce qui vous fait dire ça ?

— Peut-être le fait que vous me dévorez des yeux depuis tout à l'heure.

— Je ne fais pas ce genre de chose.

Il semble un instant désarçonné, fronce les sourcils :

— Vous me faites marcher ?

Elle incline la tête de gauche à droite sans répondre. L'homme s'énerve, jette un nouveau regard vers les toilettes dont sa conquête du soir ne va plus tarder à émerger.

— Bon, je n'ai pas toute la vie. Qu'est-ce que tu veux ?

Elle lui redresse son col de chemise, effleure son cou au passage :

— Droit au but, ça me change des ringards habituels. Le genre à donner les ordres plutôt qu'à les recevoir, c'est ça ?

Il s'épanouit, articule les trois consonnes qui font sa fierté : DRH, plus de cent personnes sous ses ordres et il n'a pas encore quarante ans. Les pontes de la boîte lui font confiance : c'est lui qui recrute, dégage, recadre, promotionne ou rétrograde. Pas d'états d'âme, un bon capitaine doit faire ce qu'il faut pour maintenir le bateau à flot. Un boulot pas toujours facile, mais passionnant. Elle l'écoute avec intérêt, croque une olive et suçote le bâtonnet :

— Tout ce petit monde prêt à te lécher les bottes, ça te fait quoi ?

Il tique, pas sûr de comprendre où elle veut en venir, avance une main moite sur le zinc, en direction de la sienne.

— Si on parlait d'autre chose que de boulot ? Un autre gin tonic ?

— Je le bois à la santé de la fille qui t'accompagne ?

— Bah ! Rien de sérieux.

Il s'humecte les lèvres, une fois, deux fois. Ce tic agaçant qu'il a toujours eu dans les situations délicates. Elle croit voir son cerveau s'embourber. Il réfléchit à mi-voix, revient sur l'impression de déjà-vu qui le perturbe, se demande où ils ont pu se croiser auparavant. Elle part d'un rire nerveux – pourvu qu'il ne la reconnaisse pas maintenant, ça gâcherait tout –, le repousse avec une moue dépitée. Les indécis, ce n'est pas son genre. Elle préfère les audacieux, les fonceurs. Aussitôt, il la visse à son tabouret :

— T'inquiète pas, ma jolie ! Moi aussi, je sais sprinter. C'est quoi déjà, ton petit nom ?

Il avance la main, frôle sa cuisse comme par mégarde, y revient plus franchement, en conquérant. À présent qu'il est tout proche, elle reconnaît son parfum musqué, déplaisant.

— Laisse-moi le temps de régler les affaires en cours et on se retrouve dehors dans un quart d'heure. On poursuit chez toi ou chez moi ?

Elle pose une main câline sur son épaule, se penche vers son oreille.

— Je crois que tu vas rentrer tout seul. Bonne soirée, capitaine.

Elle glisse du tabouret, se fond dans la foule. Un rapide coup d'œil en arrière lui confirme que la blonde est de retour et que leur moment de flirt ne lui a pas échappé. Naufrage et états d'âme en vue pour Travolta. Son air morveux, quelle récompense ! Presque aussi belle que la fierté qu'elle a récemment surprise dans le regard de Léna.

Dans les toilettes, Emmy détache son postiche et enlève ses lentilles, s'extirpe de sa robe moulante au profit d'un jean et d'un tee-shirt. *Exit* l'allumeuse-briseuse de ménage. Sa victime doit être en train de se torturer les méninges pour comprendre ce qui vient de se passer. Elle lui a gâché la soirée, peut-être le week-end. Œil pour œil. Elle a mouché ce faux-cul qui lui tapotait la main quelques mois plus tôt et lui jurait dans le blanc des yeux qu'il comprenait ses difficultés et ne cherchait qu'à l'aider. Emmy quitte les toilettes, récupère son manteau au vestiaire et se faufile hors de la discothèque. La nuit aoûtienne est tiède, elle choisit de rentrer à pied et reprend le chemin de l'appartement, les yeux rivés sur le ciel noir. Avec un peu de chance, elle apercevra une étoile filante !

Insouciante, provocante, sans scrupules, impudique, sensuelle… Emmy n'en revient toujours pas de ses progrès, de ses audaces, de la panoplie qui lui reste à explorer. Comment a-t-elle pu se contenter de n'être qu'Emmy la docile, la frileuse, la pense-tout-droit ? Les choses ont évolué à une vitesse dont elle est la première stupéfaite.

Certes, son chemin a été sévèrement balisé, mais c'est bien elle qui l'a parcouru. Elle qui a suivi les consignes et effectué les exercices imposés. Sans question ni hésitation, comme promis. Sous couvert de prénoms d'emprunts et d'accoutrements parfois improbables, elle s'est aventurée dans l'inconnu. À petits pas d'abord, plus franchement ensuite. Capter un regard dans le bus, le soutenir jusqu'à ce qu'il se baisse ou se détourne, porter une jupe trop courte, un haut trop décolleté et accuser celui qui la reluque d'être un obsédé, provoquer une dispute entre deux amoureux, charmer un serveur pour être servie plus vite, dépasser les clients à la boulangerie en arguant qu'elle est pressée, harponner longuement l'unique vendeur d'un showroom bondé et sortir sans rien acheter… Bien sûr, il y a eu des maladresses et des moments de solitude. Des échecs aussi – parfois cuisants – et des crises de découragement. Léna s'est montrée d'une patience inattendue, l'empêchant de faire marche arrière ou de se replier, la poussant dans ses retranchements, d'une mise à l'épreuve à l'autre, toujours différente, inattendue, complexe. Chaque défi relevé est une victoire sur les années tête basse ; chaque duel remporté, une revanche sur l'indifférence et le mépris paternels ; chaque regard flatteur, une microcicatrisation de la plaie causée par Étienne. Au fil des exercices et des expérimentations, elle a fait siennes les théories de Léna et jeté au panier ses illusions romantiques. Elle croit désormais aux alliances profitables plutôt qu'aux amitiés indéfectibles, à l'attirance plus qu'à l'amour, à la détermination plus qu'à la bonne volonté.

De retour à l'appartement, Emmy envoie balader ses chaussures. L'adrénaline de la victoire court encore dans ses veines, elle ne peut s'empêcher de se trémousser et de fredonner en mesure l'air qui résonne dans ses écouteurs. Il est deux heures et demie du matin, trop tard pour monter frapper au quatrième étage et partager son euphorie avec Léna. Comment réagirait Magnus si elle débarquait en pleine nuit, lui toujours si grognon et pressé, si soucieux de faire comme s'ils ne se connaissaient pas ? Que dirait Léna de la voir transgresser la frontière explicite qu'elle a instaurée entre leur amitié et sa vie amoureuse ? Forcer la porte d'une intimité dont elle est exclue, débarquer en plein milieu de leurs cabrioles... Rien que d'y penser, ses hormones prennent feu.

— Arrête de fantasmer sur tes voisins, grommelle-t-elle en se dirigeant vers la cuisine. C'est pas comme si tu étais la bienvenue au quatrième !

Au fond, quelle importance ? Le temps que lui consacre Léna est plein et dense, surtout depuis que celle-ci a cessé de travailler à l'hôtel. Leur relation a un goût de complétude qu'elle n'a connu avec personne, pas même – loin s'en faut – avec Étienne. Leurs fous rires démarrent au même moment, pour les mêmes raisons, leurs agacements sont identiques. Il arrive souvent que l'une devine la pensée qui occupe l'autre ou termine la phrase qu'elle a commencée. Jamais elle ne s'est sentie à ce point précieuse, convoitée – presque désirée –, possédée autant que possessive et jalouse. La sensation est grisante. Leur symbiose a quelque chose de si miraculeux qu'elle ne cesse de se demander pour quelle raison Léna l'a élue, elle parmi toutes les autres, combien de temps cela va durer, comment se protéger du reste du monde et de la trivialité ambiante.

Questions trop philosophiques pour l'instant. Emmy ouvre le frigo, attrape la bouteille de Blue Eristoff et fait l'inventaire des clayettes. Sa revanche et le désir frustré de sa victime du jour ont aiguisé son appétit, et pas seulement celui de son estomac. Aurait-elle été capable de pousser la supercherie jusqu'au bout, de l'attirer dans son lit, de... Elle réalise avec stupeur qu'elle a une furieuse envie de sexe et que Travolta aurait ce soir fait l'affaire aussi bien qu'un autre. « Normal, depuis le temps que tu es sevrée ! Tu es une femelle, Emmy, le sexe fait partie de tes besoins primaires. » Léna lui est devenue si intime qu'elle l'entend parler même quand elles ne sont pas ensemble. À la différence de la petite voix qui la harcelait, celle-ci a la rudesse affectueuse et stimulante d'un mentor.

En attendant, que faire de ses hormones en fusion, de son bas-ventre douloureux et tendu ? Emmy hésite un instant à repartir en chasse. Retrouver sa victime ou lancer un autre hameçon, trouver quelqu'un qui rende hommage à ses phéromones, à sa *femellité* – le terme est de Léna –, Emmy en a souri la première fois. Elle en perçoit enfin la portée.

Les théories du comportement animal sont le sujet de prédilection de sa voisine. Elle s'est documentée à fond et pourrait défendre une thèse sur la question. Elle affirme d'ailleurs volontiers que les rapports humains sont plus proches qu'on ne croit de ceux qui régissent les animaux, ces prétendus inférieurs. « Attaque plutôt que de te défendre. Mange pour ne pas être mangé. Notre spécificité humaine – véritable atout lorsqu'on sait l'utiliser – est notre capacité à mener le combat avec la tête plutôt qu'avec les crocs et les griffes, à blesser l'ennemi dans ses sentiments plutôt que dans sa chair. Mais au fond, nous restons des mammifères, mus par le flair et l'instinct. »

Si Emmy estime la comparaison forcée, Léna argumente : « Observe les animaux qui évoluent en terrain hostile, ils ont tendance à vivre en mode mineur pour ne pas se faire dévorer : couleurs ternes, volume minimal, alimentation et activité reproductrice réduites au strict nécessaire. Pense à ce que tu étais quand je t'ai rencontrée. »

Bientôt cinq mois depuis cette première rencontre dans le hall. Le temps a filé, si intense qu'elle ne l'a pas senti passer. Comme elle lui paraît loin, celle qui peinait à nouer ses lacets et redoutait de sortir de chez elle.

« Les prédateurs, au contraire, tonitruent sur leur territoire : qu'on les voie, qu'on les entende, qu'on les craigne ! Couleurs voyantes, parades de séduction, chasse excédentaire, marqueurs de territoire, cris et rugissements… » La méthode de Léna a transformé son quotidien. Elle a cessé de subir les monologues d'Olimpia, se dépêtre sans mal des flatteries de Farid, a éconduit une fois pour toutes Isabelle et l'encombrante empathie dont elle n'a plus besoin, a pris contact avec son syndicat en vue d'attaquer l'entreprise qui l'a virée pour licenciement abusif… Pas de culpabilité inutile, au diable les doutes et les questions existentielles. Aujourd'hui, elle respire, vit, profite de la jeunesse à laquelle elle a renoncé pour épouser Étienne, savoure la liberté dont elle s'est amputée en devenant mère à vingt ans. Dieu que c'est bon !

Ce soir, elle mesure mieux que jamais la distance parcourue. Elle vient de piéger le responsable de son licenciement, seule et sans filet. C'est la première fois que Léna lui laisse les coudées franches. Un signe qui ne trompe pas.

« Tu as changé de camp. Désormais, tu dois vivre et penser comme une lionne. Quelle que soit la situation, ton adversaire – homme ou femme – doit sentir qu'il va morfler s'il ne file pas droit. Fais-moi confiance, il adoptera d'instinct un profil bas. » Et si ça ne marche pas ? a risqué Emmy. « Pas le choix, tu engages le combat. Et tu le remportes, sous peine d'être exécutée, bannie ou pire, asservie ! » Les discours de Léna sont à son image, excessifs et exaltés. Il arrive à Emmy de ricaner en l'écoutant – toujours en catimini –, mais le plus étonnant est que ses réflexions s'avèrent presque toujours pertinentes.

Elle envoie un baiser à son reflet, dans la vitre du four : cheveux auburn coupés au carré, joliment effilés, les yeux agrandis d'un trait d'eye-liner précis et bordés de cils extra-longs, lèvres arrondies et brillantes, pommettes sculptées à coups de blush : le savoir-faire de son amie en matière de métamorphose est impressionnant. Il lui suffit d'une trousse de maquillage et de quelques accessoires pour transformer, mettre en valeur ou affadir, rajeunir ou vieillir, innocenter ou sexualiser. Entre ses mains, Emmy se sent comme une motte de glaise, se laisse façonner, se découvre, se transforme. Et s'octroie enfin l'amour et l'estime qu'elle a désespérément mendiés jusque-là.

Les restes qui traînent dans le frigo ne l'inspirent pas. Il faudra qu'elle passe demain faire le plein à l'épicerie. Emmy se sert un verre de jus d'orange, le corse d'un trait de vodka. Le liquide glacé roule contre son palais, l'alcool lui anesthésie le cerveau dès la première gorgée. Elle monte le son de son iPod, ferme les yeux et se laisse emporter par la musique, tournoie sur elle-même, bras levés, tête renversée. Une nouvelle gorgée de vodka amène des images troublantes. La bouche gourmande de Travolta, la chaleur de sa main sur sa cuisse, les doigts de Magnus enroulés autour de son poignet, la condescendance qu'elle aimerait lui faire ravaler, un bouquet d'Ice Follies qu'elle n'a jamais reçu, la cicatrice rose en forme d'étoile sur la hanche de Léna, son corps mince et glabre, luisant de sueur dans la chaleur étouffante du sauna, sa main tendue pour sceller leur Pacte.

Emmy ouvre les yeux, tétanisée par la sensualité du souvenir. « Arrête de te raconter des histoires, elle ne t'a pas touchée, pas même effleurée. Elle s'est contentée de te dévorer du regard. Et c'était bizarre… gênant. » Un vertige la fait tanguer, elle a bu trop vite. Il faut qu'elle mange un truc, n'importe quoi. Ses doigts tâtonnent dans l'armoire à provisions, à la recherche d'un paquet de biscuits, s'arrêtent sur un objet en plastique. Jaune vif, élastique rouge, c'est la boîte à tartines de Maxime et, juste à côté, la gourde rose de Clara. Emmy les retire de l'armoire, les contemple longuement, ouvre le couvercle. Un nuage de poussière verte s'en échappe, les tartines gisent au fond de la boîte, écrasées, moisies, abandonnées.

Brutalement vidée de ses forces, elle se laisse tomber sur une chaise, presse la gourde contre son ventre. Un gémissement sourd s'échappe de ses lèvres. Et si la nouvelle Emmy s'était construite sur des sables mouvants ?

* * * *

Elle a failli lui tomber dessus – littéralement – en sortant de l'immeuble. Forcément quand on traîne à quatre pattes devant la porte ! Magnus se retourne, lève vers elle un regard ennuyé.

— La clé de la boutique est tombée de ma poche, pas moyen de remettre la main dessus. Si Jem arrive avant moi, il va piquer une crise.

— Tu as de la chance que je sois de bonne humeur, réplique Emmy en s'accroupissant à ses côtés. Si je la trouve avant toi, ça te coûtera une botte d'Ice Follies, celles que tu aurais dû m'offrir l'autre fois.

— C'est plus la saison des tulipes.

Qu'est-ce qu'elle croit ? Il peut se débrouiller tout seul. Ensemble, ils repèrent la vagabonde, coincée entre deux pavés. Emmy s'agenouille vivement, le coiffe au poteau et brandit son trophée d'un air vainqueur. Ne reste qu'à la remercier, ce qu'il fait de mauvaise grâce tout en la jaugeant avec attention :

— J'ai suivi ta métamorphose de loin. On dirait que l'amitié te réussit.

Un compliment, toujours bon à prendre, surtout venant d'un radin comme Magnus. Emmy accepte la main qu'il lui tend pour se relever, défroisse sa jupe. Un rien collante, un rien trop courte aussi. C'est voulu.

— Comment ça se passe entre Léna et toi ?

— Bien. On fait des trucs de filles.

— Mais encore…

— « Tant qu'elle ne nous présente pas, on ne se connaît pas. » C'est bien ce que tu voulais, non ? Je ne suis pas une taupe, va lui poser tes questions toi-même.

Magnus en reste bras ballants. Il entend à peine sa voisine lui expliquer qu'elle a rendez-vous avec son ex pour rediscuter la garde des enfants. Emmy semble confiante, gonflée à bloc :

— Étienne avait sa voix de patriarche bienveillant au téléphone. Il doit s'attendre que je le supplie et que j'accepte toutes ses conditions. J'en connais un qui va tomber de haut !

L'excitation et l'envie d'en découdre lui font les joues roses, allument dans ses yeux une flamme revancharde. Elle s'éloigne de quelques pas, se retourne vers lui :

— Au cas où tu tiendrais à me remercier pour la clé, j'aime aussi les amaryllis, rouge foncé de préférence. Je ne dirai pas à Léna qu'ils viennent de toi. Je ne voudrais pas que tu te fasses taper sur les doigts.

Magnus rejoint au pas de course la boutique devant laquelle son patron piétine depuis une bonne vingtaine de minutes. Il encaisse les récriminations sans broncher, aide Jem à décharger la camionnette, rafraîchit l'eau des vases et y dispose les fleurs du jour. La matinée s'étire sans qu'il en aperçoive le bout, les clients défilent, le téléphone sonne. Magnus décroche et note les commandes, compose des bouquets, sectionne tiges ou feuilles, arrange, noue, emballe et enrubanne. Mais il est taiseux et gauche ce matin, au point que Jem finit par l'envoyer travailler dans la serre, espérant qu'il s'y montrera plus efficace. Lorsqu'il le rejoint dans l'odeur d'humus qui flotte dans l'air – mélange de terre humide et de végétaux en décomposition –, Magnus est plongé dans la contemplation d'une haute orchidée aux pétales d'un violet sombre, tirant sur le noir.

— Tu as repéré ma dernière acquisition. Une *Fatal Black*, achetée à prix d'or sur un site spécialisé. Une création, évidemment ! Ce genre de merveille n'existe pas dans la besace de mère Nature.

— Mmm, fait Magnus, absorbé dans ses réflexions.

Jem s'approche, caresse les filaments souples qui jaillissent du cœur de la fleur et lui donnent des allures d'araignée.

— Fais gaffe, les feuilles sont drôlement affilées. L'autre jour, je me suis blessé en la manipulant. La demoiselle n'est pas aussi inoffensive qu'elle en a l'air.

Jem ne semble pas avoir remarqué son mouvement de recul et poursuit, intarissable, comme à son habitude quand il s'agit de culture horticole :

— Tu savais que certaines plantes sont capables de sécréter un suc vénéneux pour se défendre ? Imagine, tu m'aurais trouvé le lendemain, étendu sur le sol, juste là. Mort. Le crime parfait !

Magnus contemple les carrelages fendus et réprime un frisson. Lui, c'est un autre corps qui le hante, une main aux doigts recroquevillés, aux ongles bleuis. Stop ! Arrêter les souvenirs avant qu'ils ne l'entraînent plus loin. Il secoue la tête :

— Tu regardes trop de films. C'est qu'une foutue fleur, Jem.

— Et toi, un pauvre type sans imagination.

Magnus empoigne un seau et se dirige vers le fond de la serre. Il ne parvient pas à se débarrasser de l'impression que lui a laissée sa rencontre avec Emmy. Une Emmy méconnaissable, triomphante, presque arrogante. Les mots qu'elle a prononcés, son attitude, sa manière de provoquer, ce n'est pas elle. Pourquoi Léna est-elle en train de se fabriquer un clone ? Pourquoi s'investit-elle autant dans cette relation dont elle le tient résolument à l'écart ? Pourquoi le néglige-t-elle au profit d'une quasi-inconnue ? Un coup de foudre amical ? Il n'y croit pas une seconde. Et s'il n'y avait que ça ! Que penser de ce qu'il a appris la semaine précédente, alors qu'il passait déposer un devis à l'hôtel dans lequel elle était censée travailler ? Un licenciement pour comportement et propos insolents, ça cadre avec Léna. Mais l'affaire remonte à deux mois, c'est là que le bât blesse. Pourquoi ne lui a-t-elle rien dit ? Qu'a-t-elle fait de tout ce temps libre pendant qu'il bossait comme un con, six jours sur sept ? Où a-t-elle trouvé l'argent avec lequel elle a continué à approvisionner leur compte ? Pourquoi lui refuse-t-elle la moindre explication ? Tout ce mystère, ça le rend fou. « Les prétextes et les cachotteries, c'est la mort annoncée du couple. » Emmy serait-elle visionnaire ?

Les vraies questions surgissent enfin, celles qui gênent, qu'il aimerait éviter de se poser : Qu'est-ce qui lui échappe ? Est-ce bien avec Léna qu'il doit avoir cette conversation ? À qui Emmy doit-elle sa surprenante métamorphose ? Quel sera le prix à payer ? Car il y a toujours un prix à la clé, leur voisine en a-t-elle conscience ?

Il se tourne vers Jem, toujours amoureusement penché sur sa favorite :

— T'as ramené des amaryllis du marché ?

* * * *

L'autobus se traîne, escargot sinuant le long du boulevard. Les orages annoncés grondent dans le lointain. Les premières gouttes s'écrasent sur la vitre. Elle aurait dû s'habiller autrement, mais l'envie d'épater Étienne a été la plus forte. Emmy consulte sa montre pour la huitième fois en six minutes. Réaction aussi impulsive qu'inutile : cela ne ralentit en rien la cadence des aiguilles. Quelle idée aussi a eue Étienne de lui donner rendez-vous à cette heure matinale en plein centre-ville ! Le message qu'il lui a laissé était bref et sec, presque une convocation. Cela signifie qu'elle a visé juste en déposant sa requête. S'il espérait encore s'en tirer sans mettre la main au portefeuille, le voilà informé du fait que l'infidélité à un coût. Celui des larmes, des projets foulés aux pieds et des promesses reniées sans oublier celui, non négligeable, de l'ego meurtri.

Il pleut à verse quand l'autobus arrive à destination. Emmy tangue entre les flaques qui se forment sur les trottoirs, se hâte sous son parapluie – ses chaussures ne lui pardonneraient pas un bain forcé –, gravit d'un pas agile les derniers degrés de l'escalier monumental et s'engouffre dans la porte à tambour du palais de justice. Étienne ne plaide qu'à neuf heures, cela leur laisse le temps de discuter.

Il est seul, assis à l'une des tables dispersées entre les colonnes prétentieuses de la Grande Salle. Tout en le rejoignant, Emmy savoure l'écho de ses talons sur le sol dallé. Neuf centimètres d'élégance italienne qui scandent son mantra guerrier : « Victoire – T'es mort – Foutu – Vaincu. » À condition de ne pas trébucher, bien sûr ! Elles ne sont pas si loin, les innombrables traversées de son appartement effectuées sous le regard exigeant de Léna : « Plus vite, moins de déhanché. Non, trop raide ! Sois naturelle, on dirait que tu le fais exprès. Là, c'est bien. Le plus difficile est de leur faire lever les yeux. Après, c'est du gâteau. » Emmy fait mine de ne pas voir son ex, dépasse la table à laquelle il patiente en pianotant sur son smartphone. Il vient de lever la tête, ses yeux se sont arrondis. Il est cuit.

— Emmy ?

Elle revient vers lui en souriant, sans hâte. Déjà, il est debout, la débarrasse de son parapluie et dégage le banc pour lui permettre de se glisser en face de lui. Dix contre un que sa galanterie empressée ne doit rien à la bonne éducation en vigueur dans le clan Delcourt. Surtout ne pas montrer à quel point sa surprise lui met du baume au cœur.

— Dis donc, j'ai bien failli ne pas te reconnaître. Qu'est-ce que tu as fait ?

— J'ai pris du temps pour moi.

— Tu es superbe. Bronzée, en pleine forme.

Le compliment n'est pas exempt d'amertume et ramène Étienne à ses moutons :

— Si je résume, tu t'es occupée de toi pendant que je m'occupais des enfants.

— Chacun son tour !

— Et eux, tu y as pensé ? Ça fait des semaines que tu ne donnes plus signe de vie, pas même un texto. Ils ont l'impression que tu les abandonnes, Emmy.

Le cœur d'Emmy se serre. Depuis quand n'a-t-elle pas éprouvé le besoin de les voir, de les toucher, de les embrasser ? Léna a rempli ses journées, ses pensées, squatté et reconstruit son cœur en miettes et son corps naufragé. Elle l'a séduite et envoûtée, coupée de sa vie d'avant pour la refaçonner à sa manière. Son pouvoir exorbitant, la place qu'elle lui a accordée dans sa vie lui sautent soudain aux yeux. Est-elle en train de perdre la tête ? Inutile d'expliquer à Étienne ce qu'il ne pourrait pas comprendre. Mieux vaut bluffer et revendiquer cet abandon que d'admettre une nouvelle forme d'échec.

— N'est-ce pas ce que tu m'avais conseillé ? Prendre le temps d'aller mieux avant de revoir les enfants, pour ne plus les perturber. Ta mère avait été très claire sur ce point, le jour où je l'ai croisée à la sortie des classes.

— Ma mère, répète Étienne avec agacement. On ne va tout de même pas laisser ma mère décider de ce qui est bon pour Max et Clara. C'est avec moi que tu aurais dû en parler.

— Rappelle-moi qui a décidé de les envoyer un mois entier en vacances avec tes parents. Une excellente manière de me mettre sur la touche.

— Tu t'y es mise toute seule, et on ne peut pas dire que tu te sois opposée à la proposition. C'était la meilleure solution pour eux, tu le sais. Je travaille comme un forcené depuis que j'ai recommencé au cabinet, fait-il en tapotant la toge posée à côté de lui, et tu n'es toujours pas légalement autorisée à les avoir sous ta seule responsabilité.

— Ça va changer. Comme tu l'as constaté, j'ai décidé de reprendre les choses en main.

Étienne lui décoche un regard furieux et ouvre le dossier posé devant lui. La contre-requête en divorce pour cause d'adultère et la demande de pension alimentaire lui sont parvenues quelques jours plus tôt. Emmy étouffe dans l'œuf ses velléités d'indignation :

— Puisque c'est l'heure de régler les comptes, allons-y ! Je te rappelle que c'est toi qui es parti pour une autre. Tu peux abuser ton entourage et lui faire croire que tu es un type exemplaire, moi je sais qui tu es et ce que tu as fait.

— …

— Ma requête est justifiée : tu m'as trompée et quittée. Ta trahison m'a anéantie, je me suis effondrée, j'ai perdu mon job. Après, tu m'as pris les enfants…

— Tu ne gérais plus rien. J'étais inquiet pour eux.

— Qui a pris soin d'eux pendant que tu explosais ton matelas avec ta maîtresse ?

Étienne tripote longuement son dossier :

— C'est vrai, j'ai déconné. Mais ça n'allait déjà plus entre nous. J'ai pas mal réfléchi. On a vu trop grand. On a eu les enfants trop tôt. On a tout fait trop vite. Ma vie était engagée sur des rails que je n'avais pas choisis : maman-papa-boulot-dodo. Mes copains s'éclataient et me soûlaient avec leurs projets alors que je me tapais des journées assommantes à traiter des constats d'accidents et que je rentrais changer des couches et dormir à côté d'une femme perpétuellement énervée et crevée. C'est affreux à dire, mais on a manqué de courage quand tu as découvert que tu étais enceinte. On aurait dû écouter mes parents…

— Ne dis pas ça. On a peut-être raté tout le reste, mais nos enfants, on les a réussis. Ils sont merveilleux. Et ta pétasse, elle en dit quoi ? Elle les trouve encombrants, peut-être. Ah ! C'est sûr qu'avoir deux gamins dans les jambes, ça rend les cabrioles moins excitantes !

Être crue, insultante. Ça la défoule, la venge des heures passées à les imaginer emboîtés au milieu des draps. Étienne marmonne quelques mots entre ses dents qu'Emmy lui fait répéter pour être sûre d'avoir compris :

— Partie ? Alors tu m'as quittée pour une banale histoire de cul. J'espère au moins que tu as baisé pour dix ans.

— C'est moi qui me suis fait baiser. Nora est une *escort girl*, une fille qu'on paie pour s'allonger avec elle. Cher, très cher !

— Ah bon ! Mais tu l'as…

— Je ne l'ai pas payée. Juste quelques cadeaux, mais rien qui soit en rapport avec les tarifs qu'elle pratique. J'ai naïvement pensé qu'elle était sous le charme.

— Comment l'as-tu appris ?

— Un message sur son téléphone. Tu parles d'une putain de surprise !

Étienne détourne les yeux et rajuste son nœud de cravate d'une main nerveuse. Si manifestement humilié qu'elle en a de la peine pour lui et renonce de justesse à poser sur son bras une main réconfortante.

— Tu ne t'es douté de rien ?

— Bien sûr que non. Je traînais au bar du club de squash quand elle m'a accosté. On a pris un verre, elle était canon, drôle, sympa. Je n'y croyais qu'à moitié, mais j'ai foncé, d'autant qu'à l'époque, on n'arrêtait pas de se disputer, toi et moi. Je lui ai raconté que j'en pouvais plus de mon job. Mon truc, c'était la plaidoirie, j'allais repartir de zéro et me réinscrire au Barreau. Elle trouvait ça courageux, elle était emballée. Toi, ça te rendait malade. Tu ne voyais que le côté salaire régulier, rassurant.

C'est vrai. Elle a été cette femme-là, préoccupée seulement de la survie de leur cellule familiale, du remboursement de leur crédit-logement, du paiement des soins médicaux et de la cantine des enfants. Comment le nier aujourd'hui ? La toge et le prétoire vont bien à Étienne, bien mieux que la paperasse et les assurances. Son ex a retrouvé l'allure et le charisme qui l'avaient séduite. Comment a-t-elle pu être assez égoïste pour le contraindre à une vie de gratte-papier dont il ne voulait pas ? Pas étonnant qu'il ait finalement choisi de déserter la cage qu'elle avait construite autour d'eux.

— Sans compter cette foutue lettre, ajoute Étienne.

— Quelle lettre ?

— Un billet anonyme. Je t'en avais parlé, non ?

Emmy secoue la tête. Une onde froide s'insinue dans son ventre.

— Non. Elle ressemblait à quoi ? Je veux dire, le format, la couleur ?

— Une enveloppe noire, en papier épais. Format carré, je crois. Pourquoi ?

De plus en plus dingue.

— Que disait-elle ?

— Des conneries : que je m'étais fait piéger, que je méritais mieux qu'une vie étriquée entre bobonne et les enfants, que j'avais l'étoffe pour porter le smoking, mais que je me contentais d'un peignoir-charentaises.

— C'était quand ?

— C'est un interrogatoire ? Je ne sais plus ! Un peu après ma rencontre avec Nora. J'ai pensé qu'elle pouvait venir de ton père. Le ton hautain, le mépris, c'était bien son style. Je l'ai même appelé. Il a nié évidemment. Toujours aussi désagréable, ce cher Pierre !

— Et ?

— Je ne crois pas que ce soit lui. Mais on se disperse, je suis pressé. Il faut que tu retires ta requête et qu'on rediscute les conditions du divorce. Quoi que tu penses, je n'ai pas les moyens de te payer une pension alimentaire.

— Et moi, je me fiche de ton fric. Je veux revoir les enfants, sans chaperon, les avoir à la maison, régulièrement. À terme, je veux qu'on mette en place une garde alternée.

Étienne secoue la tête avec suffisance, comme s'il avait à faire à un enfant gâté.

— C'est prématuré, chérie. Rappelle-toi d'où tu reviens. Mais on en rediscutera, c'est promis.

— Ne m'appelle plus chérie ! Cette discussion, c'est ici et maintenant qu'on va l'avoir si tu veux que je retire ma requête. Non négociable ! Il fallait y penser avant de coucher avec Nora. Tu es bien placé pour savoir que j'obtiendrai gain de cause.

Elle pousse vers lui son smartphone. Sur l'écran est affichée une photo d'Étienne et Nora enlacés sous les illuminations de fin d'année.

— J'en ai d'autres sous le coude, plus explicites.

— Comment les as-tu reçues ?

— Numéro masqué. Le même genre de bienfaiteur que celui des enveloppes anonymes, je suppose. Alors, pour les enfants, que décides-tu ?

Il soupire, à court d'arguments.

— On va démarrer en douceur pour ne pas les déstabiliser. Passe les prendre chez ma mère mercredi midi et emmène-les déjeuner. Je la préviendrai. Surtout, ne leur pose pas de lapin cette fois-ci, ils seraient terriblement déçus.

— Et ensuite ?

— On ira trouver le juge ensemble pour réaménager la garde. À toi de nous convaincre que tu es redevenue apte à prendre soin d'eux.

Emmy se lève, pose sur le front d'Étienne un baiser plus tendre qu'elle n'aurait voulu.

— Je ne pensais plus être capable de prononcer ces mots à ton sujet, mais tu es un type bien. Considère que la requête est au frigo. On a intérêt à s'entendre, pour le bien de Max et Clara. Je te laisse, moi aussi j'ai des trucs à faire.

— Shopping, coiffeur, manucure ? ironise Étienne.

— Pourquoi pas ? On n'en serait pas là aujourd'hui si on m'avait expliqué les vraies règles du jeu. Crois-moi, on ne m'aura pas deux fois !

Tassé sur le banc, les mains croisées, Étienne paraît fatigué, plus vieux aussi. Il referme le dossier, se lève et lui tend son parapluie.

— Tu as changé, murmure-t-il, et pas seulement physiquement.

— Merci.

— Tu as rencontré quelqu'un ?

Emmy esquisse une pirouette moqueuse.

— Là, c'est toi qui es sur la touche, très cher.

* * * *

7

La terrasse du bar est bondée, ils ont eu de la chance d'y trouver une table. Évidemment, Léna a ses ficelles. Avec elle, il n'attend jamais très longtemps. Ce soir, ils sont allés au cinéma, ont décidé de prolonger la soirée en terrasse pour profiter de la douceur de l'air. Elle s'est montrée câline, s'est blottie dans ses bras pendant le film. Ils ont croisé d'autres couples, enlacés ou main dans la main. Il aimerait se convaincre qu'ils leur ressemblent, qu'ils ont l'avenir devant eux. Les autres couples ont des amis, une vie sexuelle normale, s'envoient des textos tendres et des smileys. Ils ont un chien avec un nom marrant, pas un cran d'arrêt illégal. Ils ont des projets de vacances ou d'enfants, pas des secrets inavouables et des souvenirs trop lourds pour leurs épaules.

— À quoi penses-tu ?

— À toi, à moi, à l'avenir.

Elle n'a pas encore touché à son verre, se contente de l'observer, droite sur sa chaise. Ses narines frémissent doucement. Elle a flairé quelque chose. Aborder le sujet ici est osé, mais c'est un bon moyen d'éviter que la situation ne dégénère. Elle n'explosera pas, ne le menacera pas. Pas devant tout le monde. Il se racle la gorge, pose son verre sur la table.

— Léna, est-ce que tout va bien ? Est-ce que tu as quelque chose à me dire ?

— …

— Au sujet de la voisine par exemple.

— Rien qui te regarde.

Elle a à peine desserré les dents. Il devine ses muscles tendus, prêts à la fuite ou au combat. Pas question pourtant de faire marche arrière.

— Et au sujet de Sombre ?

Autour du verre, ses phalanges blanchissent. Elle est furieuse.

— D'abord le Cachot, puis l'hôtel, ensuite Emmy… Je rêve ou tu as recommencé à me fliquer ?

— J'ai besoin que tu me dises que tout va bien, que tu m'expliques ce que tu manigances avec cette fille, que tu me promettes qu'elle ne risque rien, que Sombre n'est pas dans le coup.

— Qu'est-ce que ça peut te faire ?

— Si Sombre est de la partie, il faut que je le sache. Je suis de ton côté, mais ne me mens pas. J'ai le nom d'un psy qui peut nous aider. On en viendra à bout.

Elle lui décoche un regard haineux. Est-ce bien lui qui parle de ne plus mentir ? Et l'ordonnance de Joubert, découverte par hasard dans le recueil de poésie où il l'a planquée, ce n'est pas une belle, une magistrale omission ? Le mensonge est si énorme qu'elle n'a pas réussi à lui en parler. Elle est demeurée sur place, interdite, l'âme en deuil et le corps dévoré d'une fureur brûlante. Seul le poids d'Infidel dans le creux de sa paume, sa lame brillante et affilée ont réussi à la soulager un peu. Combien de fois Joubert et Magnus se sont-ils parlé en cachette, qu'est-ce que Magnus a bien pu révéler pour que l'autre lui prescrive ces pilules ? A-t-il l'intention de les lui administrer à son insu quand il estimera la situation devenue ingérable ? Son pouce effectue des allers et retours compulsifs le long de ses doigts. La démangeaison est insupportable.

« C'est une forme de trahison. Et si on s'était trompées sur lui ? Peut-être qu'il ne nous mérite pas. »

Magnus poursuit calmement, vaguement effrayé par son silence et sa pâleur.

— Je ne t'espionne pas, Léna. Je suis passé à l'hôtel pour le boulot, c'est comme ça que j'ai appris que tu n'y travaillais plus. Quant à Emmy, je l'ai croisée une ou deux fois et on a sympathisé. Elle m'a confié que vous étiez devenues copines. Mais ce qu'elle m'a dit me fait penser qu'elle est amie avec Sombre et pas avec toi.

— Pourquoi Sombre n'aurait-elle pas le droit d'avoir des amies ? Tu ne la trouves pas assez bien, trop à l'ouest ?

Magnus la fixe, sous le choc. La voix, le regard, l'attitude… C'est Sombre qui se tient devant lui, malgré l'absence de la perruque et des lentilles auxquelles il ne s'est jamais habitué, sans son accoutrement de poupée sage. C'est la première fois qu'elle se manifeste en public. C'est d'autant plus effrayant qu'il n'a rien senti venir, pas le moindre signe annonciateur. La volte-face n'a pris qu'une fraction de seconde, comme si Sombre était tapie dans l'ombre de Léna, à les espionner, guettant son heure. Ne rien laisser paraître de son malaise. Prendre l'ascendant, tout de suite.

— Va-t'en ! Ce n'est ni ton lieu ni ton moment.

— Tu espérais me réduire à quelques heures d'existence dans une pièce sombre avec des pervers masochistes ? Tu t'es fourré le doigt dans l'œil. Je vis avec toi, Magnus, je fais partie de ton couple.

Magnus hésite, la bouche sèche.

— Léna et moi, on est peut-être un couple. Toi et moi, sûrement pas.

— Regarde les choses en face. L'aimer, elle, c'est m'aimer, moi et *vice versa*. Me trahir, c'est la trahir. Te mêler de ses affaires, c'est mettre ton nez dans les miennes. Et ça ne me plaît pas.

Il perçoit le bruit du bouton-poussoir, sous la table. Elle ne fera rien, il le sait. Ça ne l'empêche pas d'être en sueur. Sa pomme d'Adam voyage nerveusement le long de sa gorge.

— Range ce couteau, chuchote-t-il. Puisque tu es là, dis-moi ce que tu attends d'Emmy.

— Je ne reçois pas d'ordres. Et je te trouve un rien trop soucieux de notre voisine. Occupe-toi de tes fleurs, saute-moi quand je te le demande et tout se passera bien.

— Plus question que je te saute !

Il a parlé à voix basse, mais les consommateurs de la table d'à côté se tournent vers lui. Sombre s'offre le luxe d'un rire détendu.

— Il ne faut jamais dire jamais, trésor. Avec moi, tu te sens vivre au centuple, tu touches ta fin du doigt. Personne d'autre ne peut t'offrir ça.

— Et si j'avais envie d'autre chose ? reprend-il un ton plus bas.

Sombre s'immobilise, stupéfaite, avant d'éclater d'un rire hystérique, tellement hors d'elle qu'elle en deviendrait imprudente.

— Laisse-moi deviner : du romantisme, de la tendresse, des câlins ? On vaut mieux que ces mièvreries. Toi et moi, on remet tout en jeu chaque fois, on repousse les limites, on réinvente l'art d'exister et de mourir.

— Et si j'avais tout de même envie d'autre chose ?

Elle lève le menton d'un air de défi. Ses yeux ne cillent pas, opaques et inexpressifs, sa bouche s'incurve en un sourire de regret :

— Puisque tu me connais si bien, devine !

* * * *

Beau ! Beau et con à la fois.

Les paroles de la chanson de Brel trottent dans la tête d'Emmy qui peine à résister au fou rire. Quand le métis s'est assis en face d'elle, elle a failli se pincer : le teint mat, des cheveux noirs et drus qui lui mangent le visage, un regard étonnamment clair, des lèvres charnues s'ouvrant sur un sourire plus blanc que blanc. Il ne lui a fallu que quelques phrases pour découvrir que le quotient intellectuel de son prétendant était inversement proportionnel à l'effet de son regard. Jamais dix minutes ne lui ont paru aussi longues. Le gong résonne enfin. En face d'elle, le métis écarte les mains avec dépit, tente de lui prendre la main.

— *¿ Que ? ¿ Ya ha terminado ?* Tu me donnes ton numéro ?

Même pas en rêve ! songe Emmy en dégageant ses doigts. L'homme semble bien décidé à se cramponner à sa place. Un simple regard suffit à alerter l'organisateur qui surveille le bon déroulement de la soirée. Le métis proteste, jure et renverse sa chaise, mais le videur se matérialise à ses côtés. Compact et massif, pas besoin d'autres arguments. L'instant d'après, le rebelle est sur le trottoir.

Emmy respire et reporte son attention sur le candidat n° 7, un rouquin au visage piqué de taches de rousseur. Vêtements classiques, pas forcément beau, mais quelque chose de surprenant dans le regard, la douceur résignée de ceux qui en ont vu d'autres. Il est du genre méthodique, qui énumère son *curriculum vitae* :

Prénom : Frédéric, mais tout monde m'appelle Fred.

Âge : 34 ans

Profession : Inspecteur à la police judiciaire, avec la panoplie de rigueur ; je veux parler de l'arme de service et de la moto. *A priori*, un bon atout pour la drague, sauf que les filles prennent la tangente dès qu'elles ont compris que je n'ai pas de vie privée. Mais je n'ai pas renoncé à trouver la perle rare.

— …

Ses paupières brûlent. Dix royaumes pour un thé, un film tranquille dans son canapé. Pourquoi n'a-t-elle pas décliné la proposition de Léna ? Ce n'était pas si compliqué après tout. Deux mots, huit lettres : pas envie ! Toujours cette tendance du bon petit soldat. Et si elle désertait ?

— Qu'est-ce que je viens de dire ?

— Je… Désolée, j'étais distraite.

— Déjà qu'on n'a que dix minutes pour convaincre, si en plus vous ne jouez pas le jeu !

Emmy en a soudain assez. Assez de l'atmosphère lourde du bar, des cocktails tropicaux qui lui plombent les idées, des clowns en mal de sexe et de leur drague stéréotypée, des trucs et des recettes qu'elle applique pour aguicher et faire parler. Vain, factice, pénible. S'il ne tenait qu'à elle, elle serait ailleurs. Loin, seule. Du coin de l'œil, elle lorgne la cloche posée sur la table. En principe, elle n'a le droit de l'actionner qu'en cas de conduite inconvenante d'un candidat. Au diable le règlement, il faut qu'elle bouge d'ici.

Le rouquin devance son geste et s'empare de la cloche.

— Si vous sonnez, je me retrouve sur le trottoir comme l'autre Zorro et ce sera fichu pour les entretiens suivants. Vous trouvez ça fair-play ?

Emmy se lève et saisit son sac.

— Qu'est-ce que tu fais ? s'affole la voix de Léna dans l'oreillette. Tu t'en tirais bien jusqu'à présent.

— Je n'en peux plus. Marre de ce cirque et des célibataires qui font le beau. Je perds mon temps.

— Pas du tout ! Tu t'entraînes à prendre la main ! Tu apprends à utiliser… Qu'est-ce que tu fais ? Emmy ?

— Je me casse !

Le rouquin la dévisage comme si elle était folle. Enfin, il repère le fil qui longe son cou et plonge dans son décolleté :

— C'est pas du jeu de se faire coacher ! clame-t-il indigné. Et ce qu'on dit est privé, on a signé un papier à l'entrée.

— C'est draguer aussi mal qui n'est pas du jeu. Salut !

Emmy traverse le bar en quelques foulées. Sous la lueur orangée des réverbères, le trottoir luit légèrement, elle frissonne dans sa robe, hésite à faire demi-tour pour aller récupérer le châle qu'elle a laissé au portemanteau. Dans moins d'une minute, Léna sortira du bar voisin pour la rejoindre. Elle sera contrariée, lui fera la leçon. Le boulevard n'est qu'à quelques centaines de mètres sur sa droite. Elle croit se souvenir qu'il y a une station de taxis pas loin. Sans réfléchir, elle s'engage dans la ruelle et presse l'allure. Un bruit de pas dans son dos la fait sursauter juste avant qu'une poigne vigoureuse ne lui saisisse le bras. Le parfum épicé du candidat latino lui saute aux narines.

— Je te manquais déjà ?

— J'ai mal à la tête, je rentre chez moi.

— Tu m'as gâché la soirée. J'aime pas qu'on me chauffe pour rien.

Sa voix fait passer un frisson désagréable entre les omoplates d'Emmy.

— Écoute, ce genre de soirée, c'est un jeu… pour voir si on se plaît.

— Un jeu, acquiesce-t-il avec un rictus mauvais, alors viens jouer par ici.

Il la pousse brutalement sous un porche, la plaque contre le mur. Beaucoup moins inoffensif qu'il n'en avait l'air. Beaucoup plus costaud aussi. Les aspérités de la façade lui meurtrissent le dos à travers le fin tissu de sa robe tandis qu'elle se tortille pour lui échapper. Les larmes lui montent aux yeux, elle a froid, atrocement froid, les entrailles serrées, le cerveau en panne.

« Crie ! Appelle au secours ! Griffe-le. » Elle ne parvient qu'à couiner misérablement.

— Tu dis rien ? Tout à l'heure, t'étais plus marrante.

Elle balance la tête, terrorisée, les cordes vocales bloquées. « Au secours… Quelqu'un… pas ça… pas en pleine rue… » Il glisse une main sous la robe, s'immisce entre ses cuisses, palpe sa peau, lui arrachant un gémissement de terreur. Il respire fort, par à-coups, plaque en rythme son bas-ventre contre le sien.

— Tu sens comme tu me plais ? Tu vas pas me laisser dans cet état, *sí* ? Faut que tu fasses quelque chose pour moi… Quelque chose de gentil… Qu'est-ce que tu sais faire ?

Un petit bruit sec résonne sous le porche. L'homme se redresse hors d'haleine, apostrophe la silhouette qui se tient dans l'ombre.

— *¡ Largate, niño !* C'est pas tes affaires !

— C'est toi qui dégages. Vite fait !

Léna s'avance sous le porche, lève le bras. Dans sa main, un éclat métallique brille un instant, juste assez longtemps pour que le teint du métis change de couleur.

— Manche grené pour assurer une bonne prise, bouton-poussoir et lame jaillissante ; acier ionisé, onze centimètres, excellent coefficient de pénétration, récite-t-elle comme si elle se trouvait sur une chaîne de téléachat.

L'homme recule d'un pas, grommelle une insulte entre ses dents et la propulse vers Léna avant de s'enfuir en courant. Le bruit de ses talons sur les pavés résonne encore quand celle-ci s'accroupit à ses côtés, sans la toucher. Emmy bredouille un merci sans consistance, dilué dans les larmes.

— Ne traînons pas !

Emmy se redresse péniblement, tire sur sa robe et ramasse son sac. Elle claque des dents, grelotte, hoquette, fouille désespérément ses poches et accepte le mouchoir que lui tend son amie.

— Tu crois que je devrais aller porter plainte ?

— Et après ? Ils arrêteront celui-ci et, dans un mois, c'est un autre qui te manquera de respect parce que tu es incapable de te faire respecter.

— Mais…

— On dirait que tu fais exprès de ne pas comprendre ! explose Léna. J'aurais pu laisser la leçon aller plus loin, mais je ne pense pas cela t'aurait été profitable.

— …

— Je vous ai vus disparaître sous ce porche, j'ai voulu voir comment tu te débrouillais. La suite parle d'elle-même.

— Mais… t'es folle ! Et s'il m'avait violée ?

— Tu ne risquais rien, je veillais sur toi. Tu te demandais tout à l'heure à quoi bon ces théories, ces exercices, le sens de ce que je t'apprends. Tu as ta réponse. Ce soir, tu as expérimenté physiquement qu'il est nécessaire de rester maîtresse de la situation. Tu n'es pas prête à voler de tes propres ailes, Emmy. Tu as encore besoin de moi.

— Sauf qu'avant, ce genre de problème ne me serait jamais arrivé. Avant, j'avais une famille, des collègues, un patron, des gens sympas que je croisais tous les jours. Avant, j'avais une vie normale et pas d'ennuis.

Une lueur glacée traverse les pupilles sombres de Léna.

— Avant, tu n'étais rien. À peine une petite chose transparente qu'on évitait de justesse de piétiner. Je t'ai sortie de ton terrier, je t'ai donné des couleurs, du volume. Dis-moi que ce que tu lis dans les regards aujourd'hui te déplaît. Dis-moi que tu préférais te faire marcher sur les pieds et laisser les autres te dicter leur loi. Dis-moi que tu préfères rester chenille et je te laisse tranquille.

Emmy s'écarte d'elle, accélère le pas :

— Je refuse de parler de ça maintenant. Tout ce que je veux, c'est rentrer chez moi, prendre un bain, oublier ce type.

— J'espère que tu n'oublieras rien, ni le souvenir de son haleine sur toi ni la manière dont tu l'as laissé te salir. La leçon est rude, je te l'accorde, mais elle sera d'autant plus payante. Il y a un prix à payer pour exister dans la lumière. La vie des prédateurs n'est pas rose tous les jours.

— C'est des conneries, Léna ! Et ce couteau… Putain, je ne pense même pas que ce soit légal de se balader avec ce genre de truc. Il y a des lois dans ce pays, des gens qui sont payés pour nous protéger.

— Ton ingratitude me déçoit, poursuit Léna d'un ton égal, mais je la mets sur le compte de ta naïveté. Quelle que soit la manière dont tu vois les choses, c'est Infidel qui t'a sauvé la mise ce soir, pas des principes ou des types en uniforme.

En plus, le couteau a un petit nom. De plus en plus fou ! Peut-être faudrait-il qu'elle en touche un mot à Magnus. Elles avancent côte à côte, dans un silence tendu. Le corps meurtri, l'esprit en bataille, Emmy ne parvient pas à aligner une pensée cohérente. Lorsque Léna s'arrête et la prend par les épaules, elle décèle sur son visage une expression nouvelle. De la tristesse ?

— Je pensais qu'on se comprenait, que tu avais intégré ce que je cherche à te transmettre. Comment te convaincre que tu fais fausse route en te fiant à des gens pour qui tu n'es rien ? Ils se font passer pour des sauveurs, mais ils arrivent trop tard, quand tu as été piétinée, dépouillée, humiliée. C'est pour cette raison que je ne fais confiance à personne. Avec Infidel, je suis en sécurité, j'applique ma propre loi. Et j'ai toujours le dessus.

— Qu'est-ce qui t'est arrivé, Léna ? Qu'est-ce qu'on t'a fait ?

— Hors sujet !

* * * *

Vingt ans plus tôt

Moune a lavé et repassé la robe blanche. L'a pendue sur un cintre dans l'entrée. Un fantôme aux épaules basses et aux manches flasques. La robe ne sent plus le parfum de Monsieur Jo, elle sent le frais. Elle lui tire quand même la langue. Poppy aimerait aussi, mais elle n'a pas de langue.

« Il va revenir. »

— Pourquoi tu dis ça ? Je ne veux plus jouer à l'école. Et je veux pas non plus de ses pièces jaunes.

Poppy n'aime pas les pleurnicheuses. Ce sont les bébés qui pleurent et se plaignent sans arrêt.

— Je veux plus qu'il m'habille. Je suis pas sa poupée et j'aime pas quand je dois le toucher… Toi, t'es une vraie poupée, alors j'ai le droit de te faire ce que je veux. Et je m'occupe bien de toi, pour que t'aies pas froid. Je te fais des vrais câlins, pas comme lui.

« T'es tellement bête. On dirait que tu fais exprès de te tromper pour être punie. »

— C'est pas vrai. C'est très difficile, l'alphabet.

« Peut-être que tu aimes bien qu'il te punisse. »

Ses lèvres tremblent. Elle pince la dentelle de la jolie robe, tire sur les fils, arrache. Recommence. Dans sa paume roulent dix petits boutons brillants. Elle se frotte le nez.

— Non, j'aime pas. Ça fait très mal. Regarde !

Elle soulève la robe rose. Entre les jambes de Poppy, le tissu est un peu décousu. Ses yeux débordent et sa poitrine se soulève par à-coups tandis qu'elle enfonce, un par un, les boutons dans le ventre mou.

— Tu mens. Je sais que t'as mal, mais tu veux pas le dire. Pourquoi t'es méchante tout le temps avec moi ? Et je pleure même pas, c'est mon nez qui coule.

Moune sort de la cuisine, les poings sur les hanches :

— Qu'est-ce que tu fais ? À qui tu causes ?

— J'ai rien fait. Rien du tout.

Moune s'approche, elle regarde la robe de près. Elle crie.

— T'es folle, une robe de ce prix. Qu'est-ce que je vais lui dire, à Monsieur Jo, quand il reviendra ?

Elle se bouche les oreilles, se recroqueville dans son coin. Moune l'arrache du sol, la porte jusqu'au cagibi. Elle se débat, mais Moune a de la force. Elle lui arrache Poppy des mains, ferme la porte et donne un tour de clé. On n'y voit rien. Le cœur battant dans la gorge, elle tend l'oreille, attend que ses yeux s'habituent à l'obscurité. Le bois des étagères craque. Elle renifle, entoure ses genoux de ses bras et y plonge la tête. Quelque chose frétille sur son mollet. Elle hurle, frappe du plat de la main, encore et encore. S'arrête, hors d'haleine. L'araignée doit être morte, écrabouillée. Est-ce qu'il y en a d'autres ?

* * * *

Sombre ferme la porte, donne un tour de clé par précaution et s'avance dans le vestibule de l'appartement. Quelle meilleure manière de s'assurer de l'état d'esprit de sa marionnette que de déambuler clandestinement dans son espace privé, de visiter son frigo, de feuilleter ses albums photo, de lire son courrier ou de faire l'inventaire de sa pharmacie ?

Que de chemin parcouru depuis les premières filatures, avant d'accéder enfin à son intimité ! Toutes ces heures à épier Emmy, à la suivre, les risques pris pour accéder à sa boîte aux lettres ou éplucher le contenu de ses poubelles. Rien n'était trop pénible, trop dangereux ou répugnant, du moment qu'il s'agissait d'apprendre à la cerner, la connaître, l'approcher. Deviner ses faiblesses et ses péchés, ses gourmandises, ses peurs profondes et ses chagrins jamais consolés, ses habitudes télévisuelles, les livres qu'elle dévorait. Son univers était étroit et confiné. Insatisfaisant. Il a été si aisé de la faire chuter pour ensuite la relever.

Et pour quel résultat ! Une ombre de satisfaction passe sur les traits de Sombre. Une place pour chaque chose et chaque chose à sa place : les coussins sur le canapé, la vaisselle du petit déjeuner sur l'égouttoir, le linge propre et plié dans la manne, les revues dans le porte-journaux. On est loin du laisser-aller des débuts. Aujourd'hui, Emmy est ordonnée, disciplinée.

Elle n'a pas seulement remis de l'ordre dans son appartement, elle a aussi balayé ses mauvaises habitudes pour se refaire une santé. Depuis qu'elle mange et fait du sport, elle a perdu ses airs de phasme dépressif et s'est remplumée. À l'heure qu'il est, elle doit être en train de suer à la salle de fitness. Elle respire de manière plus ample, bouge mieux, se tient droite. L'exercice lui vide la tête, renforce sa confiance et son endurance. Parfait ! Ce qui renforce Emmy renforce le Plan.

Dans la salle de bains, la jeune femme scrute d'un œil approbateur la tablette bien rangée et le lavabo immaculé, ouvre l'armoire de toilette de droite et inspecte la trousse à maquillage : nouveau mascara, nouveau rouge à lèvres. Emmy ne se refuse rien, encore un signe ! Fini les regards fuyants du début, les épaules rentrées, les questions et les doutes. Les résultats dépassent parfois ses attentes. Emmy ne s'excuse plus d'être là.

— Sans nous, elle ne serait rien, murmure Sombre. Mais je suis d'accord : elle se débrouille plutôt bien pour quelqu'un qui revient d'aussi loin.

Sombre approche son visage du miroir, se dessine une bouche en cœur à l'aide du rouge à lèvres, farfouille à la recherche d'un crayon pour parfaire le contour. Dans l'armoire de gauche, elle inventorie les reliques de l'existence d'Étienne : un rasoir dernier cri, un pot de lotion capillaire, une plaquette de comprimés contre les aigreurs d'estomac, un flacon de parfum nanti d'un capuchon doré. Les parfums en disent long sur ceux qui les portent. Elle ne peut s'empêcher de faire tourner le flacon entre ses doigts, débouche le flacon, vaporise quelques gouttes sur son poignet. L'odeur est sucrée, entêtante. Dérangeante. Un voile opaque lui passe brièvement devant les yeux. La respiration courte, elle pose sur l'évier ses mains moites, lutte contre le vertige qui la gagne. Quelque chose se contracte dans son ventre. Une terreur primale, un dégoût qui revient de loin. L'intuition que le mal est là, qu'il s'est insinué en elle et la possède pour toujours.

* * * *

Treize ans plus tôt

Monsieur Jo est allongé, immobile, la tête sous l'oreiller. Elle se demande s'il a les yeux ouverts dessous. Et sa bouche ? Sur la table de chevet, elle aperçoit un portefeuille en cuir noir et des lunettes à monture d'écaille.

— J'aurais pas dû le faire. J'aurais dû appeler les secours comme il voulait.

« T'es bête. Tout le monde aurait su ce qu'il te faisait. »

— C'est de ta faute : c'est toi qui m'as dit de le faire. Même que tu me criais dans les oreilles.

Elle se tord les mains, frotte ses paumes l'une contre l'autre et se recroqueville au fond de la penderie pour ne plus voir le lit. Ça sent l'antimite, la poussière et la laine humide.

— Pourquoi tu dis plus rien ? C'est nul. Parle-moi !

« … »

— Quand Moune rentrera, elle nous enfermera dans le cagibi. Je ne veux pas y aller.

« Tu pleures tout le temps. Un vrai bébé. Comment tu veux que j'aie envie de t'aider ? »

— Pardon, pardon… Regarde, je pleure plus.

Elle ravale le sanglot qui lui brûle la gorge, frotte ses paupières du dos de la main. Rajuste son corsage déchiré et tire sur la jupe écossaise pour couvrir ses genoux. Tout à l'heure, Monsieur Jo a dit qu'à douze ans, elle était devenue une jeune fille. Trop grande pour les robes à volants. Il lui a caressé les cheveux, lui a dit de s'asseoir sur le lit. Elle a obéi, le cerveau paralysé, le corps mou et docile, jusqu'à ce que Poppy lui ordonne de se défendre à coups de pieds, de poings.

« Il faut qu'on s'en aille. En vitesse ! »

— C'est trop dangereux. Dehors, il y a des assassins et des voleurs et puis, j'ai pas le droit de sortir.

Elle renifle, se mouche dans la manche de son chemisier. À quatre pattes, elle sort de la penderie, glisse un coup d'œil vers le lit : rien ne bouge. Lentement, elle s'approche de la table de chevet, évite soigneusement les débris de verre qui jonchent le sol. Dehors, le vent est tombé, il ne pleut presque plus. Les arbres et les buissons nus se découpent dans la lumière déclinante. Elle aperçoit aussi les bâtiments de l'abbaye au loin. La grande tempête a emporté le toit du clocher quelques jours plus tôt. Les ardoises ont volé jusque dans le jardin. C'était écrit dans le journal que l'homme a apporté : « Sainte-Maure a perdu la tête. » Il a lu l'article avec elle, lui a expliqué qu'avant, les bonnes sœurs gardaient les os de sainte Maure et que des gens venaient de très loin pour lui demander de les guérir. Est-ce que les os pourraient guérir cet affreux mal de tête et les sifflements qui fusent dans ses oreilles ?

« Si tu restes ici, je te laisse te débrouiller. Tu iras en prison et… »

— D'accord, on part. Ne te fâche pas.

Du pied, elle rassemble les pièces de monnaie éparpillées sur le sol et les fourre dans la pochette du portefeuille en cuir noir. Certaines sont coincées entre les lattes du plancher, d'autres ont roulé sous le lit.

« Qu'est-ce que tu fais ? Dépêche-toi ! »

— C'est à moi, il me les a données. Je laisse pas mes cadeaux à Moune.

Enfin, elle quitte la chambre sans un regard pour le corps étalé en travers du lit, donne un tour de clé et la fourre dans sa poche. Parmi les manteaux accrochés aux patères du hall, elle choisit celui que Moune enfile pour travailler au jardin. La veste tombe un peu aux épaules et lui arrive juste sous les genoux. Elle a beaucoup grandi ces derniers temps, elles ont presque la même taille. Il y a l'odeur de Moune sur le tissu, l'eau de Cologne dont elle lui met une goutte derrière l'oreille, quand elle est de bonne humeur.

Dehors, l'air sent le bois et le champignon. Sous ses pieds, les feuilles forment un magma humide et collant qui détrempe immédiatement ses pantoufles.

Arrivée à la barrière, elle regarde autour d'elle, désemparée. Un lièvre jaillit soudain d'un fourré. S'immobilise sur le sentier, les oreilles dressées, les yeux exorbités. Elle esquisse un mouvement et il détale vers la forêt.

« Grouille, on va se faire pincer. »

Elle inspire une bouffée d'air froid et entre à la suite du lièvre dans les buissons.

* * * *

Sombre aspire une goulée d'air, s'étrangle et tousse. Cela fait un moment qu'elle n'a plus repensé à Monsieur Jo, à son corps velu et gras, à son parfum à la violette. À force, elle avait appris à supporter. Elle ne pleurait plus. Ce jour-là, il s'était effondré d'un coup, l'avait suppliée d'une voix chevrotante, entre deux halètements terrifiants. On aurait dit qu'il avait avalé le soufflet du salon :

— Je vais crever. La clé… dans la poche de ma veste… Appelle quelqu'un… n'importe qui. Allez ! Reste pas là !

Il avait bien tenté de se défendre quand elle s'était accroupie sur son torse, avait rué faiblement lorsqu'elle avait appliqué l'oreiller sur son visage, l'avait maintenu de toutes ses forces. Elle avait attendu qu'il cesse de remuer pour se lever.

Son premier jour de liberté, elle l'a baptisé jour Zéro et l'a choisi comme date d'anniversaire. Qui aurait pu la contredire ? Moune était sans doute la seule à connaître la vraie date. Moune qui l'a tenue entre ses bras alors qu'elle n'était qu'une petite chose humide et molle tout juste arrachée à la chair maternelle. Moune qui… Ne plus penser à Moune. Sombre crispe les paupières pour balayer les souvenirs.

Parfois, elle aimerait prêter sa mémoire, raconter, déposer, confier. Magnus sait certaines choses, il en a deviné d'autres. Mais ce n'est pas de cette oreille ni de cette compassion qu'elle a besoin. Si Emmy écoutait, si Emmy comprenait et absolvait, alors l'avenir pourrait valoir la peine d'être vécu. Elle masse ses tempes douloureuses, secoue la tête avec vigueur.

— Lâche-moi. Je n'oublie pas le Plan. J'irai jusqu'au bout, j'y tiens autant que toi.

Sombre se penche vers le miroir et rectifie adroitement le trait de khôl appliqué au bord de sa paupière supérieure. La couleur du rouge à lèvres lui plaît. Elle l'empoche, s'assure qu'elle n'a rien laissé traîner sur le lavabo et gagne la chambre à coucher. Allongée sur le lit, elle tente d'imaginer les gestes et les rituels d'Emmy : quelques pages avant de fermer les yeux – un roman d'amour, sans doute –, une pilule pour s'assurer cinq heures de sommeil, une pensée pour ses enfants, pour son ex peut-être… Son regard dérive vers l'autre côté du matelas. Que regrette-t-elle chez Étienne ? Et lui, que lui a-t-il trouvé de si exceptionnel pour l'épouser et lui faire deux rejetons ?

Sombre ferme les yeux, se tourne sur le côté. Dans son dos, elle imagine le corps massif d'Étienne, sa main qui s'avance, lui touche la hanche ; à voix basse, il demande si elle dort, ignore son murmure de protestation et prolonge la caresse, de plus en plus volontaire et insistant. Ses mains remontent la chemise de nuit, explorent son ventre, ses fesses. Emmy lui dit quelque chose comme « J'ai pas envie, je suis crevée », serre peut-être les cuisses, mais il n'écoute pas, lui saisit les hanches et la retourne sur le dos, se colle et s'allonge sur elle, lui embrasse les seins avec voracité. Elle renonce à se faire entendre, desserre les jambes, le laisse grogner et soupirer, aller et venir, se donne même la peine d'émettre les soupirs et les gémissements qui conviennent. C'est plus rapide quand elle y met du sien, c'est moins pénible aussi. Ils s'endorment ensuite dos à dos, faussement comblés, prétendument heureux.

Sombre ouvre les yeux, émet un petit bruit dégoûté. Subir le désir de l'autre, accepter ses caresses, son sexe, jouer le jeu et, si nécessaire, simuler pour satisfaire son ego. Tel est l'apanage des faibles. Le sexe n'est ni une bonne action ni un cadeau. Il est un combat opposant des adversaires consentants et déterminés. Ceux qui fréquentent le Cachot l'ont compris. Ils arrivent avec des attentes précises et elle leur donne le meilleur d'elle-même. Sous ses mains habiles, ils se tordent, gémissent et supplient, pleurent parfois, mais repartent apaisés, délivrés pour un temps de leurs obsessions. Pas de perdant dans cet arrangement-là. Le jour où Emmy aura appris à respecter la part la plus intime d'elle-même, elle sera mûre pour affronter les blessures du passé et en exiger réparation. Ce jour-là, elle sera prête à entendre le Plan et le rôle qui lui est dévolu.

La démangeaison devient insupportable. Sombre enlève la perruque, la pose à côté d'elle. Le miroir de la garde-robe lui renvoie l'image du visage aux pupilles immenses et bleutées encadré par les cheveux châtains de Léna. Pauvre Magnus ! Il n'y a que lui pour s'évertuer à croire qu'il est parvenu à confiner Sombre dans son accoutrement de poupée. Même Joubert pressent que quelque chose ne tourne pas rond. S'il est resté tel qu'elle l'a connu, le vieux est aussi tenace que perspicace. Il faudra qu'elle lui rende visite un de ces jours avant qu'il ne prenne des initiatives regrettables.

Elle s'étire, gonfle d'air ses poumons. Quel bonheur d'être entière, libre et vivante, avec ou sans perruque, avec ou sans lentilles, câline ou exigeante, autoritaire ou tendre ! Elle seule sait qui elle est vraiment et à quel moment ; elle seule connaît le dénouement et ce qu'elle est prête à accomplir pour y parvenir.

Sombre se lève, retend la couette et rajuste les coussins. Posément, elle ôte les lentilles turquoise et les range dans leur étui portable. Puis elle se coule hors de l'appartement et referme la porte. L'exploration du territoire d'Emmy l'a confortée dans ses certitudes. Le but est là, à portée de main. Elle descend l'escalier d'un pas presque guilleret. Devant l'immeuble, la concierge l'accueille avec une nouvelle histoire à dormir debout.

Les doigts de Sombre tâtonnent au fond du sac, saisissent le manche en métal, jouent avec le bouton-poussoir. Faire jaillir la lame, la planter dans l'estomac de l'importune, la regarder se vider de son sang sur le trottoir qu'elle lave à grande eau. Sombre invoque un rendez-vous urgent, s'éclipse sous le regard perplexe de la concierge.

Quelle drôle de personne ! Pas vraiment impolie, mais toujours pressée, expéditive. Elle sourit, elle dit bonjour, fait même parfois semblant d'écouter, mais Olimpia n'est pas dupe. Ce sont ses yeux qui la trahissent : un regard d'oiseau de proie. En plus, elle déteint sur l'autre, la locataire du deuxième. Toujours fourrées ensemble ! C'est ça, la jeunesse, aujourd'hui ! Ça court, ça s'agite… Et pour quoi, je vous le demande ? Olimpia rentre les épaules et continue à brosser le trottoir avec vigueur. Certains jours, la chaleur et la convivialité de son Portugal natal lui manquent plus que d'habitude.

* * * *

8

Pierre Renoir se dresse sur son matelas, la bouche grande ouverte pour aspirer l'air qui lui manque. Son pyjama est humide de sueur, son cœur bat la campagne tandis qu'il guette les bruits de la maison. D'ordinaire, le silence et la solitude ne l'effraient pas. Depuis le temps qu'Emmy est partie, il s'y est habitué et s'en trouve même plutôt bien. Sans compter Louise qui, à sa manière, lui tient compagnie. Cette nuit, c'est différent : la Tique est revenue, elle s'est invitée dans son sommeil. Le cauchemar était si réel, les sensations si tangibles qu'il peine à se convaincre qu'il s'agit seulement d'une création de son esprit. Il crispe les paupières, se frotte les yeux pour évacuer la silhouette allongée sur les feuilles mortes, sorte de Belle au bois dormant en ciré rose. Dans le rêve, il se penchait pour toucher son épaule, s'étonnait de la trouver glacée. Elle tournait vers lui un visage surpris, des yeux couleur de boue, étrangement fixes. Enfin, elle lui souriait. De ses lèvres entrouvertes s'échappait une myriade de cloportes luisants.

Il réprime un frisson, tend la main vers la lampe de chevet. Les dernières bribes de son cauchemar se dissipent dans le halo de l'ampoule et la Tique se replie dans le coin de mémoire qu'elle n'aurait pas dû quitter. La Tique, c'est ainsi qu'il l'appelle depuis le jour où elle est venue l'attendre à la sortie de son bureau, avec ses prétentions financières et son air de défi tout neuf. Ce sourire qu'il aurait volontiers effacé à coups de griffes, ces mots insultants qu'il lui aurait fait rentrer dans la gorge à coups de poing. Lui rappeler qu'elle était moins arrogante un an et demi auparavant quand elle promenait son ventre gonflé dans les rues froides, se planquait de la police et dormait sur le béton, enroulée dans une couverture crasseuse en compagnie de ses congénères parasites. Il se rappelle la pancarte en carton posée sur ses genoux lorsqu'il l'a repérée à l'entrée d'un grand magasin :

Pityé pour moi é mon enfon !

Je fin é froi. Aidé nou pa mourir.

Il avait déposé une pièce pour se donner bonne conscience, poursuivi son chemin en quête du cadeau de Noël de sa femme. Existait-il un objet susceptible de rendre Louise à la vie, de l'arracher aux méandres dans lesquels son esprit s'égarait ? L'idée avait fusé. Indécente, révoltante et cependant de plus en plus séduisante au fur et à mesure qu'il y réfléchissait, en listait les avantages et difficultés. Il avait fait demi-tour vers l'entrée du magasin, mais la jeune fille avait disparu.

Il était revenu dans le quartier les jours suivants, avait passé au peigne fin les rues et les endroits où elle était susceptible de mendier, avait abordé quelques sans-abri pour se renseigner. Finalement, il l'avait retrouvée dans un squat crasseux, fiévreuse et désespérée. Il s'était assis, lui avait offert du chocolat, avait partagé avec elle un thé infâme et noir. Il avait posé beaucoup de questions avant de se décider à lui livrer son idée, qu'un de ses compatriotes traduisait au fur et à mesure. Il se souvient de son regard incrédule, elle avait demandé qu'on lui répète les explications pour être sûre d'avoir bien compris. Puis elle avait éclaté de rire et il s'était fait jeter dehors. Le surlendemain, elle était de retour devant le grand magasin avec ses lèvres bleutées, ses mains sèches et grises. Il s'était arrêté, elle avait hoché la tête. Il lui avait tendu la main pour l'aider à se relever. Humble et reconnaissante, voilà comment elle était avant qu'elle ne vire à la femelle nuisible. « *Arjon, arjon* », elle n'avait plus que ce mot à la bouche après. C'était son avidité qui avait tout gâché, son envie forcenée de quitter le clan des crève-la-faim.

Pierre Renoir saisit le cadre posé sur sa table de chevet, caresse du pouce le visage radieux de Louise. La photo a été prise le jour où Emmy a effectué ses premiers pas, peu avant que la Tique ne fasse exploser leur monde.

— C'était une garce, Louise. Toi, tu étais une femme, une mère. Tout aurait pu être différent. J'aurais dû te parler… Je regrette tellement.

Pierre se traîne à la salle de bains et glisse un comprimé sous sa langue pour calmer les pulsations désordonnées de son cœur. Dans le miroir, son reflet le contemple sombrement. « Les choses m'ont échappé », murmure-t-il. Son double le toise sans ciller. Quel juge croira sa version si lui-même ne parvient pas à se convaincre ?

Il gagne la cuisine, met la bouilloire à chauffer. De l'armoire, il sort un mug à pois mauves – le favori d'Emmy jadis –, l'échange contre celui à pois jaunes de crainte que le thé n'y prenne le goût âcre des souvenirs. La bouilloire siffle. Pierre verse l'eau bouillante sur le thé, laisse infuser. L'enveloppe noire est restée posée sur la table, là où il l'a abandonnée en allant se coucher. Il l'a trouvée un peu plus tôt sur son établi, entre les outils, au beau milieu des copeaux. C'est la quatrième du genre, toujours à la même date ; anniversaire sinistre, qu'il préférerait ne pas commémorer. Après une carte des promenades marquée d'une croix rouge au Fond de Valcombe, une carte postale salace titrant « *Greetings from Romania* », une publicité pour un imperméable rose vif, cette fois, c'est la photocopie d'un article intitulé « La dormeuse de Valcombe ». Même s'il s'attendait à une nouvelle enveloppe, celle-ci lui a fait froid dans le dos. Parce que son mystérieux facteur ne suppose plus, il affirme. Parce qu'il ne se contente plus de la boîte aux lettres et que, durant le temps où il s'est aventuré sur le sol de sa propriété, ils n'ont été séparés que par quelques mètres sans que son instinct l'ait averti du danger. Comme les précédents, l'envoi est assorti d'un message gribouillé sur un carton noir : « Même montant, mêmes conditions. Merci de votre don à la cause. »

Un don, tu parles ! Comme s'il avait le choix. Quatre ans qu'il se laisse tondre docilement. Pierre délaisse son thé, attrape une bouteille de rhum brun et en avale une rasade à même le goulot. L'alcool rude et poivré glisse dans son œsophage et apaise un peu ses nerfs à vif. Sur la table, l'enveloppe noire le nargue toujours. La première fois, il a fait le mort, refusé de payer. Peu après, Nelson a été retrouvé lardé de coups de couteau dans le jardin. Un berger des Flandres, aussi brave que fidèle dont la perte l'a affecté au point qu'il ne s'est jamais décidé à reprendre un autre chien. Ce jour-là, il a pleuré. Il a cané aussi, s'est délesté de ses billets, la rage au ventre, l'humeur mauvaise. Salope de Rita ! C'est elle qui est à l'origine de ce chantage, il en mettrait ses doigts à couper. Elle le tient par les couilles. Impossible de la localiser, il a essayé, c'est comme si elle s'était dissoute.

— Des putes ! marmonne Pierre entre deux lampées de rhum. Des salopes et des suceuses de sang, voilà ce que vous êtes. Si j'avais su… Je l'ai fait pour toi, Louise. Toi, tu sais. Dis-moi que tu leur diras. Réponds, merde ! Pourquoi tu me parles plus ?

Quand le matin gris se glisse dans la cuisine, Pierre ronfle lourdement, avachi sur son tabouret, la tête posée sur ses avant-bras. Un filet de bave s'écoule de sa bouche. Ses paupières sont encore gonflées, mais ses larmes ont séché. Le mug a volé en éclats dans un coin de la pièce et les morceaux de l'article de journal sont éparpillés sur les tommettes orange.

* * * *

Dix-huit heures vingt-six ! Magnus a rendez-vous avec Joubert dans un peu plus d'une demi-heure. Mieux vaut fermer la porte pour éviter d'être dérangé par un client de dernière minute. Il compte la caisse, la recompte – pourquoi diable n'arrive-t-il jamais deux fois au même montant ? – et finit par faire la moyenne des deux chiffres obtenus. Reste à relever les mails, éteindre l'ordinateur et les lumières, affranchir le courrier du jour et le glisser dans la boîte aux lettres sur le chemin. En l'absence de Jem, parti se ressourcer sous le soleil tunisien, il est seul aux commandes de la boutique. Cela implique trois marchés matinaux et six journées complètes, le tout assorti d'un supplément financier bienvenu. Alors qu'il baisse le store électrique, une jeune fille emmitouflée dans un long manteau noir passe devant la vitrine. Sous la capuche qui abrite son visage, il devine un reflet rouge. Magnus ouvre précipitamment la porte. Cette fois, c'est sûr : il est en retard.

Sombre se coule dans la pièce, telle une chatte fuyant l'humidité.

— Je croyais que tu assistais à ton cours de self-défense à dix-neuf heures, fait-il en terminant de baisser le store.

— Et moi, je croyais que tu serais content de me voir.

— J'ai un rendez-vous dans une demi-heure.

— Sans moi ?

Elle colle contre lui son corps fin et délié, lui agrippe le cou et bondit agilement pour enrouler les jambes autour de ses hanches. Instinctivement, il recule vers le muret qui abrite le bureau, y prend appui.

— Tu me caches quelque chose ? roucoule-t-elle en glissant les doigts dans ses cheveux.

— Pas du tout. Je dois y aller. Je ne rentrerai pas tard.

— C'est maintenant que je te veux, trésor. Tout de suite.

— Écoute, je suis…

— Chut ! Laisse-moi m'occuper de toi.

Lui dire non. Voilà ce qu'il doit faire. Ne pas autoriser Sombre à exister hors des places qu'elle a déjà conquises. Voilà au moins une conséquence qu'il aura tirée de ce qui s'est passé à la terrasse du bar l'autre soir.

— Je ne te touche plus. Fini, terminé.

— Je sais bien ce que tu as dit, trésor. Je sais aussi ce que tu veux.

Elle est comme une liane, souple, flexible et tenace à la fois. Colle sa bouche à la sienne, lui mordille la lèvre, doucement puis plus fort, s'agrippe à la fermeture Éclair de sa veste et la fait glisser.

— On ne me dit pas non, Magnus. Personne ne te connaît comme moi. Personne ne sait aussi bien que moi ce qui te plaît.

Dans sa bouche, le goût du sang se mêle à celui de la salive de Sombre. Elle se frotte contre lui, glisse les mains sous sa chemise, caresse, pince et griffe comme un chaton testant les limites du jeu. Magnus reconnaît dans son corps l'excitation et la crainte familières, les frissons impatients qui le poussent vers la reddition. Il lui attrape les bras pour la détacher de lui. Les jambes toujours serrées autour de ses hanches, elle laisse mollement aller son buste en arrière et l'entraîne avec lui ; il la rattrape par les hanches, rétablit leur équilibre de justesse, reprend son souffle, le cœur battant. L'imperméable de Sombre s'entrouvre et laisse apparaître son corps de poupée vêtu d'une chemise de nuit en coton fleuri.

— Tu es venue dans cette tenue ?

— Pour toi, murmure-t-elle en lui saisissant la main.

Le sein menu de Sombre s'emboîte exactement dans sa paume, il sent le mamelon pointer sous ses doigts au travers du tissu.

Lui dire non. Juste une fois.

Elle plonge la main dans sa poche. Un instant plus tard, une caresse de métal froid se glisse le long de la joue de Magnus, déclenche dans son cou une exquise onde de frayeur. Sombre n'est pas venue seule.

— Fais-moi ce que tu sais si bien faire, commande Sombre, et je te ferai mal exactement comme tu aimes. C'est ce qui nous rend différents, Magnus. Uniques.

* * * *

Quelle idée de venir faire ses courses à l'heure de pointe ! Coincée dans la file entre deux Caddie bondés, Emmy étouffe un bâillement. La mélodie familière de son téléphone la distrait un instant de son ennui. Le numéro qui s'affiche est celui de Léna. Elles ne se sont plus parlé depuis le soir du *speed-dating*. Ça fait presque trois jours. Autant le reconnaître, Léna lui manque. Peut-être est-ce le moment de mettre les choses à plat. Lui expliquer qu'elle ne partage pas sa vision d'un monde hostile et dangereux, que cela n'empêche pas l'amitié.

— Salut ! Ça me fait plaisir que tu appelles !

Pas de réponse. Juste des bruits étouffés, des soupirs et des murmures qui se font écho. Emmy fronce les sourcils, se concentre… et abandonne son Caddie en bousculant les clients qui patientaient derrière elle. Réfugiée dans un coin du rayon multimédia, le visage en feu, les yeux fermés, elle écoute de toutes ses forces.

À l'autre bout du fil, Magnus et Léna se respirent, se caressent, se mordent. Les images de leurs corps dénudés dansent derrière ses paupières closes. « Raccroche ! C'est trop glauque. » Elle a beau se le répéter, elle reste plantée au milieu de l'allée des jeux vidéo, écarlate, stupéfaite. Et incapable de mettre fin à l'appel. Il ne s'agit pas d'une erreur ou d'une fausse manœuvre, elle en mettrait ses doigts à couper. Léna a voulu qu'elle entende, qu'elle sache. Une lubie de plus, aussi déstabilisante que les précédentes.

— Vous pouvez bouger, s'il vous plaît ? Vous êtes juste devant les jeux en promo.

Emmy sursaute, passe la main sur ses joues brûlantes et cède la place à l'adolescent en quête de son Graal virtuel. Pourvu qu'il n'ait rien entendu. D'un pas aussi naturel que possible, elle s'éloigne vers le rayon des vins sans lâcher le téléphone. Ce claquement, n'est-ce pas celui du couteau de l'autre soir ? A-t-elle l'intention de menacer Magnus, de le blesser ? Va-t-il se laisser faire ? Jusqu'où ira leur jeu ? À bout de nerfs, elle laisse échapper un gémissement de frustration. Qu'ils en finissent ou elle va hurler ! Elle ne savait même pas qu'on pouvait s'aimer de cette manière brute, totale, définitive. Expérimenter la douleur ne la tente pas, mais elle donnerait tout pour connaître ce désir-là au moins une fois ; vouloir un homme et être voulue de lui, consommée, bue, dévorée. Elle se projette dans les bras de Magnus, s'y enroule, s'y dilue.

— Une petite dégustation, madame ?

Son fantasme explose comme une bulle de savon. Magnus aimerait-il le goût et le parfum de sa peau ? Que penserait-il de son corps ? Maladroit et disgracieux, tout empêtré d'interdits, ficelé par d'anciennes pudeurs. Incapable de céder, de prendre autant que de recevoir. Indésirable.

— Un crémant d'Alsace, belle attaque, entrée en bouche bien ronde finissant sur une touche d'agrumes.

Plein et ferme, le corps de Magnus contre la peau acidulée de Léna. Leur manière de conjuguer désir et déviance, d'aller au bout de ce qui les unit. Emmy refoule une soudaine montée de larmes. Jamais avec Étienne… Elle n'a pas osé demander… s'est dit que ça viendrait bien tout seul… avec le temps… a renoncé au lieu de vouloir… a joué la femme esquimaude… froide et fatiguée…

Le sommelier la dévisage avec gentillesse sans remarquer son trouble. Lui tend une flûte en plastique dans laquelle crépitent des bulles dorées. Rond et rougeaud dans son tablier noir, grisonnant déjà, des poils dans les oreilles. Le charme est rompu. Elle a manqué l'issue de leur duel amoureux. À présent, ils doivent être allongés quelque part, le corps humide de la sueur de l'autre, imprégné de son odeur, rassasié de salive et de caresses. Leurs membres enchevêtrés sur un canapé, un tapis, un matelas, peu importe. Ensemble, unis. Uniques et différents.

— Voulez-vous vous asseoir ?

L'idée saugrenue d'embrasser cet inconnu à pleine bouche lui traverse l'esprit. Du moins se sentirait-elle un peu soulagée, libérée de la vague lourde qui roule dans son ventre sans pouvoir s'exprimer, du sang qui bat furieusement à ses tempes. Le souffle court, Emmy avale le crémant en une gorgée et regagne le parking.

« Ça va trop loin. À force, tu vas perdre la boule. Pense aux enfants ! » Demain midi : un lunch pizza et un après-midi d'innocence paisible avec Max et Clara. Un autre monde. Son monde.

* * * *

Dans la boutique, Sombre se penche vers Magnus, lui saisit le menton :

— Tu vois, tu m'as dans la peau. Tu ne peux pas te passer de moi. Dis-le !

Magnus hoche la tête en silence. Il aimerait pouvoir lui donner tort, mais elle entreprendrait sur-le-champ de lui démontrer le contraire. Dans sa bouche s'attarde un goût de sang et de sueur. Ses membres sont lourds, sa tête tourne un peu, à cause des blessures sans doute. La douleur, cela fait longtemps qu'il l'a apprivoisée, elle fait partie du plaisir. C'est l'arrière-goût de leurs étreintes qui le dérange, la vague humiliation qui entache son euphorie, le sentiment d'être plus asservi que précieux ou unique. À ses côtés, la jeune femme se redresse avec un gloussement triomphant :

— J'adore quand tu es lucide, trésor.

Subitement dégrisé, il ouvre les yeux, la regarde enfiler sa chemise de nuit, essuyer la lame du cran d'arrêt et ranger le couteau dans son sac. Sans la perruque et les lentilles turquoise, il aurait presque pu croire qu'il faisait l'amour à Léna. Sauf que ce n'est jamais arrivé. Sombre est la seule à revendiquer cette intimité charnelle, à l'exiger même. Léna, elle, gémit comme un animal blessé chaque fois qu'il se hasarde à la toucher. Une nuit, il y a longtemps, il a insisté, tenté de la convaincre et de l'amadouer par des caresses et des baisers. Après s'être débattue, elle a fondu en larmes. Des pleurs troublants, des sanglots de petite fille. Elle est restée muette pendant deux jours. Cette fois-là, il a accepté qu'ils ne seraient jamais un couple comme les autres.

Magnus passe un doigt prudent sur les entailles poisseuses laissées par Infidel sur son pubis, en éprouve la brûlure familière. Jamais encore, Sombre n'avait approché la lame si près de son sexe. Le mélange d'excitation et de terreur qui l'a submergé continue à le perturber. Est-il en train de devenir aussi tordu qu'elle ? Il a failli lui demander d'écarter l'arme, mais il a tenu bon, docile et silencieux, jusqu'à ce qu'elle la rengaine. Et s'il avait réellement envie d'autre chose ? Ne plus avoir peur, s'abandonner, murmurer des mots d'amour, partager plutôt que lutter.

Après s'être manifestée à la terrasse du café l'autre soir, Sombre l'a traqué jusqu'ici, de plus en plus libre, impudique, audacieuse. Où s'arrêtera-t-elle ? Quels sont les risques, les dangers réels, pas ceux dont il cherche à se convaincre ? Il est largué, dépassé. Magnus jette un coup d'œil à sa montre.

— À mon avis, Joubert ne t'aura pas attendu. Trente-six minutes de retard, c'est long, même pour un professeur à la retraite. À tout à l'heure, trésor. Ne m'attends pas, je rentrerai tard.

* * * *

— Alors c'est pour vous le colis de chez Pretty Dirty Dolly ?

Farid pose le carton sur le comptoir, le toise d'un œil curieux et entreprend de compléter le formulaire de réception.

— Un problème ? s'enquiert Magnus, surpris par l'hostilité latente de l'épicier.

— La dernière fois que j'ai eu affaire à un colis de chez eux – la seule fois, en réalité – ça ne s'est pas bien passé. Il me faut une pièce d'identité de la destinataire pour vous remettre le paquet. Léna Datès, c'est ça ?

— Dantès, rectifie Magnus d'un ton ronchon. La voilà !

Farid examine le document, encode soigneusement les références dans l'ordinateur et reprend à mi-voix, comme pour lui-même :

— Les fantasmes des uns et des autres, ça ne me regarde pas. Mais l'autre fois, le colis avait été livré au nom d'une vieille dame du quartier que je connais bien – je devrais parler au passé, vu qu'elle est décédée entre-temps. Comme le colis avait été endommagé pendant le transport, j'ai voulu vérifier que sa marchandise n'avait rien. Je pensais tomber sur des statuettes en porcelaine, elle en faisait collection. Vous pensez si je suis tombé de ma chaise en découvrant les articles en question. Voilà, signez ici et le colis est à vous !

Magnus saisit le stylo que lui tend l'épicier, se penche sur le formulaire. Dans son dos, ça toussote et ça s'agite. À défaut de pouvoir faire pointer leurs articles, les clients suivants ne perdent pas une miette de la discussion.

— La vieille dame, ce n'était pas Thérèse Minet ?

Il n'a pas pu s'empêcher de demander, se maudit au moment même où il pose la question en voyant la tête de l'épicier changer. Farid l'observe avec un intérêt nouveau et confirme d'un signe de tête, attendant qu'il poursuive.

— C'est parce que vous avez parlé des statuettes. Quand on a repris l'appartement après le décès, il y en avait partout, explique Magnus sans parvenir à se défaire d'un malaise grandissant.

— C'était une personne charmante, très comme il faut. Il fallait être tordu pour se faire livrer ce genre de truc à son nom. Je ne me suis pas privé de dire ce que j'en pensais à la jeune fille qui est venue chercher le paquet. Rendre service à une personne âgée ne vous donne pas le droit d'usurper son identité et de salir son nom. Elle a très mal pris ma remarque, une véritable furie. Et il a bien fallu que je lui remette le colis puisqu'elle était en possession de la carte d'identité de Mme Minet. Quand je l'ai avertie que je la dénoncerais si ça se reproduisait, j'ai bien cru qu'elle allait me fusiller sur place. J'ai perdu une cliente, mais je m'en fiche, j'ai ma conscience pour moi.

Magnus grogne un assentiment pour la forme, rengaine précipitamment la carte d'identité de Léna. Il faut qu'il se dépêtre en vitesse des pattes de ce charognard de l'info locale. Mais Farid n'en a pas terminé.

— Je connais bien l'appartement. J'y montais souvent, surtout les derniers temps à cause de l'ascenseur en panne. Il est spacieux et très lumineux. Il devait y avoir du monde sur les rangs. Vous avez eu de la chance de l'avoir.

— Sans doute.

— Ça a dû se faire rapidement. Je ne me souviens pas d'avoir vu des panneaux de location.

— Ça vous aura échappé, lâche sèchement Magnus en calant le colis sous son bras.

Une nouvelle fortune dépensée dans des accessoires destinés à Sombre. La prochaine fois, il lui dira de venir réceptionner ses paquets elle-même au lieu de l'envoyer en mission. Pris d'un doute, il s'arrête sur le pas de la porte et se tourne vers l'épicier.

— Cette personne qui avait commandé chez Pretty Dirty Dolly, vous connaissez son nom ?

— Aucune idée. C'était une jeune fille assez quelconque, grassouillette, avec des lunettes. Pas du tout le genre à commander ce type d'article, si vous voulez mon avis. Mais chacun a droit à sa vie privée, n'est-ce pas ? conclut l'épicier avec un sourire égrillard.

Tout en roulant vers l'hôtel dont ils doivent décorer le restaurant, Magnus écoute Jem râler sur le cours de la rose, scandaleusement élevé en ce moment, les sangsues du ministère des Finances, la météo orageuse qui lui tape sur les nerfs. Lui-même flotte dans un état second. Dans son esprit, il ne cesse de retourner les éléments de sa conversation avec Farid, les emboîte et les combine de toutes les manières possibles : une jeune fille à lunettes colérique, une boutique d'accessoires pervers, une vieille dame isolée et une glissade mortelle… Le tout débouchant sur cet appartement dans lequel ils se sont installés alors que le corps de l'ancienne propriétaire finissait de refroidir. L'idée se précise, obsédante, inquiétante. Se reformule et se déploie, se retire pour mieux revenir à la charge : quelle est la probabilité pour que le nom de Thérèse Minet soit associé deux fois à celui de Pretty Dirty Dolly en quelques mois ? Mince, bien trop mince.

Pas de hasard, juste ce que Sombre a voulu, décidé, obtenu. Elle ne niera pas, ne dira rien non plus. Elle le renverra à ses doutes, il en sera réduit aux conjectures, à choisir de lui faire confiance ou de la désavouer. Où s'arrêtent les cachotteries ? Où s'arrête Léna ? Où commence Sombre ? Lâche, il est lâche. Peur de la perdre, de continuer sans elle. Envie de croire encore que tout pourrait être différent, que c'est possible. Que vient faire Emmy dans ce jeu de quilles ? A-t-il eu tort de favoriser cette amitié intense et exclusive entre elles ? A-t-il mal évalué la situation ?

Il faut qu'il dise la vérité à quelqu'un, toute la vérité. Cela fait longtemps qu'il aurait dû le faire. Depuis ce matin, quatre ans plus tôt, où il a accepté de ne pas appeler les flics.

****

Quatre ans plus tôt

Les premières lueurs du jour jettent un halo blême sur le parc. Dans le jardin, la brume flotte au ras du sol, s'accroche aux herbes folles et aux buissons. On devine à peine la barrière de bois rouge et le sentier de cailloux qui longe le jardin. Au-delà des futaies et encore prisonniers du brouillard se trouvent les bâtiments délabrés de l'abbaye et son clocher décapité par les vents.

Le bruit d'un moteur déchire le silence. Les freins crissent lorsque la voiture se gare devant la barrière. Magnus en jaillit, hirsute, les traits tirés par sa nuit blanche. Il pousse la barrière, pénètre dans le jardin.

Ses pas laissent dans les herbes un sillage humide tandis qu'il s'approche de la maison et effleure le crépi lépreux des murs, les volets à la peinture écaillée. Son instinct lui crie de tourner le dos à ce guêpier et de fuir. Vite et loin.

Trois jours que Léna a disparu. Il l'a cherchée partout, sans oser signaler sa disparition à la police. Une intuition. Puis il y a eu ce coup de téléphone à l'aube, alors qu'il rentrait du *nightshop*, cette tonalité froide et désincarnée à l'autre bout du fil.

Il en a eu la chair de poule. Mais il a tout lâché, il est venu. Pour elle. À mi-voix, il l'appelle. N'obtient pas d'autre réponse que le pépiement des oiseaux. Sous le porche, il remarque des taches brunâtres. La porte d'entrée est entrouverte. Il se glisse dans la maison. L'odeur est puissante. Il se couvre le nez, réprime de justesse un haut-le-cœur. Une porte vitrée de jaune ouvre sur une pièce qui doit être le salon. Il risque un regard, détourne aussitôt les yeux : « Merde ! » Récupérer Léna. Se tailler d'ici. Le reste ne le regarde pas. Il hausse la voix, appelle encore. Il y a du bruit. Ça vient de derrière cette porte basse.

Les chambres sont vides, la cuisine et la salle de bains aussi. En désespoir de cause, il pousse la porte située à côté de la cuisine. On dirait une sorte d'annexe tenant lieu de cellier ou de cave. La pièce est étroite, mais plus longue qu'il n'y paraît. Il y respire une odeur de terre, de moisissure et de pomme surie. Le sol est irrégulier, de la terre battue sans doute. À tâtons, il cherche un interrupteur, ne rencontre que des toiles d'araignées. Il avale sa salive, fouille l'obscurité du regard. Enfin, il trouve la corde et allume l'ampoule.

Léna est là, recroquevillée entre les cageots de pommes de terre et un invraisemblable bric-à-brac de bibelots poussiéreux. Pourquoi a-t-il l'impression qu'elle ne le reconnaît pas ?

— Mon amour, c'est moi. Tu m'as appelé tout à l'heure, tu te rappelles ? Tu as dit que tu étais en danger, que tu avais besoin de moi.

— Pourquoi as-tu mis aussi longtemps ?

— Je suis venu juste après avoir raccroché. Qu'est-ce qui s'est passé ? C'est qui, la femme dans le salon ?

— J'étais obligée. C'était à moi de le faire.

Son débit est haché, quasiment mécanique. Elle est sous le choc. Il faut la ramener à l'appartement, lui faire prendre une douche, la mettre au lit avec un calmant. Il s'approche doucement, tend les bras. Elle sort de l'ombre.

— Bordel ! Qu'est-ce que t'as fait ?

Son mouvement de recul n'échappe pas à Léna :

— T'es fâché ? questionne-t-elle d'une voix contrite, étrangement enfantine.

— …

— C'est pas ma faute, Magnus. C'est à cause du Plan.

— Quel plan ? Je ne comprends rien à ton charabia. J'appelle les flics.

— Je veux pas aller en prison. La vie est très dure en prison. Je le ferai plus, promis juré.

Elle sanglote doucement, la tête enfouie entre ses genoux.

— L'autre jour, tu m'as dit qu'on n'est plus capables d'aimer comme tout le monde, à cause de ce qui nous est arrivé. Cette maison, cette salope… Il fallait que j'efface tout, tu comprends ? Pour être libre.

Il arpente la cave, aux abois. C'est un cauchemar, il va se réveiller dans son lit, au studio. Il n'y aura pas de maison paumée dans les bois, pas de cadavre, pas de sang sur les mains de Léna. Elle sera allongée à ses côtés, comme d'habitude, imprévisible et autoritaire.

— Dis-moi que t'es pas fâché.

— Ça ne marche pas comme ça, Léna. Personne n'a le droit de se faire justice. Si cette femme t'a fait du mal, il fallait la dénoncer.

— Et ceux qui t'ont fait du mal, tu les as dénoncés ? Ou tu leur as pardonné, peut-être ?

Magnus secoue la tête. Il n'a pas pardonné. Il sait quels hommes ils sont devenus aujourd'hui, où ils vivent, les prénoms de leurs femmes et de leurs enfants. Il a même acheté le couteau, un cran d'arrêt, modèle Infidel de chez Benchmade. Simplement, il n'a pas encore trouvé le courage de s'en servir. S'il était honnête, il avouerait qu'il ne le trouvera jamais. Trop de temps depuis la nuit maudite, trop peu de détermination et de rage en lui. Il sait ce que Léna pense de sa passivité. Lui aussi se méprise de rester le minus qu'ils ont agressé et laissé pour mort sur le sol d'une cave. Ce qu'il lui faudrait, c'est une forme de justice immanente, qui les foudroierait et lui laisserait les mains propres.

— En tout cas, moi, je ne les ai pas tués, réplique-t-il sombrement.

— Mais tu en rêves, Magnus. Tu ne peux pas me condamner, pas toi.

Magnus observe la silhouette engoncée dans une chemise de nuit trop étroite, son visage creusé, défait, sous la lumière crue de l'ampoule, les ongles sales qui meurtrissent la chair des avant-bras.

— Pas toi, Magnus, répète-t-elle, implorante.

Quelle sorte d'homme est-il pour être passé à côté de ça ? Pour avoir à ce point refusé de voir ce qui la ronge et la détruit ? Elle tremble, se serre contre lui.

— Je suis à toi, tu es à moi. Tu avais promis.

Il leur manque si peu de choses pour être un couple. L'audace d'essayer peut-être, de le vouloir vraiment. Peut-être l'aventure vaut-elle la peine d'être tentée. D'une certaine manière, il le lui doit.

— On va tout reprendre à zéro, mon amour. On recommence aujourd'hui.

Elle lève vers lui un regard qui lui retourne le cœur :

— Promets que tu resteras avec moi. Sans toi, je n'y arriverai pas.

Il répond très vite, tout bas, pour ne pas se laisser le temps de regretter. La laisse frotter son nez contre sa joue, ses dents lui mordiller le menton. Que faire du corps étendu dans le salon ? Comment protéger Léna des flics et de la justice ? Comment la protéger d'elle-même ? Il n'y arrivera pas seul.

— On ira voir Joubert, d'accord ? Il nous aidera, il saura quoi faire.

— Pas de Joubert, pas de flics entre nous. Je n'ai besoin de personne d'autre que toi. Je te veux, Magnus et je sais que tu me veux aussi.

* * * *

De ce qu'il a accepté ensuite dans ce cagibi étroit et puant, Magnus conserve un goût de cendres et de sang. Premier reniement, première lâcheté qui les ont menés dans cette voie sans issue et ont fait de Léna ce qu'elle est aujourd'hui. À sa manière, il est aussi coupable qu'elle.

— Qu'est-ce que tu fous planté sur le trottoir ? C'est pas comme si on avait du boulot.

Magnus sursaute, tourne vers Jem un visage hagard et accepte le gobelet qu'il lui tend :

— Betterave, pomme, citron et cranberries : un shoot vitaminé, cadeau du barman que j'ai charmé. Tu as le droit de dire merci.

Magnus hoche distraitement la tête, avale le contenu d'un trait. L'acidité fraîche du jus le fait tousser. Les larmes lui montent aux yeux, tandis que son patron l'observe d'un air soucieux.

— T'es bizarre en ce moment. T'as des ennuis ?

— Rien de grave.

Jem hausse les épaules avec fatalisme. Il n'est pas du genre à forcer la confidence. D'autant qu'il est pressé : les tables du restaurant ne se décoreront pas toutes seules. Il y a aussi la commande à livrer à l'hôtel de ville pour la soirée de rentrée du bourgmestre. Magnus se lève d'un bond.

— Je m'en charge, ça me changera les idées.

Il écoute les instructions de Jem en piaffant intérieurement, empoche les croquis qui reprennent la disposition des compositions. Il est ailleurs, il pense : « Limiter la casse, sauver les meubles, les femmes et les enfants d'abord… » Enfin, il s'installe au volant, s'éloigne. Aussitôt après avoir tourné au coin de la rue, il se gare le long du trottoir et saisit son portable. Se félicite de l'intuition qui l'a poussé à fouiller le téléphone de Léna quelques jours plus tôt pour obtenir le numéro d'Emmy.

— C'est moi. Il faut que je te voie, c'est urgent. Où est-ce qu'on peut se retrouver ?

* * * *

« Une part d'Italie dans votre assiette. »

Le slogan se décline à l'infini sur les sets de table en lettres vert-blanc-rouge. Le lunch-buffet du Best Pizza est réputé pour son excellent rapport qualité-prix. Emmy avait l'habitude d'y emmener les enfants au moins deux fois par mois. Une sorte de récréation au milieu de la semaine. Depuis leur dernier passage – près de six mois plus tôt –, la salle a été relookée. Le mur du fond arbore désormais une fresque kitsch représentant une vue de Venise et une gondole flânant sur les vagues.

— C'était qui, maman ?

Maxime la dévisage avec curiosité, la bouche entrouverte, le nez froncé. Comme il lui a manqué, ce tic adorable qu'il a adopté pour remonter ses lunettes. Emmy se penche, essuie le menton barbouillé de sauce tomate, explique qu'un invité va les rejoindre.

— Je le connais ?

— Non, chéri. C'est un voisin, il est arrivé après que vous êtes partis vivre chez papa.

Elle se racle la gorge et reprend d'un ton enjoué :

— Alors, ces pâtes ?

Maxime lève le pouce. Son sourire radieux laisse apparaître dans sa bouche un trou rouge, encore frais : une incisive arrachée la veille par son père – il n'a même pas pleuré. La gorge d'Emmy se serre. Elle aurait dû être avec lui, pour lui tenir la main, lui expliquer que la douleur ne dure qu'un éclair, à peine le temps de dire « aïe ». Emmy se tourne vers Clara, juchée sur sa chaise haute et qui suçote avec application un quartier de pizza. Elle lui plante un baiser bruyant dans le cou, la petite se tortille en riant. Emmy n'est pas encore habituée aux mèches courtes et rebelles qui encadrent le visage de sa fille. Françoise a beau lui avoir expliqué qu'ils ont tout essayé avant de se résoudre à emmener la petite chez le coiffeur, elle n'en démord pas. Si elle avait été là, elle aurait évité le massacre. Clara aurait conservé ses mèches soyeuses et ses coiffures de princesse.

Pendant qu'elle se noyait dans ses idées noires ou suivait aveuglément les diktats de Léna, la vie a continué à se dérouler. Ce temps-là est perdu, elle en est définitivement exclue. Raison de plus pour se concentrer sur l'avenir. Car l'essentiel demeure, intact : on est mercredi midi et ils sont au Best Pizza, comme avant. Un « comme avant » qui, sous certains angles, prend des airs de paradis perdu.

« Et si on essayait de se pardonner nos mensonges et nos non-dits ? Si on effaçait l'ardoise et qu'on redémarrait sur des bases claires. Être une famille, à nouveau. » Elle joue avec l'idée, la tourne et la retourne, s'y projette, sur la pointe des pieds d'abord, plus franchement ensuite, images à l'appui. Aujourd'hui, Étienne est seul et amer. Confronté chaque jour aux difficultés liées à l'éducation des enfants. Juste retour de l'époque où il lui délaissait l'entière responsabilité de leurs bobos, de leurs chagrins, de leurs nuits.

Étienne a changé, qu'importe ! Elle aussi. Elle a morflé, mais elle s'est relevée. Aujourd'hui, elle est debout, mieux armée, vaccinée contre la trahison, capable sans doute de le séduire à nouveau. Est-ce vraiment ce qu'elle veut ? Cet homme-là dans sa vie, dans son lit ?

Magnus vient de pousser la porte du restaurant. La respiration d'Emmy se bloque, ses cuisses se resserrent instinctivement. Est-il possible qu'elle n'ait jamais remarqué combien il est séduisant ? Pas la beauté compacte et musclée d'Étienne, non ! Une beauté plus douce, plus enveloppante… Un corps qui ne dominerait pas le sien, ne l'écraserait pas de son poids… Une bouche qui doit fondre sous les baisers… Mince ! Elle n'est pas dans son état normal. La faute à ce coup de téléphone torride qui l'a empêchée de dormir une bonne partie de la nuit. Comment faire coller l'amant passionné et soumis de la veille avec le voisin en jean et polo qui vient de débarquer ?

Magnus les rejoint, embrasse les enfants et, après une brève hésitation, se penche vers sa joue. Le contact de sa peau lui cause une telle décharge qu'elle craint qu'il n'ait remarqué quelque chose. Même pas ! À des kilomètres de ses élucubrations érotiques et de sa *femellité* frustrée, il s'assied, commande un café et regarde les enfants déguster une glace copieusement arrosée de caramel et de copeaux de chocolat. Il a les traits tirés, le front barré d'un pli inhabituel. Ça lui donne un genre ténébreux, plus attirant encore. Emmy s'éclipse aux toilettes, tente de rincer à grande eau les bruits entendus au supermarché et les images torrides qu'elle ne cesse d'y associer. En même pas vingt-quatre heures, son cerveau a fait preuve d'une imagination dont elle est la première surprise. Garde-t-il les yeux fermés quand il fait l'amour ? Quel genre de caresse peuvent délivrer ces mains aux doigts longs et fins ? Quel goût a sa peau, quelle texture ? Ses joues sont à peine marquées de barbe, son corps doit être dépourvu de poils… Stop ! Emmy se repasse le visage à l'eau froide et rejoint la salle du restaurant.

Alors que Clara termine d'étaler la glace à la vanille sur son bavoir, Maxime écoute religieusement Magnus, bouche grande ouverte, yeux écarquillés. Une sombre histoire de mecs, où il est question de dents, de bravoure et de fil accroché à la porte.

— Ce serait bien d'éviter de le traumatiser ! murmure Emmy en se rasseyant. S'il fait des cauchemars, je dirai à Étienne de se plaindre chez toi.

— Alors Max, poursuit Magnus imperturbable, qu'est-ce que la Fée des dents a déposé sous ton oreiller ?

Maxime exhibe une figurine Schtroumpf en plastique.

— On voit bien que c'est une fille, rétorque Magnus. Qu'est-ce que tu dis de ça ?

Il dépose sur la table un paquet de chewing-gums XXL, d'un rose extravagant. Sous le regard suppliant de son fils, Emmy concède : « D'accord, mais pas plus d'un par jour sinon tu auras mal au ventre. » Puis, se tournant vers Magnus :

— Je leur ai promis de les emmener au terrain de jeux et aux étangs, pour nourrir les canards. Qu'est-ce que tu avais à me dire de si urgent ?

— Tu veux venir avec nous, intervient Maxime désireux de rendre l'amabilité à son pourvoyeur de chewing-gums.

— Ça marche !

Il est déjà debout, saisit Clara par la taille et la pose sur ses épaules avant de tendre à Maxime une main engageante :

— J'ai toujours rêvé de nourrir les canards. Il faudra qu'on soit prudents, certains sont féroces, tu sais !

Maxime opine avec gravité, fronce le nez. Depuis son poste surélevé, Clara glousse de frayeur. Résignée, Emmy empoigne la poussette inutile et leur emboîte le pas. L'urgence invoquée par Magnus au téléphone semble finalement très relative. Son voisin semble d'ailleurs plus détendu qu'à son arrivée. Si elle osait, elle s'avouerait volontiers qu'elle n'est pas mécontente qu'il reste encore un peu. Mais Magnus est à Léna, il serait déloyal d'envisager quoi que ce soit, même de loin. Même d'y penser. D'y rêver. Le soupir qui lui échappe et le regard interrogateur de Magnus la rappellent à l'ordre. Elle a un pied de chaque côté de la ligne rouge, mieux vaut qu'elle se concentre sur du concret, sur les lacets dénoués de Maxime par exemple.

Les canards avaient été gavés par d'autres promeneurs. Les enfants n'étaient guère patients. Le petit groupe a rapidement échoué au terrain de jeux.

— Ils sont formidables, tes mômes ! commente Magnus en observant le parcours de Maxime entre le toboggan et les balançoires. Quant à toi… C'est incroyable, comme si on avait allumé une lampe à l'intérieur. Ceux qui disent que la maternité étouffe la femme n'ont rien compris. Tu es magnifique !

Emmy sourit, enfonce le menton dans son foulard pour dissimuler sa gêne. Si Magnus continue à lui distribuer des gentillesses, il ne lui restera plus qu'à plonger dans l'étang pour éviter la combustion spontanée. Du coin de l'œil, elle surveille Clara qui a jeté son dévolu sur le seau et la pelle d'un condisciple.

— Avec eux, tu es toi-même. C'est évident… et c'est beau.

— C'est bon de les retrouver comme avant. Les enfants sont sans doute les seuls à pouvoir t'offrir une vraie seconde chance, sans arrière-pensée ni condition.

Après un bref silence, elle poursuit :

— Ne dis rien à Léna. Elle ne sait pas que je suis avec eux. Je m'offre un après-midi d'école buissonnière.

Elle pensait le faire rire. C'est raté. Le pli est revenu au milieu du front de Magnus, son regard est à nouveau soucieux.

— Qu'est-ce que tu veux dire ? Tu les vois quand tu veux, ce sont tes enfants. Léna n'a rien à dire.

— Je sais, mais tu la connais…

Le silence qui suit est trop long pour être anodin. Magnus retrousse ses manches, passe la main dans ses cheveux. Sur la peau claire de son avant-bras, elle repère une série de lignes dans des tonalités allant du rose pâle au rouge vif.

— Qu'est-ce que c'est ? Tu t'es blessé ?

Il repousse sa main, rabaisse ses manches.

— C'est rien. Qu'est-ce que tu bois ?

Magnus s'éloigne vers la buvette. Moins gai, plus voûté qu'un instant auparavant. Emmy se mord les lèvres. Parfait ! Qu'il aille au diable avec ses petits secrets, ses cicatrices, ses préférences sexuelles extravagantes. Rien ni personne ne lui gâchera son après-midi avec Maxime et Clara. Les yeux fermés, elle tend son visage vers le soleil, se contraint à faire le vide. Une sensation humide et fraîche sur son bras nu la ramène sur le banc. Magnus lui tend son verre, la dévisage avec une gravité inhabituelle.

— Quel accord avez-vous passé, Emmy ?

— …

— Qu'est-ce que Léna a exigé de toi pour jouer les mentors ? Comme tu l'as dit, je la connais bien : elle ne donne rien pour rien.

Emmy se trouble, avale une gorgée d'orangeade pour gagner du temps. Parler des consignes et des listes de Léna prenant le pas sur la voix du Corbeau, du Pacte conclu dans le sauna, de son apprentissage du pouvoir et de la séduction. Parler des théories grandiloquentes sur les prédateurs, le combat, les femmes ; du sentiment – proche de la crainte parfois – qu'elle éprouve à l'idée de contrarier Léna, du soir où elle a exhibé son couteau… À quoi bon dénoncer des mots, un rôle, un scénario ? Car tout cela n'est qu'un écran, elle le sait, elle le sent. Un paravent derrière lequel se dissimule la vraie Léna, avec sa souffrance et sa blessure secrète, une enfance sans doute aussi douloureuse que la sienne. Il est là, leur lien le plus fort, même s'il n'a jamais été exprimé. Un jour, Léna se confiera. Il suffit d'être patiente, attentive. De ne pas trahir l'union sacrée. Léna exècre les traîtres et les menteurs.

— Alors ? s'impatiente Magnus.

— Ma confiance, balbutie Emmy. Je lui ai offert une confiance et une amitié inconditionnelles. C'est d'ailleurs toi qui m'y avais encouragée, le jour des tulipes que tu as oublié de m'offrir.

Magnus ne se déride pas. Il y a autre chose, il en est sûr.

— Il y a aussi cette histoire de dette, c'est une sorte de plaisanterie entre nous.

— Léna et l'humour, ça fait deux. De quelle dette s'agit-il ? Tu lui dois de l'argent ?

— Non, pas vraiment.

— Emmy, il faut que je te dise…

Magnus s'est penché ; sa voix est basse, tendue ; son genou tressaute sur place. Le cœur battant dans la gorge, elle se penche à son tour.

Un hurlement strident les interrompt. Clara est allongée sur le sable, à côté de la balançoire. Une compresse de glace et quelques câlins plus tard, la fillette sirote une grenadine pour se remettre de ses émotions. Elle en sera quitte pour une belle peur et une grosse bosse dont il faudra rendre compte à la grand-mère. L'incident les a ramenés à la réalité : il est temps de reconduire les enfants chez les Delcourt. En l'aidant à s'installer dans le taxi, Magnus lui attrape le coude :

— Les enfants te vont bien, Emmy. Ta place est avec eux. Ne l'oublie pas.

* * * *

9

Vingt-trois heures ! Emmy termine de se brosser les dents, étale avec soin sur son visage le masque bio prescrit par Léna. Vingt minutes de pose et au dodo ! Elle a passé la fin de l'après-midi à la salle de fitness, en est revenue éreintée, vaguement euphorique. Sans doute l'effet des endorphines tant vantées par les psys et les coachs sportifs. Ou le sentiment d'exister plus et mieux qu'avant. Chaque série d'exercices constitue un défi remporté sur elle-même. Elle s'épate, se découvre endurante, volontaire. S'extasie de constater que les résultats sont au rendez-vous, déjà visibles à l'œil nu : le dos est plus droit, le ventre s'est durci, les cuisses se sont raffermies, les bras et les épaules se sont musclés.

La théorie de Léna résonne une fois de plus étonnamment juste : « Physique et mental ne font qu'un, l'un au service de l'autre. Entraîner le corps, c'est affûter l'esprit et se positionner autrement par rapport au monde. C'est faire savoir qu'il faudra compter avec toi désormais. Si tu en fais un allié, ton corps est ta meilleure arme. »

Un grattement discret attire son attention. Il y en a qui ne doutent de rien ! songe-t-elle en se dirigeant vers la porte. C'est pas une heure pour déranger les gens. À moins que… Étienne aurait-il eu un problème avec les enfants ? Elle se rue vers l'entrée, détache la chaîne et ouvre la porte en grand. Sous la lumière crue du palier, Magnus paraît pâle et fatigué. Son haussement de sourcils n'échappe cependant pas à Emmy.

Merde ! Elle a le visage vert et luisant, les cheveux tirés en arrière comme une écolière. Pour compléter le tableau, elle porte un pantalon de pyjama trop large et un top qui bâille aux emmanchures. Emmy esquisse un pas en retrait, se retranche derrière la porte. Lui proposer d'entrer, peut-être ? Mauvaise idée. Il faudrait d'abord qu'elle se change, qu'elle retire cette pâte gluante.

— Je tombe mal. Je repasserai.

Et remerde, il s'en va ! Pourquoi est-il venu frapper à cette heure-ci ? Alors qu'il sait qu'elle est seule. Qu'ils savent tous les deux que Léna est sortie, pour une de ces soirées dont elle garde jalousement le secret. Son cerveau turbine, ses pensées se heurtent, son cœur en oublie de battre. Dire quelque chose, n'importe quoi, avant qu'il n'ait repris l'escalier.

— Tu ne me déranges pas. Entre !

— En fait, je passais te chercher. J'aimerais te montrer quelque chose.

— Tu veux qu'on sorte ?

— Tu étais déjà prête à te coucher, ce n'est rien. Une prochaine fois. Bonne nuit.

— Donne-moi deux minutes !

Essuyer la crème – elle en a jusque dans les sourcils, quelle saleté ! –, se frotter le visage au savon, puis rincer à l'eau claire, enfiler un jean, une blouse, des chaussettes – dépareillées, on s'en fiche – une paire de bottes, passer une brosse dans les cheveux, les ébouriffer un peu. Une couche de mascara ? Pas le temps. Elle l'entend qui s'impatiente, le rejoint sur le palier. Fin prête en six minutes chrono. Un exploit qu'il salue à sa manière :

— Joli ! Mais t'étais pas mal non plus en *alien*.

Il évite le coup de coude d'Emmy, lui tend sa veste. Il fait des efforts pour paraître détendu, mais à l'intérieur, il est en vrac, elle le sent.

— Où va-t-on ? Surprise ?

— Si on veut.

La sécheresse de la réplique étouffe les humeurs badines d'Emmy. Dehors, un vent sournois lui fait regretter de ne pas avoir pris un foulard. Pourquoi a-t-elle choisi un haut aussi décolleté ? D'autant que c'était inutile, Magnus ne voit rien. Il est ailleurs, avance d'un pas pressé, comme s'il était seul. Elle trottine sur ses talons, de plus en plus intriguée, échafaude des hypothèses. D'où vient son malaise ? Agit-il à l'insu de Léna ? Bien sûr, ça crève les yeux. Que penserait-elle de cette promenade nocturne ? Aucun bien, assurément.

Emmy frissonne, resserre sa veste et rentre le menton dans son col. Consciente d'accéder enfin aux secrets qui l'obsèdent depuis des mois, elle se fait plus discrète encore, une ombre, un fantôme, un souffle. Ils empruntent des rues qu'elle ne connaît pas, traversent des quartiers paisibles et endormis, puis d'autres où les cafés et les magasins de nuit se font plus bruyants et nombreux. C'est long, elle a froid, un début de crampe au mollet, mais plutôt se couper un bras que de réclamer une pause qui risquerait de le faire changer d'avis. Les ruelles sont plus étroites à présent, à peine éclairées. Certaines maisons semblent inhabitées. D'autres arborent des vitrines dans lesquelles s'exhibent des filles. Néons roses, porte-jarretelles, bustiers en dentelle, poses lascives… C'est comme dans les films, mais en plus sordide, en plus moche. D'autres filles guettent le client à l'extérieur, abritées sous des porches. L'une d'elles les poursuit sur près de cent mètres : « Un p'tit coup à trois, je vous fais un prix. » Conscient de sa gêne, Magnus la saisit par la taille et accélère le pas avant de la lâcher au coin suivant :

— On y est, souffle-t-il d'une voix tendue. Prête ?

Elle acquiesce, plus nerveuse qu'elle ne le voudrait. Pas un lampadaire dans la rue, pas une fenêtre allumée, pas un passant. Ça commence à ressembler à un mauvais polar. Magnus s'approche d'une maison que rien ne distingue de ses voisines : briques anciennes, porche et tours de fenêtre en pierre bleue, fenêtres occultées par des journaux. On la dirait abandonnée, sauf que la porte est neuve – on dirait même qu'elle est blindée – et la sonnette pourvue d'un œil électronique. Emmy remarque enfin l'enseigne discrète apposée à côté de l'entrée :

LE CACHOT
Club privé
Entrée réservée aux membres (+18 ans).
Réservation souhaitée

Pas le temps de se demander ce que ça veut dire. Magnus a déjà sonné, décliné son identité. L'interphone grésille, la porte s'ouvre et elle entre à sa suite dans un couloir sombre. Le sol et les murs se confondent, intégralement noirs. Emmy passe la main sur le mur et reconnaît le toucher du velours. Magnus s'est arrêté devant un guichet vitré, échange quelques mots avec l'homme qui s'y trouve. Une ampoule rouge répand une lumière diffuse, rendant plus sinistre encore le masque de cuir qui dissimule les traits de l'homme. Ils parlent bas, mais elle perçoit quelques mots : « inscription… signer… comme tout le monde. » Magnus s'énerve, négocie et finit par sortir son portefeuille. Pendant qu'il paie, il se tourne vers elle, lui tend un formulaire.

— Complète ton identité et signe. Arrange-toi pour que ce soit illisible, ajoute-t-il à voix basse. On ne sait jamais.

Ses yeux s'habituent à la pénombre ambiante. Emmy se penche sur le document, déchiffre le titre : « Engagement de confidentialité ». D'une pièce adjacente lui parvient un grondement sourd, rythmé par la pulsation des basses. Elle les sent vibrer sur sa peau, traverser son corps. Un frisson anxieux la parcourt de haut en bas. D'autres mots lui sautent aux yeux : allégeance, soumission, punition.

— Inutile de lire ces conneries, grogne Magnus en lui arrachant le document pour le rendre au guichetier qui contrôle leurs cartes d'identité, hoche la tête avec componction et tend à Magnus un bout de tissu noir : « Bienvenue au Cachot. Je vous souhaite une douloureuse soirée. »

La voix aigrelette ne colle pas avec le personnage. Emmy se demande fugitivement à quoi il ressemble sous le masque. Magnus lui fourre entre les mains le tissu noir.

— Enfile ça. Une chance que le règlement prévoie le droit à l'anonymat !

Emmy passe la cagoule, avec la sensation de basculer du côté obscur de la force. Qu'est-ce qu'elle fait là ? Que veut-il lui montrer ? Lui enseigner ? Sade, Kubrick, Grey et tous les autres… Au secours ! Elle n'aime pas avoir mal. Elle, ce qu'elle aime, c'est la douceur, les caresses, la tendresse. La main de Magnus cherche son poignet, l'attrape fermement. Ils longent plusieurs portes fermées.

— Salles de torture privées, commente-t-il, avant de s'arrêter devant une porte insonorisée.

Emmy plisse les yeux et déchiffre : « Salle de la Petite Mort ». Elle a chaud, elle transpire. Glacée, la bouche sèche. Plus certaine d'avoir envie de savoir. Ses jambes fléchissent, elle se laisse aller contre le mur. Magnus la soutient d'une poigne ferme :

— Ça va ? Tu ne vas pas t'évanouir ?

Elle secoue frénétiquement la tête. Le tissu a glissé, elle ne voit plus rien, elle étouffe. Il pose sur sa nuque une main apaisante, rajuste la cagoule jusqu'à ce que les trous soient en face de ses yeux, la berce contre lui.

— Pardon, j'aurais dû t'expliquer. Hier après-midi, je voulais te le dire… j'ai essayé, mais tu étais tellement différente… radieuse… tes enfants… Je n'ai pas pu. Je suis avec toi, tu ne risques rien. Et je pense que tu as le droit de savoir.

Sur son front, elle sent la chaleur de son souffle à travers le tissu. Son pouce effectue des cercles légers à l'intérieur de son poignet, descend vers la paume, y accentue sa pression. À voix basse, il répète : « Je veille sur toi, tu ne risques rien. Dis-moi que tu comprends, que tu n'as plus peur. » Elle déglutit avec peine, hoche la tête.

— Le sas ne permet qu'à une seule personne de passer. J'entre le premier, tu me suis. On reste cinq minutes, puis on s'en va. Surtout pas un mot, ne te fais pas remarquer. Tout se passera bien.

De la poche intérieure de sa veste, il sort un masque qu'il ajuste soigneusement sur son visage, rabat sa capuche sur ses cheveux blonds et presse la sonnette. Un homme à la carrure épaisse leur ouvre le sas. Ses traits sont dissimulés par une cagoule rouge évoquant celle des bourreaux médiévaux. Magnus lui parle à l'oreille, lui glisse dans la main plusieurs billets. Qu'est-ce qui peut justifier une telle somme ? Le gardien la dévisage avec insistance, comme si ses yeux pouvaient voir au travers du tissu. Finalement, il empoche l'argent et laisse passer Magnus. Ses mains sont couvertes de poils, phalanges incluses. « On dirait des chenilles », songe Emmy avec dégoût. L'homme rouvre le sas, l'invite à entrer à son tour : « Novice ? Bonne découverte et bienvenue en Exquise Souffrance », susurre-t-il au moment où elle passe devant lui. Cette fois, la voix – rocailleuse et grasseyante – colle avec le personnage. Le bourreau ferme la porte extérieure du sas et la projette dans l'atmosphère enfumée de la salle. La musique lui explose aux oreilles, pulse à donner le tournis. On la tire par le bras, elle s'agenouille machinalement aux côtés de Magnus. Un parfum lourd – mélange écœurant de vanille, de sueur et de cire chaude – lui envahit les narines. Sous le rythme lancinant des basses, d'autres bruits lui hérissent les poils : des gémissements, des claquements, des grincements. Emmy s'autorise enfin à relever la tête et jette un regard circulaire. Les images s'impriment sur sa rétine en un kaléidoscope dément : les autres spectateurs, cagoulés ou non, agenouillés comme elle et là, juste en face... Comment aurait-elle pu imaginer ça ?

L'estrade tendue de rouge, éclairée par la lueur vacillante des bougies, le fauteuil avec les anneaux de serrage, les chaînes et les sangles cloutées, un homme agenouillé sur une arête métallique, son dos zébré de lignes écarlates, un autre suspendu à un mètre du sol, le visage congestionné derrière sa muselière, cet autre encore, allongé sur le ventre et qui semble évanoui. Les postures, les accessoires et les jeux de rôle ont quelque chose de ridicule et d'avilissant, mais en définitive, c'est la Poupée qui lui paraît le plus choquant. Perchée sur les talons interminables de ses bottines vernies, elle se promène entre les pénitents, avec ses cheveux rouges sagement nattés et sa robe de plumetis rose. La robe est courte et dévoile ses jambes gainées de hauts bas rayés qui s'arrêtent à mi-cuisse. Aussi incongrue que stupéfiante dans ce carnaval de métal et de cuir, elle déambule entre les corps, se frotte à eux, se penche sur les chairs meurtries, pose une pince, resserre un lien ou fait claquer sa cravache, récompense ses patients transis d'une gifle ou d'une morsure. Autour d'elle, tout prend sens. Elle les tient, ils lui mangent dans la main, la supplient, endurent et baissent les yeux, baisent dévotement ce qu'elle les autorise à toucher d'elle.

L'inconscient d'Emmy savait déjà. La voix de la Poupée lui fait cependant l'effet d'une décharge en pleine poitrine : « Nous n'en sommes qu'aux préliminaires, mes jolis. Vous ne souffrez pas encore, pas vraiment. Lequel d'entre vous osera la Petite Mort ? Une expérience inoubliable, une jouissance au-delà de ce que vous pensiez possible. Celui-là aura mérité que je m'intéresse à lui de très près. Peut-être toi, mon mignon ? Ou toi, propose-t-elle, désignant du bout de sa cravache l'un ou l'autre spectateur passif rangé le long du mur. Oubliez vos peurs et venez nous rejoindre au lieu de vous repaître de la douleur des autres ! Osez sauter le pas qui vous mènera en exquise souffrance et je vous récompenserai. » Son corsage en dentelle vole par-dessus sa tête et, révèle un buste étroit, revêtu d'une brassière de coton rayée. À la fois subjuguée et révulsée, Emmy ne parvient pas à s'affranchir de son visage trop parfait : le teint lisse et pâle, la bouche en cœur parfaitement dessinée, les pommettes roses, les yeux… Oh ! Ces yeux ! Pourra-t-elle se détacher de ces pupilles immenses, d'un turquoise glacé, encadrées de cils longs et courbés comme des pattes d'araignée ? Oubliera-t-elle un jour leur regard inhumain ? La Poupée quitte la scène pour s'approcher des spectateurs, défie un à un les voyeurs frileux. C'est le moment que choisit Magnus pour relever Emmy et l'entraîner hors de la salle.

Magnus marche vite, plus vite encore qu'à l'aller, sans se soucier de savoir si elle suit. Son visage fermé exclut les commentaires et les questions. De son côté, Emmy est tellement sous le choc que, cette fois, elle ignore les prostituées, les silhouettes en vitrine et les bars mal famés. Les images captées dans la salle la tourmentent et l'obsèdent, mais pas autant que le goût de trop peu, les picotements dans le bas-ventre et l'excitation primale qui la dévore. Elle se sent à la fois sale et affamée, se dégoûte sans pouvoir s'empêcher de ressasser le cocktail de souffrance, de sexe et de plaisir auquel elle a assisté, de poser des images sur la vie intime de Magnus et Léna. Leur ballet conjuguant exigence et soumission, leur passion exaltée dans la douleur et l'humiliation, le couteau de Léna, les cicatrices sur l'avant-bras de Magnus… Ça la brûle de l'intérieur, l'attire et la dégoûte. Elle ne demandait rien. N'est-ce pas Léna qui a voulu l'associer à sa sexualité en l'appelant l'autre soir ? N'est-ce pas Magnus qui est venu la chercher ce soir pour qu'elle n'ignore plus rien ? Elle est entre leurs mains, désemparée, affolée, fascinée. Dépassée par les questions qui ne cessent de se multiplier.

— Magnus, ce qu'elle leur fait, c'est…

Il se retourne, si brusquement qu'elle bute contre lui :

— Mal, elle leur fait mal. Ces gens viennent pour ça, de leur plein gré. Elle les fait souffrir et ils en redemandent. Ces pratiques sont légales, du moment qu'elles ont lieu entre adultes consentants.

— Je sais, mais…

— Il n'y a jamais eu d'accident, jamais de plainte. Elle maîtrise les instruments, les seuils de douleur, elle sait jusqu'où les pousser, quand s'arrêter. Elle est même sacrément douée dans ce domaine. Elle est respectée dans le milieu, tu comprends ?

— Je n'en reviens toujours pas. C'est dingue.

Il a un rire triste. Presque un sanglot.

— Tu veux savoir ce qui est dingue ? C'est qu'au début, je l'ai encouragée là-dedans, j'ai même pensé que c'était la solution à nos problèmes. Quel con !

Il évite son regard, s'appuie contre un mur. Alors seulement, elle remarque le tic nerveux qui déforme sa bouche, ses mains qui agacent la fermeture Éclair de sa veste. Il tremble de partout, respire par à-coups. Tant pis pour lui, elle ne le lâchera pas avant d'avoir compris :

— Est-ce que tu te sens coupable parce que tu… Je veux dire, tout ce festival de la souffrance – les menottes, les chaînes, les masques – c'était pour toi… parce que tu aimes ça ?

Il cille, détourne la tête.

— Tu ne comprends pas. J'ai eu tort de t'emmener là-bas.

— Explique-moi ! Pourquoi ce soir ? Pourquoi voulais-tu que je la voie ?

Il marmonne une réponse entre ses dents, se remet en route. Elle n'a d'autre choix que de ravaler sa frustration et de le suivre, de grimper à sa suite l'escalier jusqu'au deuxième étage de l'immeuble qu'ils ont regagné bien trop vite. Il l'embrasse machinalement, lui souhaite bonne nuit, comme s'ils revenaient du cinéma. S'est-il demandé ce qu'elle ferait de ces images, seule dans le noir de sa chambre ? Réalise-t-il qu'elle est sur le gril depuis qu'ils ont quitté le club, à deux doigts de l'explosion, plus paumée que jamais ? Alors qu'elle fouille ses poches à la recherche de ses clés, il se décide à parler :

— L'amour est un pari, Emmy. Personne ne sait à l'avance comment ça va tourner. Au début, on est prêt à tout pour que ça marche ; on nie, on minimise les problèmes. Après on fait des compromis, de plus en plus fréquents, de plus en plus importants. On finit par vivre sur le fil, miné par le doute, mais on veut y croire quand même, ça finira par s'arranger. Et puis un jour, on sait. C'est foutu, ça n'ira jamais mieux. Il faudrait tout arrêter, mais…

Sa voix se brise. Bouleversée, Emmy esquisse un geste vers lui, se ravise.

— Est-ce qu'elle sait que tu es malheureux ? articule-t-elle péniblement.

Il se balance sur la première marche, hausse les épaules, le regard toujours rivé à ses pieds.

— Tu devrais lui parler. Elle tient à toi, elle peut changer.

— C'est trop tard, chuchote-t-il. J'y ai cru. Je l'ai tellement espéré.

Un bref silence plus tard, il reprend :

— Dis-moi pourquoi je n'ai pas rencontré une fille normale. Une fille qui aime le cinéma, les pizzas, qui voudrait des gosses…

La minuterie s'éteint. L'esprit d'Emmy se vide d'un seul coup. Sous ses yeux, la ligne rouge clignote furieusement. Un pied de chaque côté. Elle ferme les yeux, avance d'un pas. Ses doigts trouvent ceux de Magnus, les agrippent. Leurs mains se joignent, s'étreignent. L'instant d'après, ils sont l'un contre l'autre, collés, serrés.

Magnus se perd dans ses cheveux, lui caresse la nuque, lui bascule la tête en arrière et plonge dans son cou. Il sent bon, un parfum frais et boisé qui lui donne le tournis. Les jambes d'Emmy tremblent tellement qu'elle a l'impression qu'elle va tomber. Il la repousse contre le mur, cherche sa bouche, étouffe ses mots paniqués d'un baiser appuyé. Sa langue s'enroule autour de la sienne, la soumet. Ses mains ouvrent et déboutonnent avec fièvre, trouvent sa peau, palpent, explorent et caressent. Pas de combat ni de douleur, ni vainqueur ni vaincu, seulement cette envie qui les consume, les pousse en avant. Instinct de vie, de survie.

Ils finissent par tourner la clé et ouvrir la porte. Titubent jusqu'à la chambre, accrochés l'un à l'autre. Les chaussures volent, ils basculent sur le lit, se déshabillent dans l'urgence et les grandes lignes, sans se lâcher. La sonnerie du téléphone de Magnus les électrise. Il plonge sur sa veste, décroche et retombe sur le dos.

— C'est mon patron, lâche-t-il dans un rire où perce le soulagement. Il faut que je sois à la criée demain à cinq heures.

Subitement dégrisée ; Emmy tend la main vers son chemisier. Il la rattrape par les hanches, l'immobilise contre lui. « Reste ! articulent ses lèvres en silence, reste avec moi. » Du bout des doigts, il caresse ses épaules, ses clavicules, glisse sur la peau satinée du décolleté, vers les seins dressés. Les yeux humides, elle secoue la tête, tente de se lever encore. Il se penche pour aspirer sa tristesse. Ses lèvres sont tièdes et fondantes à présent, ses mains tendres et fortes à la fois. Emmy s'abandonne. Se dilue, brûle, gémit, s'ouvre au corps qui pèse sur le sien, caresse et griffe en retour. Le temps lui échappe, tantôt incroyablement lent et voluptueux, tantôt douloureusement aigu et pressant. Elle est une matière vivante et souple que les doigts et les baisers de Magnus sculptent à leur guise, un animal inquiet, un million de cellules migrant vers un point, de plus en plus serrées, un noyau compact, d'une densité inconnue sur lequel se pose sa bouche exigeante. Elle est une explosion, un chaos, une pluie de larmes et de mots qu'il reçoit avec gratitude.

La gorge serrée, Magnus embrasse ses joues salées, ses paupières humides. Trop tard pour regretter ! Et les problèmes ne font que commencer. Dans la chambre, le silence est compact, à peine égratigné par le bruit de leurs souffles trop rapides. Emmy se couvre avec le drap, roule sur le côté. Lorsque Magnus esquisse une caresse sur sa hanche, elle se dégage avec brusquerie :

— Et maintenant ? Je suis censée dire quoi ? « Merci, c'était super. À la prochaine. »

— …

— Un peu de courage ! Dis tout haut ce que tu penses si fort : « C'était sympa, Emmy, mais il ne faut surtout pas s'emballer. »

— C'était beaucoup mieux que sympa. Je ne sais pas quoi te dire.

Emmy refoule les sanglots qui se pressent dans sa gorge. Elle en a mal aux mâchoires. Que va-t-elle faire de ce moment d'abandon illicite, de ce premier émerveillement qu'il lui a offert ? Elle aimerait tant que ce soit simple, évident ; que l'élan qui les a poussés l'un vers l'autre ne s'arrête pas là.

— Ça n'a pas de sens. Il faut qu'on oublie ce qui s'est passé.

Elle semble si mortifiée qu'il détourne les yeux, incapable de soutenir son regard.

— Regarde les choses en face, Emmy. Tu étais sous le choc de ce que tu as vu au Cachot ; moi, je suis malheureux. On a dérapé.

— « On » a dérapé, tu plaisantes ? Tu m'as quasiment déshabillée sur le palier.

— Je ne me souviens pas t'avoir entendue dire non.

— Il fallait mieux écouter.

Se rejeter la balle ne les mènera nulle part, mais c'est plus fort qu'elle. Qu'il ait mal lui aussi, c'est tout ce qui lui reste.

— Tu flippes qu'elle l'apprenne, pas vrai ? C'est sûr que ça ne lui plairait pas. Allez, trésor, rhabille-toi et rentre chez ta maîtresse.

Il pâlit légèrement, serre les dents.

— En effet, il vaudrait mieux pour tout le monde que Léna n'apprenne pas ce qui s'est passé.

— Qu'est-ce que tu crois ? Qu'elle va sortir son fameux couteau pour nous tailler en rondelles.

Il tressaille, plus livide encore.

— Elle t'a montré le couteau et tu ne m'en as pas parlé ?

— C'est une façade, Magnus, un air qu'elle se donne. Tu devrais le savoir mieux que personne. La vraie Léna se cache derrière, blessée, meurtrie, incomprise.

— C'est ce que je croyais, mais c'est le contraire. Tu as vu ses yeux, là-bas ? C'est elle, la vraie, c'est Sombre.

Emmy n'a pas oublié les pupilles fixes et démesurées, d'un bleu irréel. Qu'essaie-t-il de lui dire ? La Poupée du Cachot n'est qu'un personnage, un rôle, sinistre certes, mais parfaitement raccord avec les théories de Léna sur le combat et les prédateurs, la nécessité de contrôler la situation. Où est le mal puisque le numéro est scénarisé et que les participants sont volontaires ?

— Ça fait un moment que je soupçonne Sombre de t'avoir mis le grappin dessus. Ça me fait peur.

Emmy allume la lampe de chevet, son souffle se bloque dans sa poitrine. Elle les avait devinées sous ses doigts un peu plus tôt, à présent elle les voit. Tranchant sur la peau claire du torse de Magnus, de son dos, de ses cuisses, de ses bras. Partout, des lignes sombres, cicatrices anciennes ou récentes témoignant de leur curieuse façon de s'aimer. Mais c'est la tache en forme d'étoile, sur sa hanche, qui aimante son regard. La même que celle de Léna.

— C'est la plus ancienne, fait Magnus en lui prenant la main pour la poser sur la peau rose et fripée de la blessure. On se l'est faite à l'hôpital où on s'est rencontrés, avec du déboucheur chimique… tu sais, pour les tuyauteries.

Emmy frissonne, retire vivement ses doigts.

— Un pacte, comme en font les enfants : « L'un à l'autre, jusqu'au bout. » J'avais quinze ans, Léna douze. J'allais quitter le service, on allait être séparés, on était malheureux.

— On dirait que la peau est à vif, murmure Emmy d'une voix étranglée. Ça te fait encore mal ?

— L'idée est d'entretenir la blessure, de l'empêcher de cicatriser, pour ne pas oublier le Pacte. Alors, oui, ça fait mal, mais la douleur est une chose relative. Elle peut aussi être douce, libératrice.

— Et tout ça ? s'écrie Emmy en désignant les innombrables scarifications qui marquent la peau de son amant. Tu veux me faire croire que c'est libérateur ? Ce n'est pas de l'amour, Magnus, c'est…

— Elle prend les pactes très au sérieux, tu as dû t'en rendre compte. Si elle apprend que nous l'avons trahie, on aura un gros problème.

— Mais…

— Écoute-moi ! Depuis le temps que je la connais, je sais qu'elle ne laisse rien au hasard. Nous avons atterri dans cet appartement parce qu'elle l'a voulu. Elle m'a trouvé un job dans le quartier pour avoir les coudées franches et développer avec toi cette relation dont le but m'échappe. Quant à toi, je ne sais pas ce que tu lui as promis, mais elle ne te lâchera pas avant de l'avoir obtenu. Je te l'ai déjà dit, Sombre n'a pas d'amis, seulement des associés. Elle ne fréquente les gens que s'ils peuvent lui apporter quelque chose dont elle a besoin.

— Sombre, c'est son pseudo de dominatrice ?

— Non, son double. Sa face obscure, si tu préfères. Je sais que c'est difficile à concevoir…

Emmy éclate d'un rire incrédule.

— Carrément ! Et toi, trésor, tu es quoi dans ce complot ? Le gentil *sextoy* de la méchante Poupée ?

Il serre les poings, à deux doigts de la gifler, la secoue rudement :

— Alors, toi aussi tu penses que j'invente. Bien sûr, c'est plus facile de la voir en supercopine que d'admettre qu'elle te manipule depuis le début. Nora non plus ne voulait pas me croire. Pourtant, il a bien fallu qu'elle…

— Attends ! De quoi… De qui tu parles ?

— …

— Cette Nora, c'est qui ?

— Je la connais à peine, c'est une *escort girl* qui fréquentait le bar où Léna travaillait. C'est elle qui lui a mis le pied à l'étrier pour la faire entrer au Cachot.

— Tu veux dire que cette fille, c'est… une copine de Léna.

— Non, une associée de Sombre. Au début, elle encaissait un pourcentage sur ses clients au Cachot. Quand leur arrangement a tourné au vinaigre, c'est chez moi qu'elle est venue se plaindre, mais…

— Va-t'en !

Il la regarde sans comprendre. Elle saisit son jean, sa chemise les lui jette à la tête.

— Fous le camp ! hurle-t-elle. Sortez de ma vie tous les deux ! Allez vous faire voir avec vos histoires de dingue et vos trucs pervers !

Le bruit de la porte de l'appartement lui fait l'effet d'un coup de poing. Seule dans son désert de draps froissés, elle a envie de mourir.

* * * *

Éclosion

10

Pas de coïncidence : l'*escort girl* et la maîtresse rousse ne font qu'une. De là l'intuition que Léna est mêlée à la liaison d'Étienne, à son départ, à la descente infernale qui a suivi. Saisie d'une bouffée de rage, Emmy attrape son téléphone portable et entreprend d'effacer une à une les photos de leurs sorties. Sous ses yeux défilent une séance de pose dans une cabine d'essayage, un après-midi massage et relaxation dans un Spa très chic, une séance de bronzage improvisée sur la pelouse d'un parc public, une mémorable séance de canotage avec des étudiants trop sûrs de leur charme, une virée à la mer… C'était il y a huit jours à peine : Léna au milieu des mouettes, les pieds plantés dans le sable blanc, les bras levés, la bouche ouverte sur un rire silencieux.

Elle marque une pause, agrandit la photo. En short, tongs et tee-shirt rose, Léna a l'air d'une ado en vacances. Dans ses cheveux, elle porte le coquelicot de papier crépon âprement négocié pour deux poignées de coquillages. Emmy se souvient de l'émotion de son amie lorsqu'elle le lui a offert, la manière dont elle l'a serrée dans ses bras, avec une force surprenante pour sa petite taille : « La vie ne m'a pas fait beaucoup de cadeaux. Tu es ce qu'elle m'a offert de plus inattendu. Tu es mon autre, Emmy. » Et cet avertissement, lancé juste après, à regret : « Ne me déçois pas, ce serait trop dur. »

La gorge serrée, Emmy écarte le pouce de la photo. Comment réconcilier dans une même personne la manipulatrice qui l'a mise à terre et l'amie qui l'a relevée et prise sous son aile ? Comment faire coexister les choses contradictoires que lui a révélées Magnus ?

« S'il devait arriver à Léna de te blesser ou de te décevoir, laisse-lui une seconde chance. »

Si seulement Léna pouvait la détromper, prodiguer une explication rationnelle au chaos qu'est devenue sa vie, lessiver à grande eau les soupçons qui entachent leur amitié.

« Elle ne laisse rien au hasard. »

Isolement, fragilité, dépression, apprentissage… Jusqu'à quel point tout a-t-il été prévu, orchestré ?

« Elle n'a pas d'amis, seulement des associés ou des instruments. »

Sa voisine lui a-t-elle joué la comédie de bout en bout ? Emmy ne parvient pas à y croire. Elles ont vécu des moments intenses, vrais ; des moments où les mots et les gestes de Léna sonnaient juste. Elle ne peut pas s'être trompée à ce point.

« Elle ne te lâchera pas tant qu'elle n'aura pas obtenu ce qu'elle veut. »

Que veut Léna… ou Sombre, s'il faut en croire Magnus ? Voilà bien la question la plus inquiétante, car elle n'en a pas la moindre idée. Le sujet n'a jamais été abordé, sinon sous l'angle de la plaisanterie : celui de la fameuse dette dont son amie lui rebat les oreilles depuis leur première rencontre.

Le jour se lève. Emmy n'a pas fermé l'œil. Épuisée, comateuse, elle passe sous la douche, s'habille et se prépare du café. Bien qu'elle n'ait pas faim, elle se force à grignoter des biscuits. Un reliquat des enseignements qui l'ont aidée à reprendre pied : « On ne lutte pas le ventre vide. »

Elles ont prévu de se retrouver à dix heures pour une journée-surprise : « Ce sera une journée très instructive, tu verras, a dit Léna. Un genre de baptême du feu. » Ce qui, hier encore, émoustillait sa curiosité lui paraît aujourd'hui dérisoire. Bien moins important que de comprendre, de confronter Léna à ses questions et d'obtenir de vraies réponses. Pas question pourtant d'être au rendez-vous tout à l'heure. En premier lieu, elle a besoin d'y voir clair. Sans compter que la prudence s'impose. Léna a l'œil aiguisé. Non, plus que ça. Elle a des antennes, un flair de bête sauvage. Elle reniflera son malaise, sa peur, son trouble. Elle devinera son faux pas et plissera les yeux pour lui demander avec cet air qui n'appartient qu'à elle : « T'aurais pas un truc à me dire ? »

Il est cinq heures et demie lorsque Emmy quitte l'immeuble sans pouvoir s'empêcher de penser à celui qui doit au même moment arpenter les allées du marché matinal. Elle le revoit sur les marches cette nuit, désemparé, bouleversant. L'obscurité qui s'est faite sur le palier et dans son esprit, au même moment. La pulsion qui s'est emparée d'eux, se toucher, se rejoindre… à cause d'elle. S'éloigner… pour la même raison.

Parmi les pensées qui s'agitent sous son crâne, l'une d'elles s'impose avec une évidence brutale. Celle qui l'a entraînée à s'affirmer et prendre les commandes a-t-elle imaginé un instant que ses méthodes tordues pouvaient se retourner contre elle ? Car c'est bien ce qui est arrivé depuis qu'elle a commencé à envisager Magnus sous un autre jour, à rêver, convoiter, désirer, jusqu'à quitter un sentier qu'elle pensait solidement balisé par ses principes et sa loyauté. Elle ne regrette rien, encore moins depuis qu'elle pressent le rôle joué par Léna dans le départ d'Étienne. « Œil pour œil, frappe ton agresseur à l'endroit où il t'a blessée. » Et Magnus ? Éprouve-t-il des remords, pense-t-il réellement continuer comme si cela n'avait pas existé, effacer d'un coup d'éponge leur moment peau contre peau ? Désespéré ou non, cette nuit, Magnus n'était pas à Léna. Ses gestes, son abandon, les mots qu'il a prononcés, tout lui dit qu'il était à elle, à elle seule.

« Si elle apprend ce qui s'est passé, on aura un gros problème. »

Quel genre de problème ? Doit-elle prendre pour argent comptant le couteau, les yeux de la Poupée, ses commandements et ses ultimatums ? Ou tout cela n'est-il qu'un numéro bien rodé destiné à impressionner ceux qui menacent son territoire ?

Peut-être. Ou peut-être pas. Désœuvrée, indécise, Emmy arpente les rues commerçantes, achète un magazine et se réfugie dans un café qu'elle abandonne finalement au profit d'un cinéma qu'elle squatte tout l'après-midi, passant d'une salle à l'autre sans retenir le nom des films. Plus l'heure tourne, plus elle se sent fébrile, angoissée. Tôt ou tard, il faudra qu'elle trouve le courage de rentrer et de provoquer l'explication qui s'impose.

Lorsqu'elle regagne l'air libre, l'après-midi touche à sa fin. L'air est lourd et le ciel plombé annonce la pluie. Emmy rallume son téléphone. L'écran affiche une quinzaine d'appels manqués. Aucun message vocal. Juste un texto qui lui donne mal au ventre : « Tu as choisi de me décevoir. Dommage. »

Une voiture de police passe dans la rue, toutes sirènes hurlantes. Et si c'était la solution ? Dans un état second, elle déniche l'adresse du commissariat le plus proche, résume sa requête au policier de garde. Les mots sortent en vrac, sans cohérence ni vraisemblance. L'homme dépose son sandwich, enregistre son identité et prend quelques notes. Son air blasé dit clairement dans quelle catégorie il la range : celle des emmerdeurs et des mythomanes.

— Le soir, on travaille en effectifs réduits. Ce serait mieux si vous reveniez demain. C'est possible pour vous ?

Emmy secoue vivement la tête, incapable d'ajouter un mot. L'homme lui jette un regard intrigué, note les mains tremblantes, les ongles rongés à sang et poursuit sur un ton rassurant :

— Les problèmes de voisinage, on a l'habitude, vous savez. Le plus souvent, ça se limite à l'intimidation. On n'agresse pas les gens comme ça. Vous avez reçu des menaces précises ? De quel genre ? Verbales, physiques ?

— C'est compliqué, balbutie Emmy. Je vous en prie…

Le policier hausse les épaules avec fatalisme et se dirige vers les bureaux pour trouver un inspecteur disposé à la recevoir. Un autre groupe vient de pénétrer dans le commissariat. Plusieurs policiers, mais aussi un groupe de civils beuglants, manifestement ivres. L'un d'eux a le front en sang et arbore un coquard bleuté. Ça vocifère et ça s'agite. Le flic de garde s'arrête pour discuter le coup avec ses collègues, leur donne un coup de main pour emmener ce petit monde en cellule de dégrisement. Voilà ce qui à ses yeux représente une véritable urgence, tellement plus concrète et tangible que la sienne. Elle ne trouvera pas d'aide ici. Dans une heure, elle sera de retour sur le trottoir avec une vague promesse de suivi. Demain ou après-demain, un inspecteur ira interroger Léna qui niera en bloc avec son sourire le plus innocent et descendra ensuite frapper à sa porte pour lui demander des comptes : « On avait un pacte, Emmy. Toi et moi. » Quant à convaincre les flics du danger encouru, elle ne dispose d'aucune preuve en dehors de ce dernier texto qui n'a rien de menaçant. Pas le choix, elle va devoir se débrouiller seule. Où se réfugier pour faire le point et engranger des forces ?

Emmy réfléchit à toute vitesse. Une chambre d'hôtel, mais qu'y fera-t-elle à part ressasser et paniquer entre quatre murs anonymes ? Une amie, mais laquelle ? Elle ne fréquente plus personne, ne rappelle même pas ceux qui prennent encore de ses nouvelles. Se réfugier chez Étienne, sachant que son arrivée à cette heure tardive risque d'engendrer des questions et de perturber les enfants ? La solution s'impose d'elle-même, peut-être à la suite du baptême du feu manqué.

Baptême du feu : premier combat d'un soldat, première occasion d'essuyer le feu de l'ennemi.

C'est dit : elle ne se sent pas de taille à défier Léna ce soir, mais rien ne l'empêche d'éprouver ses armes contre un autre adversaire, sur un terrain qu'elle maîtrise mieux, dans un endroit où personne ne pensera à venir la chercher. Si elle remporte ce premier duel, ce sera le signe qu'elle peut viser plus haut. Emmy prend le chemin de la gare, achète son billet et vérifie l'horaire. Lorsque le train s'ébranle en direction de la banlieue, elle respire mieux, convaincue d'avoir pris la bonne décision. Aujourd'hui, il y a en elle assez de détermination et de colère pour affronter celui qui l'a si longtemps terrifiée.

La lumière est encore allumée dans le salon quand elle s'arrête devant la grille. Au fond du jardin, la bâtisse aux volets décrépits n'a pas changé. La sonnette non plus, qui indique toujours : « Louise et Pierre Renoir ». La bille de verre est revenue dans sa gorge, aussi douloureuse que jadis : la même crainte diffuse, le même malaise. Presque sept ans qu'elle n'a plus mis les pieds ici. Sept ans qu'elle n'a pas vu son père. Elle n'a pas oublié une réplique de leur dernière entrevue dans le cabinet de l'avocat hors de prix qu'il avait choisi pour mater sa rébellion.

* * * *

Sept ans plus tôt

Emmy gratte un reste de vernis sur l'ongle de son pouce, tire ses manches sur ses doigts glacés. Depuis le temps qu'elle patiente, elle a eu dix fois l'occasion d'inventorier le mobilier de la salle de réunion : les tableaux contemporains sur murs, les luminaires design, la grande table en bois fruitier et les sièges en cuir noir. Ce genre d'endroit lui donne la sensation de rétrécir. Son jeune avocat est parti aux toilettes et tarde à revenir. A-t-il soudain réalisé qu'il ne faisait pas le poids ? S'est-il enfui devant ce décor fleurant le luxe, la compétence et les affaires confidentielles ?

Non, le voilà qui revient, détendu et souriant. Étienne Delcourt saisit la carafe, remplit deux verres d'eau et pousse l'un d'eux vers elle :

— Détendez-vous, tout se passera bien.

— Puisque vous le dites.

— Ayez confiance ! Même si votre père n'approuve pas votre démarche…

Emmy lève les yeux au ciel. De tous les euphémismes utilisés jusqu'à présent par Étienne Delcourt, celui-ci est sans doute le plus surréaliste.

— La loi est de notre côté. Ils savent que nous aurons gain de cause si nous portons l'affaire devant un tribunal.

Emmy n'arrive toujours pas à décider si l'assurance d'Étienne relève de l'arrogance ou d'une certaine forme d'inconscience. Qu'importe, depuis qu'il lui a exposé ses droits et listé les articles du code qui la protègent, elle dort mieux, se prend à rêver qu'entre elle et son père les angles pourraient s'arrondir. Peut-être le physique de son avocat – Étienne a une stature de joueur de rugby, ce qu'il est par ailleurs – n'est-il pas étranger à son impression de se sentir prise en main, portée, supportée.

Le jour où elle est passée à la permanence juridique de la faculté, ils étaient trois stagiaires à assurer les consultations. Elle n'avait pas terminé d'exposer son cas qu'Étienne s'était levé. « Elle est pour moi. » Emmy a aimé l'ambiguïté de la phrase. Comme elle a aimé la rigueur avec laquelle il l'a interrogée ensuite, la manière qu'il a eue d'écrire son nom sur le dossier en capitales nettes et régulières, sa volonté de justifier chaque franc qu'il a réclamé.

— Les voilà ! Surtout, laissez-moi parler.

Maître Lambert est un homme sévère et distingué. Il leur tend une main ferme et sèche et prend place en face d'Étienne. Pierre Renoir entre à sa suite, les yeux rivés sur la moquette. Il longe la table sans les saluer, choisit la chaise du bout. Son regard fixe à présent un point sur le mur, quelque part au-dessus d'eux. Maître Lambert rajuste ses manchettes, ouvre son dossier et donne le coup d'envoi des hostilités.

— Après examen approfondi de vos arguments, il semble que les revendications de Mlle Renoir soient partiellement fondées. Je songe à l'allocation mensuelle destinée à financer ses études. Cependant, le montant devra être revu à la baisse. Les revenus de mon client sont insuffisants pour lui verser une telle somme.

Étienne contre-attaque aussitôt, précise que c'est justement la raison pour laquelle sa cliente revendique le droit de toucher anticipativement sa quote-part de l'héritage maternel. Le montant global lui permettra de financer sa subsistance et son logement en sus des frais liés aux études.

— Dis-leur ce que tu veux vraiment. Allez, crache le morceau. Tu veux me plumer, c'est ça ? Me mettre à genoux ? Les rapaces de ton espèce, je les connais, va. Ils n'en ont jamais assez.

Maître Lambert esquisse un geste d'apaisement à l'adresse de son client, lequel continue à aboyer :

— Tu sais qu'elle nous regarde, hein ? C'est pas moi que tu blesses avec ce cirque ridicule, c'est elle. T'imagines pas comme tu la rends malheureuse.

— Cesse de parler de maman comme si elle était vivante !

Emmy a crié. Ça a été plus fort qu'elle. Le reste sort par saccades, sourdes et hachées, qu'aucun d'eux ne se risque à interrompre.

— Tu as renoncé, c'est ton choix. Pas le mien. Moi, je veux un avenir, une famille. Je refuse de crever à petit feu, de me retrouver à parler avec des fantômes. C'est pour ça que je pars. Je n'ai pas d'autre choix que d'acheter ma liberté.

Pierre ricane, assène un coup de poing féroce sur la table.

— Tu n'achètes rien. Tu exiges, tu te sers dans notre poche en vertu de tes prétendus droits. Je ne sais même pas pourquoi je suis surpris : t'as ça dans le sang.

Les mots sortent de sa bouche comme des morceaux de nourriture avariée.

— Je ne m'abaisserai pas à négocier. Donnez-lui ce qu'elle veut, qu'on en finisse ! Et réglez la paperasse sans moi.

Sa chaise bascule sur le sol. Pierre quitte la pièce dans un silence épais. Emmy ne bouge plus, statufiée par ce qu'elle vient de découvrir dans le regard de son père, bien au-delà de l'amertume et de la rancœur familières. Les avocats plongent le nez dans leurs papiers, gribouillent quelques notes inutiles. Après un insupportable flottement, maître Lambert retrouve enfin le fil de l'entretien :

— Nous allons en rester là. La convention vous parviendra la semaine prochaine, à moins que vous n'ayez d'autres revendications à formuler.

Les joues en feu, Emmy secoue la tête, rassemble ses documents et enfile sa veste. Sur le seuil, elle s'arrête, tripote la lanière de son sac à dos.

— Il n'y avait pas d'autre solution, il faut me croire. Vivre avec lui, c'était l'enfer.

Maître Lambert lui oppose un veto scandalisé. Dans ce genre d'affaires, il se cantonne strictement aux aspects juridico-financiers. Pas question de tremper ne fût-ce qu'un doigt dans le linge sale familial. Le risque est trop grand de se retrouver éclaboussé par la vase qui pourrit en profondeur, dans les non-dits et les souffrances de chacun.

Emmy gagne l'ascenseur. La victoire a un goût plus acide qu'elle n'aurait cru. Ne pas pleurer. Pas en public. Elle traverse le hall dallé de marbre, gagne la sortie. Dehors, il tombe un fin grésil. Le ciel est bas, plombé. Combien de fois a-t-elle imaginé ce qu'elle ferait si elle obtenait gain de cause ? Une virée dans les boutiques de fringues, une coupe de champagne, une sortie en discothèque. Elle n'a le cœur à rien.

Un parapluie surgit par miracle à ses côtés. Étienne Delcourt n'arbore pas l'expression triomphante à laquelle il pourrait prétendre. Ils font quelques pas côte à côte sous les illuminations du boulevard. Elle renifle, accepte le mouchoir qu'il lui tend.

— C'est la première affaire que je gagne. Ne pleurez pas ou je vais finir par regretter.

Il cherche ses mots, perplexe, presque désemparé. Aussi craquant dans le rôle du chien de berger que dans celui du jeune loup, songe confusément Emmy. Elle sourit entre ses larmes, tamponne son nez, ses paupières. Pourvu qu'elle n'ait pas du noir partout sous les yeux.

— Je devrais vous remercier au lieu de me lamenter. Je suis nulle.

— Pas du tout. Vous êtes émue, on le serait à moins.

Des rires et de la musique leur parviennent. L'odeur rose et sucrée de la barbe à papa flotte dans l'air. À quelques pas de là, on distingue les toits rouge et vert des échoppes du marché de Noël. Étienne glisse son bras sous le sien :

— Un verre de vin chaud, pour soigner vos idées noires ?

* * * *

La brouille l'a privée d'un père et lui a offert un mari qu'elle n'a pas su garder, songe Emmy en traversant le jardin plongé dans l'obscurité. Prudente, elle guette le chien qui pourrait surgir du fenil. Le vieux berger des Flandres de son père doit être mort depuis le temps. A-t-il été remplacé ? Ou Pierre continue-t-il à promener son fantôme en laisse, comme il continuait à s'adresser au fantôme de sa mère ?

Son anxiété croît au fur et à mesure qu'elle s'approche de la maison. L'herbe humide détrempe ses baskets de toile. Les plates-bandes le long desquelles elle jouait au croquet ont disparu dans un fouillis d'herbes folles et la vieille balançoire pend tristement, retenue par une seule corde à la branche du marronnier. Elle enfonce la sonnette, se raidit pour faire face.

Pierre Renoir a vieilli. De nouvelles rides sillonnent son front et le coin de ses yeux. Les commissures de sa bouche pointent vers le bas. Il dégage une odeur d'alcool et de corps mal lavé qui lui fait mal au cœur. Même aigri et repoussant, il reste celui à qui elle doit la moitié de ce qu'elle est.

— Qu'est-ce que tu veux ? Encore du blé ? J'ai plus rien.

— J'ai besoin de me poser.

Il hausse les épaules, lui tourne le dos et repart vers le salon.

— Tu n'es pas la bienvenue. Si tu décides de rester, les draps sont toujours dans la grande armoire. Ta chambre n'a plus été nettoyée depuis que t'as foutu le camp.

La porte claque derrière lui. De l'autre côté, le son de la télévision monte d'un cran.

Emmy est restée plantée sur le seuil, tétanisée. Elle ne savait pas à quoi s'attendre, la voilà fixée. « C'est toi qui débarques sur son territoire, toi qui définis les rôles : tu es le prédateur, lui, l'espèce menacée. Fais en sorte qu'il le sache ! » La voix de Léna est à ses côtés, la soutient, la stimule. À pas lents, elle remonte le couloir, ouvre la porte du salon.

— Qu'est-ce que tu fais ? Rallume cette télévision et débarrasse le plancher !

— J'ai des questions, je veux des réponses.

Il la regarde, stupéfait, la lippe pendant à gauche. Sur le guéridon à côté du canapé, elle aperçoit une bouteille de gin, réprime un soupir. Une heure de plus et elle l'aurait trouvé ivre mort, étalé dans les coussins.

— Ça concerne maman et l'accident.

— J'ai rien à dire à une suceuse de fric. Ton scribouillard de mari a fait des recherches, non ? Il a sorti les vieux dossiers. Faudra t'en contenter.

— C'est la vérité que je veux et elle ne se trouve pas dans les dossiers. Il n'y a que toi qui la connais. Que s'est-il s'est passé le jour de l'accident ? Pourquoi maman a-t-elle pris le virage à cette vitesse ? Pourquoi n'avait-elle pas pris le temps de m'attacher dans la voiture ?

La jambe de Pierre est agitée de soubresauts. Ses ongles griffent le tissu usé de l'accoudoir. Emmy s'approche, les poings serrés dans ses poches.

— J'en sais rien. Je l'ai dit aux flics à l'époque : j'étais pas à la maison.

— Est-ce que maman a pu avoir une hallucination, se sentir menacée et prendre la fuite ? Est-ce qu'elle était folle, papa, ou est-ce qu'elle était réellement menacée ?

— Sale petite teigne. Comme ceux de ta race. Des fouille-merde.

Pierre s'est levé. D'un pas chancelant, il s'avance, lève le bras pour la gifler.

— Je veux savoir. C'est mon droit.

— T'as droit à rien ! hurle-t-il. Juste te taire. Te taire et disparaître.

La main de Pierre s'abat sur le crâne d'Emmy une première fois. Elle encaisse, se protège la tête. Il lève à nouveau la main.

— T'es qu'un boulet. Je l'ai dit à Louise, mais elle me croit pas. T'es rien, t'entends, t'es personne. Fous le camp de chez moi !

« Ne laisse personne te dire qui tu es ni ce que tu dois faire. Garde en tête l'objectif, ne laisse pas l'adversaire faire diversion ! »

Ça remonte de loin, des soirs passés à guetter un câlin, des dîners trop silencieux, des absences trop fréquentes. Toute cette indifférence hostile qui lui répète depuis toujours qu'elle ne compte pas, qu'elle existe à peine. Emmy se redresse et le repousse violemment sur le canapé. Il chancelle, s'effondre en grognant. À ses côtés, le guéridon tombe à la renverse et la bouteille se brise. L'odeur âcre du gin se répand dans la pièce.

Pierre halète bruyamment et tente de se relever. Il veut frapper encore, elle le lit dans ses yeux. Elle attrape le goulot brisé, le brandit sous son nez.

— Regarde, Louise, le vrai visage de ta fille. Tu me crois, maintenant ? Tu penses encore que ça valait le coup de mourir pour la sauver ?

— Quoi ? balbutie la jeune femme, éperdue.

Il agrippe les revers de sa veste, lui souffle au visage son haleine fétide :

— T'as tué ma femme. Tout ce qui est arrivé, c'est à cause de toi. T'es rien que du malheur sur pattes. Jamais j'aurais dû…

Il y a un bruit de tissu déchiré, la manche de la chemise de Pierre vire au rouge vif. Il gémit, roule des yeux, les jambes flageolantes et retombe dans le canapé.

— Putain ! Lâche ce truc et va me chercher une serviette. Appelle un médecin !

Il paraît soudain âgé, démuni. Prise de panique, Emmy esquisse un mouvement en direction de la salle de bains.

« Quand tu as l'avantage, ne le lâche pas. Sous aucun prétexte. »

L'odeur du sang supplante celle du gin. Il saigne beaucoup, la plaie doit être profonde. Emmy inspire à fond, s'accroupit en face de lui.

— Je n'appelle personne. Pas avant que tu ne te décides à parler.

Il garde les yeux baissés sur le sang qui goutte de son avant-bras et forme peu à peu une flaque sombre sur le tapis.

— T'es folle ?

— Pas plus que toi.

— Tu vas regarder ton père se vider sur le tapis ? Bah ! C'est bien ton genre, après tout.

— Tu n'es pas mon père, réplique Emmy, livide de rage. Tu es celui qui me ment et me rabaisse depuis toujours. Tu es le dingue qui parle à sa femme morte. Tu es celui qui me doit la vérité. Tu veux un médecin, tu parles !

Le visage couleur de cendre, Pierre ferme les yeux, se laisse aller contre le dossier.

— J'ai besoin d'un verre.

Un quart d'heure plus tard, ils sont dans la cuisine. Sur la table, entre eux, une bouteille de brandy. Il y en a toujours une qui traîne quelque part, prête à dépanner, à soulager. Ça non plus n'a pas changé. Pierre a repris quelques couleurs depuis qu'Emmy a réussi à stopper l'hémorragie en comprimant les lèvres de la plaie et en y posant des *strips* dénichés dans l'armoire à pharmacie. Quelques points de suture n'auraient pas été superflus, mais elle ne peut prendre le risque de l'emmener aux urgences et le voir se murer à nouveau dans le silence.

Pierre tend la main vers la bouteille. Elle la saisit avant lui, la garde hors de sa portée. Pas question non plus qu'il se soûle pour échapper à ses questions. Avec un regard torve, il entame son récit.

— J'ai rencontré Louise sur le tard. Elle avait vingt-quatre ans, moi trente-neuf. J'ai su qu'elle était la femme de ma vie dès qu'on me l'a présentée. Elle était déjà fiancée, je m'en foutais. Cinq demandes en mariage plus tard, c'est à moi qu'elle a dit oui. À l'époque, j'étais encore du genre idéaliste, je croyais au genre humain, à l'entraide et à la solidarité. Toutes ces conneries bobos, ricane-t-il, c'est ça aussi qui a fait craquer Louise. Elle trouvait que j'étais un type généreux, une espèce en voie de disparition. Ça t'en bouche un coin, pas vrai ?

« Garder le cap, ne pas se laisser distraire. » Emmy réprime une réplique cinglante et ignore la provocation.

— Quand j'ai eu l'occasion de partir travailler à l'étranger pour une ONG, ta mère n'a pas hésité. Elle a plaqué son travail et on a fait nos valises. On a bourlingué pas mal, découvert Cuba, l'Amérique latine profonde, la brousse africaine… Des endroits isolés, des populations qui manquaient de tout, mais qui se montraient chaleureuses envers leurs bienfaiteurs occidentaux. On se sentait utiles, on était des gens bien, on avait une belle vie, de la chance… Ouais, c'est ce qu'on pensait.

Pierre marque une brève interruption, avale une gorgée de brandy et grimace comme s'il n'en supportait pas le goût. De l'autre côté de la table, Emmy ronge son frein, sans oser le presser.

— Louise avait tout juste vingt-neuf ans quand elle est tombée enceinte. On n'avait rien planifié, mais c'est arrivé. Elle était sur un nuage.

— Pas toi ?

— J'étais réaliste. On était en mission dans la forêt tropicale en Bolivie, pas loin d'un fleuve infesté de moustiques gros comme des taons, dans des conditions plutôt précaires. Je travaillais sur un chantier compliqué. C'était pas le moment pour un bébé. Mais Louise n'a rien voulu entendre : « Je ne suis pas la première femme enceinte par ici, qu'elle disait. Pourquoi je serais différente des autres ? » Vers la fin du septième mois, on a envisagé de lui faire rejoindre la ville pour accoucher dans un environnement civilisé. Tout se passait bien, on s'est dit qu'on pouvait attendre encore. Le médecin de l'ONG était un type compétent et rassurant. Il aurait sans doute pu assister Louise si Ivana n'avait pas débarqué à l'improviste.

— …

— C'est le nom de la tempête tropicale qui nous est tombée dessus. Elle devait passer deux cents kilomètres plus au sud, mais elle a changé de parcours. Une vraie saloperie ! On a eu droit à des vents déments, des arbres arrachés, des pluies diluviennes, des glissements de terrain… Avant qu'on ait réalisé l'ampleur de la catastrophe, on était coupés de tout. Plus moyen de rallier la ville.

Le débit de Pierre est rapide, saccadé. Il est ailleurs, de retour au cœur de la forêt tropicale, dans ce *pueblo* perdu, entouré de villageois en détresse, de blessés, de femmes et d'enfants affolés… de sa femme, dont la grossesse se complique soudainement. Il maudit leur inconscience, leur entêtement naïf à croire que tout se passera bien, qu'ils ont la baraka. Le médecin de l'ONG est parti porter secours dans un village voisin et n'a pas réapparu. Les téléphones sont hors d'usage, la radio les a lâchés. Ils ne peuvent plus compter que sur eux-mêmes. C'est à ce moment que Louise lui annonce qu'elle ne sent plus remuer l'enfant. Il tente de la rassurer, en fin de grossesse, c'est normal, il n'a plus guère de place. Ses connaissances médicales ont beau être élémentaires, il sent que quelque chose ne va pas. Pas moyen de faire une échographie, le dispensaire a été noyé sous une coulée de boue. Le village est dévasté. Ils se réfugient dans les collines avoisinantes. Louise reste prostrée, ne se nourrit plus. Elle sait. Ils passent plusieurs jours dans leur campement de fortune, dévorés par les insectes, à attendre les secours. Les contractions ne se déclenchent pas. Entre eux, il y a ce ventre gonflé et immobile que Louise caresse interminablement. Elle a de la fièvre, mal dans le bas du ventre, ne quitte plus son matelas. Quand les secours les trouvent enfin, elle alterne délire et inconscience. À l'hôpital où elle est transportée en hélicoptère, les médecins endiguent l'infection et la délivrent de l'enfant. Une petite fille de presque trois kilos que Louise ne verra pas et qu'elle réclamera en hurlant. Le séjour utérin *post mortem* a causé des dégâts. Il faut enlever l'utérus. Un double deuil qu'elle ne supporte pas.

De retour au pays, il tente de l'aider à reprendre pied, mais elle n'a plus goût à rien ; alterne des périodes d'agitation extrême avec d'autres de catatonie profonde ; déclenche plusieurs épisodes de paranoïa durant lesquels elle accuse son entourage de lui avoir volé son bébé. Elle est hospitalisée à deux reprises aux urgences psychiatriques. Désespéré, perdu, impuissant, Pierre la regarde sombrer. D'autant plus mal à l'aise qu'il ne parvient pas vraiment à éprouver de chagrin pour la perte de cet enfant. La maternité a toujours été son projet à elle, il n'a fait que la suivre. Cela aussi, Louise le sait. Elle ne lui en fait pas reproche, mais elle s'éloigne. De lui, de sa famille, du monde.

Lorsqu'il découvre, dans le tiroir de sa table de nuit, le brouillon d'une lettre d'adieu, il comprend qu'il va la perdre.

Emmy n'a pas dit un mot. Impassible en apparence, elle écoute, engrange les informations, les souffrances endurées par sa mère, le lent naufrage de sa raison. Elle s'efforce d'ignorer les spasmes musculaires qui annoncent la crise de tétanie, avale une gorgée de brandy pour donner le change. Enfin, elle s'autorise à demander si elle a été adoptée. Pierre attrape la bouteille, se ressert un verre :

— Tu n'as pas idée des complications que comporte un dossier d'adoption. Il ne suffit pas d'avoir envie d'un enfant pour qu'on te l'offre sur un plateau. Il faut le mériter. Il y a un millier de démarches à effectuer, des formulaires à compléter, des évaluations médicales et psychologiques, un bilan familial… Louise aurait été une mère merveilleuse si la petite avait vécu.

— Sauf qu'elle est morte. Et que moi, je suis là…

Il tourne longuement la bouteille entre ses doigts. Un instant, Emmy croit voir briller ses yeux et se demande s'il a un peu aimé cette petite fille, malgré ce qu'il prétend, s'il lui est arrivé de caresser le ventre de sa femme, de lui parler. Déjà il reprend :

— Louise n'était plus la même. Hantée par l'enfant qu'elle avait perdue, dévorée par la culpabilité, incapable d'accepter sa stérilité et, surtout, toujours en proie à des épisodes délirants imprévisibles. Aucun médecin ne nous aurait donné son feu vert pour adopter. C'est ça, le monde d'aujourd'hui : mieux vaut laisser croupir des gamins dans des orphelinats pouilleux où ils crèvent de faim et sont maltraités par des gardiens sans scrupules que de les confier à une personne fragile, mais débordante d'amour, conclut-il, dégoûté. Tous ces gens qui prétendent agir pour le mieux, savoir ce qui est juste… Et ce qui nous est arrivé, c'était juste peut-être ? Ça te ferait quoi si tu perdais tes mômes ? questionne-t-il à brûle-pourpoint. Tu crois pas que tu pourrais perdre la boule ?

Emmy se raidit contre le dossier, acquiesce lentement et avale une nouvelle gorgée brûlante. Le mois de février n'est pas si loin.

— Louise avait un besoin vital d'enfant. Alors j'ai fait ce qu'il fallait pour la garder… pour qu'elle vive. Le reste ne comptait pas.

Elle le regarde sans comprendre.

— Je lui ai acheté un gosse. Je t'ai achetée, toi, à une réfugiée qui traînait sur le trottoir, enceinte jusqu'aux yeux. Elle s'est un peu fait tirer l'oreille, mais elle a fini par piger qu'elle avait plus besoin d'argent que d'un moutard.

— Tu m'as… Et ma mère, qu'est-ce qu'elle…

— Cette fille n'a jamais été ta mère. Seulement ta génitrice.

— Dis-moi au moins son nom !

— Si tu crois que je m'en souviens ! Un de leurs foutus prénoms en « a » : Adriana, Stefania, Mariana. C'était une fille de l'Est, une gamine de même pas vingt ans. Réfugiée économique comme il y en a partout aujourd'hui, tous occupés à mendier en espérant grappiller dans nos poches de quoi mener une vie meilleure.

Ainsi, elle est le fruit d'une transaction. Elle a changé de mains moyennant un paquet de billets. Et elle n'a pas un chromosome commun avec l'homme qui lui fait face. Cela explique tant de choses.

— Et mon père ?

— Aucune idée. Ta mère a dû se prostituer pour obtenir de quoi payer son transfert vers chez nous. Elles sont nombreuses à le faire.

Emmy vide son verre. Quelqu'un a-t-il éprouvé de l'amour pour elle à un moment quelconque, quelqu'un a-t-il eu le désir de la voir naître ?

Pierre répond à sa question silencieuse :

— T'aurais vu le regard de Louise quand je lui ai annoncé qu'on allait avoir un enfant. Je lui ai dit de me faire confiance, que j'avais tout arrangé et elle n'a pas cherché à en savoir plus. Tu allais arriver, ça lui suffisait ; elle t'a attendue comme le petit Jésus.

— Et vous avez réussi à faire gober ça à vos proches ?

— Bien sûr ! Ç'a été un magistral coup de bluff. Entre ma mère qui perdait la tête et les parents de Louise qui s'étaient exilés au soleil, il ne nous restait pas beaucoup de famille. On avait été discrets sur le drame qu'on avait traversé et on ne voyait presque plus personne, l'état de Louise ne le permettait pas. Dès que j'ai conclu l'affaire avec la Roumaine, on a déménagé dans un endroit où personne ne nous connaissait. Ta mère a prétendu devoir être alitée jusqu'à l'accouchement. Le lendemain de la nuit où je t'ai ramenée, j'ai été déclarer ta naissance à la commune sur base d'une déclaration signée par une sage-femme complaisante.

— Tu veux dire que personne n'a rien soupçonné ?

— C'est passé comme une lettre à la poste, articule Pierre avec une certaine fierté. Quand t'es affirmatif et sûr de ton droit, les gens gobent n'importe quoi. La seule à savoir quelque chose, c'était Diane, la sœur aînée de Louise. Elle était carmélite, tenue par ses vœux, tu vois qu'on ne risquait pas grand-chose. En tout cas, elle ne nous a jamais dénoncés. Pour tout le monde, t'étais notre enfant naturelle. On est arrivés ici avec toi et repartis de zéro.

— Et la sage-femme ?

Le visage de Pierre se fait soudain haineux, sa voix plus virulente.

— Une belle garce, celle-là ! C'est elle qui a accouché la Roumaine. Elle a été payée pour son boulot, ensuite elle a disparu de la circulation.

— Où est-elle ? Je veux son nom.

Pierre esquisse un sourire mielleux, tapote la table du bout de son index.

— Tu crois quand même pas que je vais te laisser déterrer cette vieille histoire après tous les efforts que ça m'a coûtés. Le passé est passé. Fais comme moi : arrange-toi avec ce que tu sais et accepte ce que tu ne comprends pas.

Comment la voiture s'est retrouvée sur le toit dans la fourche de Satan, voilà ce qu'elle ne comprend toujours pas. Il a un geste d'énervement, tâte son bras blessé avec une grimace.

— Qu'est-ce que tu veux que je te dise ? Louise t'a considérée comme sa fille dès l'instant où elle t'a eue dans les bras. C'était une nouvelle femme. J'ai voulu croire au miracle. Ça a duré presque deux ans ; deux ans pendant lesquels personne aurait pu dire qu'on était une famille différente des autres.

— Et après ?

— Elle a replongé. J'ai rien vu venir.

Un silence pesant s'installe dans la cuisine. Pierre fixe une tache sur la toile cirée, la gratte du bout de l'ongle tandis que l'image de la voiture calcinée dans le champ repasse devant leurs yeux. Emmy hésite, lui remplit finalement un autre verre. Il l'engloutit en un trait avant de poursuivre d'une voix grasseyante.

— Je ne saurai jamais comment ça s'est passé puisque j'étais pas là. Mais je suis presque sûr qu'elle a eu un nouvel accès de paranoïa.

— Et tu t'es retrouvé avec moi sur les bras, termine lentement Emmy, cet enfant dont tu n'avais pas vraiment voulu.

La tête de Pierre dodeline, bascule d'avant en arrière. Ses yeux sont flous, humides.

— C'est la vérité que t'es venue chercher, hein ?

Les syllabes se bousculent et s'emmêlent entre ses lèvres molles. Emmy serre les poings sur ses genoux, se ramasse sur sa chaise.

— Quand on m'a appelé… pour dire qu'y avait eu un malheur, j'ai prié, Emmy… pour que ce soit toi… et pas elle. Je pourrais jurer le contraire, mais ça… ce serait un mensonge.

* * * *

11

Pierre s'est effondré dans le canapé. Empesé par l'alcool et les souvenirs, il grogne et gémit dans son sommeil. Emmy le regarde un moment avant de monter se réfugier dans son ancienne chambre, à même le matelas. Les révélations de la soirée continuent à l'obséder. Quel sens donner à tout cet amour gâché, ces années perdues, cette rancune vaine et nocive ? Elle se sent plus flottante que jamais, une plante qu'on aurait privée de racines d'un coup de sécateur.

Au rez-de-chaussée, la porte des toilettes grince, elle reconnaît la toux rocailleuse de Pierre, son pas traînant. La vague de haine qui la dresse sur le matelas a quelque chose d'effrayant. Qu'il ait souffert ne lui suffit pas. Qu'il en crève plutôt, qu'il s'étouffe dans ses regrets, ses mensonges, ses silences ! Qu'il saigne fort, longtemps… jusqu'au bout !

Son cœur cogne à grands coups, elle en tremble. Quel monstre est-elle en train de devenir ? Elle ne veut pas finir comme lui, confite dans la colère et le ressentiment. Ni embrasser la vie d'amazone révoltée que lui propose Léna.

« Je sais que vous n'êtes pas un monstre. Je vous crois quand vous dites que vous n'aviez pas le choix, qu'il fallait partir pour vivre. » Étienne l'a vouvoyée tout au long du dossier qui l'a opposée à Pierre. Sur le marché de Noël, il a pris son visage entre ses mains : « Tu mérites mieux, Emmy. La vie est belle, laisse-moi te montrer. » La neige avait posé un duvet aérien sur ses cheveux, son haleine sentait bon la cannelle et les épices, ses bras étaient solides. Elle lui a offert sa bouche, s'est arrimée à lui pour continuer. Dans son ombre, elle a achevé de grandir. Même s'il l'a quittée, elle n'oublie pas qu'il a été le premier à croire en elle et à lui tendre la main. Leur vie n'était certes pas parfaite, mais ils avaient bâti quelque chose de bien. Sans les manigances de Léna, qui sait ce qu'il en serait aujourd'hui ?

Emmy ramasse ses chaussures et descend l'escalier. À pas prudents, elle gagne la cuisine, croque un biscuit ramolli par le temps et l'humidité et se passe le visage sous le robinet. L'eau de la source qui alimente la maison est aussi glacée qu'autrefois. Elle se sent moins sale, purgée des larmes inutiles. Du pied, elle ouvre le couvercle de la grande poubelle pour y jeter le Sopalin humide et s'immobilise, incrédule, avant de plonger les doigts dans les déchets ménagers. Le morceau de vélin noir qu'elle ramène lui est désagréablement familier.

Pourquoi le Corbeau s'intéresse-t-il à Pierre ? Quel est le lien, l'objectif ? Trop, c'est trop. Au-delà de ce qu'elle peut encaisser. Il faut qu'elle réveille Pierre, qu'elle l'interroge. Les ronflements sonores en provenance du salon la font reculer. Son père n'est pas en état de lui révéler quoi que ce soit. À regret, elle laisse le morceau de vélin sur la table, accompagné d'un mot : « Il faudra qu'on parle un de ces jours des enveloppes noires. »

La fraîcheur du petit matin lui donne un coup de fouet. Alors qu'elle referme la grille, elle croit apercevoir une silhouette derrière la fenêtre de la maison d'en face, lève la main en un salut ironique à l'intention de la voisine matinale. Le rideau retombe aussitôt. Emmy gagne la gare d'un pas vif et saute dans le premier train. Pas de navetteurs en route vers le bureau ni d'étudiants ensommeillés, on est samedi, réalise-t-elle avec surprise. Absorbée par ses problèmes, elle a perdu toute notion du temps. Le nez contre la vitre du wagon presque désert, Emmy regarde défiler les façades tristes de la banlieue. Tellement à bout de forces qu'elle est au-delà des questions et des théories. Il lui faut d'urgence un vrai refuge, un chevalier blanc pour l'arracher à toute cette boue, des mots rassurants pour bercer son identité mise à mal.

En gare de l'Ouest, elle saute sur le quai, dévale les escaliers et arpente des artères encore désertes. Enfin, elle atteint la rue Sans-Souci, suit les numéros, s'arrête devant une petite maison de cité – briques rouges et châssis bleus –, appuie sur la sonnette. Il est devant elle, avec son visage chiffonné, ses joues mal rasées, sa voix éraillée par le sommeil :

— Qu'est-ce que tu fais là ? T'as vu l'heure ?

— Prends-moi dans tes bras, Étienne. Serre-moi fort.

Contre son torse, elle retrouve l'odeur familière de leurs nuits d'autrefois, celle du bonheur enfui ; dans son cou, elle respire la note de violette, un peu écœurante, de son parfum. Rien n'a changé. Elle en pleurerait de soulagement.

Maxime et Clara dorment encore. Elle suit Étienne à la cuisine, le regarde préparer du thé, avec du lait, mais sans sucre, exactement comme elle l'aime. Il fouille les armoires, sort un paquet de biscuits.

— Mange quelque chose. On dirait que tu vas t'effondrer.

Elle attrape un spéculoos, le casse en petits morceaux avant de lever les yeux vers lui.

— Qu'est-ce qui nous est arrivé, tu le sais ?

Il hausse les épaules, déconcerté :

— On en a déjà parlé. Le travail, la fatigue, les enfants, le crédit… Je n'ai pas assumé, tu n'as pas pardonné. La vie, Emmy, tout simplement.

— On n'était pas si mal, pourtant.

— C'est vrai.

L'hésitation est légère, mais elle n'échappe pas à Emmy.

— On a été manipulés, Étienne. Tu n'as pas rencontré Nora par hasard. Elle fait partie d'un plan qui me concerne.

Il fronce les sourcils, tourne furieusement sa cuiller dans la tasse, souffle sur son thé et se brûle en aspirant une gorgée.

— Qu'est-ce que c'est que cette histoire ? Tu ne serais pas un peu parano ?

— Tu as encore la lettre anonyme dont tu m'as parlé ?

— Non, je l'ai jetée. Écoute, ce n'est pas le moment. Maxime et Clara vont descendre d'un instant à l'autre.

— Tu n'aurais pas fait ça. Je te connais par cœur, Étienne. Tu l'as conservée, au cas où tu devrais aller porter plainte.

Il soupire, finit par se lever et lui rapporter l'enveloppe glissée dans une chemise plastique. Elle lit en silence. Toujours les mêmes insinuations, le même phrasé autoritaire, méprisant. Pas de menace, mais assez de malveillance pour ébranler, semer le doute. Comment n'a-t-elle pas percuté plus tôt ?

— C'est vrai, ce que dit la lettre ? interroge Étienne d'une voix tendue. Est-ce que tu as fait exprès de tomber enceinte de Maxime pour me piéger ? Est-ce que tu as voulu me rogner les ailes pour t'assurer de me garder près de toi ?

— Bien sûr que non. Disons simplement que je me suis montrée « approximative » dans la prise de ma pilule. J'ai été très heureuse en découvrant que j'étais enceinte. Je voulais vivre avec toi, alors un peu plus tôt ou un peu plus tard…

Il secoue la tête, les mâchoires contractées, remâche un commentaire qu'il ravale finalement.

— Ce qui est fait est fait. Tu n'as pas été complètement honnête, moi non plus. J'aurais dû te dire que je n'étais pas prêt à m'endetter pour acheter cet appartement, pas plus que pour avoir si rapidement un deuxième enfant. On s'est conduits comme des idiots et on a pris le mur de face. C'était couru d'avance.

Emmy lui est reconnaissante de faire l'impasse sur la longue inactivité sexuelle qui l'a mené dans les bras de Nora. Étienne en a bavé avant de se décider à partir.

— Ta maîtresse a rencontré les enfants ?

— Une fois ou deux. Ça s'est bien passé, elle était très gentille avec eux. C'est d'ailleurs elle qui m'a fait remarquer qu'ils n'allaient pas bien et que je devais essayer de les récupérer.

— C'est à elle que je dois le tribunal et la déchéance de mes droits ?

Étienne confirme, vaguement embarrassé.

— J'étais fou d'elle, Emmy, envoûté. Tu n'imagines pas la claque que j'ai prise quand j'ai appris qui elle était.

Il peut pleurnicher sur son sort, elle n'ira pas jusqu'à lui tenir la main. En revanche, c'est le moment de lui rappeler qu'il y a eu un commanditaire pour payer Nora et lui demander de s'allonger avec lui, que ce commanditaire est très certainement le même que…

Maxime et Clara déboulent dans la cuisine avec des cris de Sioux, se jettent sur elle, grimpent sur ses genoux, la dévorent de baisers. Ils sont si beaux dans leurs pyjamas, ils sentent bon l'enfance tranquille et le sommeil. Emmy rit et câline, écoute leurs petites histoires, lisse du bout des doigts les boucles décoiffées de Clara, nettoie les lunettes de Maxime. Étienne s'active et prépare le petit déjeuner qu'ils prennent tous les quatre, comme avant. D'un commun accord tacite, ils ont choisi de faire comme si la visite était prévue : une jolie surprise pour le week-end. Après avoir débarrassé la table, Étienne envoie les enfants se brosser les dents et s'attarde sur le rangement du lave-vaisselle.

— J'avais oublié à quel point Clara te ressemble. Comment ai-je pu te les enlever ? Est-ce que tu me pardonnes ?

— Ça a été affreux, mais je te crois quand tu dis que tu as agi dans leur intérêt. J'allais vraiment mal à ce moment-là, ils étaient mieux avec toi.

— Et tu vas mieux aujourd'hui, ça crève les yeux. En fait, tu es différente. Mieux, je pense. Plus…

— Merci. Étienne, il faut qu'on parle. J'ai des choses à t'expliquer et j'ai besoin de conseils.

— Avant tout, tu as besoin d'une bonne sieste. Tu as une tête de déterrée.

— Mais…

— « Maître Delcourt est en congé pour le week-end. Merci de laisser vos coordonnées complètes ou de rappeler le secrétariat dès lundi aux heures de bureau », récite-t-il, avec un sourire moqueur. Sérieusement, j'ai besoin de me vider la tête. Un de mes confrères m'a invité dans les Ardennes pour le week-end. Il y a une rivière à côté de son bungalow, un parc animalier, des promenades. Si tu n'as rien de prévu, les enfants seraient ravis que tu nous accompagnes. Et moi aussi.

— Tu crois que c'est une bonne idée d'emmener ton ex-femme ? Ça risque de jaser. Et les enfants…

— … ont besoin de te voir. Je me fiche des ragots, viens avec nous !

Le week-end passe comme un rêve – une trêve – entre promenades, apéros prolongés et barbecues. Les enfants sont aux anges de voir leurs parents réunis et complices, s'extasient devant les lynx et les sangliers, pataugent et construisent des barrages dans la rivière. Emmy se régale de glaces, fait sauter des crêpes et assaisonne des salades. Elle est sur un nuage, portée par une impression de vacances et de liberté comme avant, quand Étienne était encore auprès d'elle, quand Léna n'y était pas encore. Léna, elle refuse d'y penser. Plus tard.

Au moment du coucher, il y a comme un flottement. Une seule chambre d'amis, un grand lit. Étienne la laisse monter et se changer en premier lieu. Lorsqu'il la rejoint, elle fait semblant de dormir, l'écoute se déshabiller dans le noir et s'allonger à côté d'elle. Une éternité plus tard, sa main effleure la sienne sous les draps. Il s'endort comme toujours, en deux minutes chrono. Emmy l'écoute respirer longtemps avant de sombrer à son tour : son souffle aussi est resté le même, paisible et régulier.

Quand la voiture s'arrête devant l'immeuble le dimanche soir, Emmy renoue avec la tension qui l'a fait fuir trois jours plus tôt. Elle embrasse les enfants à la va-vite, évite les yeux pleins d'espoir de Maxime. Ce genre de regard, ça lui troue le cœur.

— Tu reviens quand, maman ?

— Bientôt, chéri. Très bientôt.

— Il y a une chambre pour toi à la maison, hein, papa ?

Ils rient trop fort, abrègent les adieux. Étienne la raccompagne jusqu'à l'entrée, la serre dans ses bras, brièvement :

— C'était formidable de te retrouver.

— Oui, c'était bien, mais… Il ne faut pas s'emballer, Étienne… pour les enfants.

— J'y vais. Ils sont crevés et ils ont école demain. Pour tes problèmes, appelle-moi cette semaine. La consultation est gratuite.

Ils se penchent en même temps, maladroitement, du même côté. Leurs lèvres se touchent. Ce n'est pas vraiment un baiser. Juste une hypothèse dont Emmy ne sait que penser.

* * * *

Emmy lui a posé un lapin, ne l'a pas appelée pour s'expliquer. S'est évaporée depuis trois jours. C'est plus que décevant. C'est inacceptable. D'où sortent ses velléités d'indépendance ? N'ont-elles pas conclu un Pacte ? Emmy lui doit tout. Il serait temps qu'elle s'en souvienne et songe à apurer sa dette.

Devant le miroir, Sombre lisse pensivement ses mèches fraîchement teintes en rouge rubis. La couleur lui va bien au teint et, surtout, la conforte dans le sentiment d'être enfin pleinement elle-même. Au diable la perruque qui la démangeait et lui tenait chaud. Plus besoin non plus des inconfortables lentilles turquoise, même si elle regrettera le recul instinctif qu'elles suscitaient chez ses interlocuteurs.

Fini de tricher avec son personnage, de jouer à la gentille qui veut se soigner. Gentillesse rime avec faiblesse et obéissance avec souffrance. Elle n'est pas comme ceux qui fréquentent le Cachot et la supplient de leur faire mal. La souffrance, elle préfère l'infliger plutôt que l'endurer. Elle ne l'a d'ailleurs jamais conçue comme une fin en soi, mais plutôt comme un moyen d'expier. Par la douleur, elle délivre ses victimes de leur perversité et libère le monde de leur malfaisance.

Elle est le bras armé d'une justice qui échappe au commun des mortels et qui bientôt s'abattra sur le coupable originel. Sa mort, telle qu'elle l'a orchestrée, sera son chef-d'œuvre, une sorte d'apothéose. Elle la mûrit depuis longtemps, s'en délecte en silence la nuit, la peaufine, change d'angle d'attaque pour que l'œuvre soit parfaite. Après… Elle n'aime pas penser à l'après. Il y fait trop noir et silencieux, comme jadis, dans le cagibi de Rita.

Trois coups portés contre la porte la ramènent à la salle de bains vieillotte, au miroir piqué de taches.

— Qu'est-ce que tu fais ? Ça fait des heures que tu es enfermée.

— Je me fais belle pour toi.

Elle se mordille les lèvres. Que pensera-t-il de son choix ? Sera-t-il effrayé, soulagé, comblé d'apprendre qu'il n'a plus à choisir entre elle et Léna, à combattre l'une ou défendre l'autre. Elles sont une désormais. Une seule femme, amoureuse, exigeante, dominante. Une femme qui l'a choisi jadis en lui prenant la main sous la table de la salle de thérapie collective et le tient debout depuis, à la force du poignet. Sans elle, il n'est personne, nulle part. Il faudra bien qu'il l'accepte. Et qu'il lui témoigne le respect et la reconnaissance auxquels elle a droit.

Sombre inspire une longue bouffée d'air, tire le verrou et ouvre la porte. Le mouvement de recul de Magnus lui fait l'effet d'une gifle :

— Qu'est-ce que tu as fait ?

— Le combat est terminé, trésor. Je suis moi. C'est ainsi que tu dois m'aimer.

— C'est pas vrai…

Pourquoi cet air de chien battu, cette voix molle ? Il a le même regard que le jour où il est venu la retrouver chez Rita. Ce matin où elle a cru le perdre et où il lui a fallu ruser pour le garder.

* * * *

— On ira voir Joubert, d'accord ? Il nous aidera, il saura quoi faire.

— Pas de Joubert, pas de flics. Je n'ai besoin de personne d'autre que toi. Je te veux, Magnus et je sais que tu me veux aussi.

Les mains rougies de la jeune femme attrapent les siennes et les glissent sous la chemise de nuit, les guident le long de ses cuisses vers son ventre doux et ferme. Il lui bloque fermement les poignets.

— Qu'est-ce qui te prend ? Je croyais que tu ne voulais pas de ça. Tu te transformes en fontaine chaque fois que je te touche.

— C'est Léna qui tremble et qui pleure comme une gamine. Moi, je te veux. Tout à moi, ici et maintenant.

Magnus recule d'un pas, bute dans une étagère qui s'effondre dans un fracas métallique.

— Je ne comprends pas.

— Tu sais qui je suis. Tu es même le seul à me connaître. À l'hôpital, je t'ai dit mon prénom.

— Je croyais que tu te moquais de moi, articule-t-il d'une voix à peine audible.

— Jamais je ne ferais ça. Je t'aime trop.

Sombre avance d'un pas, encercle son cou de ses deux bras, colle son front contre le sien.

— Scellons ce nouveau départ : toi et moi, pour toujours. Baise-moi maintenant !.

— Pas ici, pas avec ce corps juste à côté, tergiverse-t-il. Et je ne veux pas de toi, reprend-il d'une voix plus assurée. C'est Léna que j'aime.

— Pourquoi es-tu méchant, trésor ? Ne me force pas à te punir.

Le claquement qui résonne dans le cagibi lui flanque la chair de poule. Du coin de l'œil, il voit jaillir la lame entre les doigts de Sombre.

— Tu m'as volé mon couteau ?

— Infidel m'a choisie parce qu'il sait que je suis digne de lui. Toi, tu as peur de la mort, de l'ennemi, de la vie… de tout. Mais de moi, tu n'as rien à craindre, trésor, murmure-t-elle à son oreille, je ne te ferai pas de mal, parce que tu ne me trahiras jamais. Tu le promets, n'est-ce pas ?

La lame caresse sa mâchoire, effleure son cou, glisse le long de la carotide où sa vie s'affole et ouvre un sillon écarlate le long de l'encolure de son tee-shirt. Magnus étouffe un gémissement angoissé. La main de Sombre se pose sur son entrejambe.

— Où est le mal si ce qui te plaît me plaît aussi ? Tu dis que nous sommes différents des autres à cause de ce qu'on nous a fait. Moi, je pense que ça nous rend uniques.

Elle approche sa bouche de la plaie, y appuie ses lèvres, la suce doucement tandis que sa main libre dégrafe un à un les boutons du jean de Magnus. Le corps raidi par le désir et la peur, celui-ci ne parvient pas à oublier l'autre main de Sombre, celle qui tient le cran d'arrêt.

— Si je te fais l'amour, tu t'en iras après ? Tu nous laisseras tranquilles ?

Elle relève la tête, plante ses yeux dans les siens :

— C'est moi qui vais m'occuper de toi, trésor, d'une manière que tu n'es pas près d'oublier. Quant au quotidien conjugal, je vous le laisse volontiers.

— Je t'aiderai à planquer le corps et toi, tu t'en iras pour de bon, jure-le !

Elle colle sa bouche à la sienne. Il se tait enfin. Il accepte tout, sa langue, son étreinte, la folie qui les réunit à quelques mètres du corps de Rita. Ce corps qu'il transportera tout à l'heure avec elle jusqu'à un tas de branches et de feuilles mortes auquel ils bouteront le feu, après avoir effacé leurs empreintes dans la maison. Magnus ne lui refusera rien. Ce n'est pas dans sa nature.

* * * *

Que croyait-il ? Bien sûr qu'elle est restée. Les premiers temps, elle s'est faite discrète pour que Magnus ne coure pas se réfugier dans les jupes de Joubert. Mais c'était bien elle qu'il baisait chaque fois qu'elle le lui ordonnait. Il en avait conscience. La preuve, c'est qu'il s'acharnait à lui faire porter la perruque.

Comment s'arrangeait-il avec ses contradictions, son obstination à séparer le sexe de l'amour ? Elle ne veut pas le savoir. Aujourd'hui, elle tombe le masque. Tant pis pour lui si elle est plus Sombre qu'il ne voudrait. Un jour prochain, elle le sait, il sera prêt à l'aimer telle qu'elle est. Un jour, il reconnaîtra sa chance d'avoir été élu.

Magnus s'est enfui à la cuisine et boit son café, le nez dans son bol. Elle s'assied en face de lui, allonge la jambe sous la table et glisse un pied entre ses cuisses.

— Arrête !

Elle insiste, tente de s'insinuer plus loin. D'un geste brusque, il écarte le pied fureteur.

— Je ne joue pas. C'est non.

— On ne me dit pas non, réplique sèchement Sombre en ramenant sa jambe à elle.

— Considère que c'est une première !

Il se lève, rince son bol dans l'évier et sort de la cuisine. Elle tend la jambe pour l'empêcher de passer, cherche son regard, s'étonne de n'y trouver que de l'agacement. Et quelque chose qui ressemble à de la hargne. Cela le rend plus désirable encore. Son imagination s'emballe, anticipe la chaleur et le parfum de sa peau, le moment où il cédera. Elle le rejoint dans la chambre, ouvre le tiroir de la table de nuit, se tourne vers lui, furieuse :

— Où est-il ?

— Ton joujou est confisqué. Trop dangereux.

— Rends-le-moi.

— Tu oublies qu'il est à moi. Il faut que j'aille bosser. À plus tard.

Il est parti. Et il lui a repris Infidel. Sombre se laisse tomber sur le lit. Il paiera pour tout, pour son regard horrifié sur le seuil de la salle de bains, pour son refus insultant. Après Emmy, c'est au tour de Magnus ! On dirait bien que la rébellion est contagieuse.

Sa main se crispe soudain sur les draps. La pensée qui vient de l'effleurer est si violente qu'elle en a la respiration coupée. Impossible ! Inconcevable !

À bout de souffle, elle fonce à la salle de bains, fouille l'armoire de toilette, déniche son aérosol et s'administre deux doses de Ventoline. S'allonge et se contraint à respirer calmement, le temps que la crise s'éloigne.

Une demi-heure plus tard, elle est prête à sortir. Douchée, habillée et pleinement maîtresse d'elle-même. Pas question de se laisser distraire. Avant tout, il faut qu'elle reprenne la main sur Emmy. Il en va de la réussite du Plan. Pour le reste, elle avisera plus tard.

Elle gagne silencieusement le deuxième étage. Le bout de papier qu'elle avait glissé dans l'embrasure de la porte a disparu. Emmy est donc rentrée. La jeune femme se colle à la porte, tend l'oreille. Pas de radio ni de télévision allumée. Aucun bruit de pas ou de vaisselle. Dort-elle encore ? Ou est-elle déjà repartie ?

Une sonnerie familière récompense sa patience. Le portable d'Emmy. Elle décroche. Gagné ! Elle est là. Pourquoi parle-t-elle si bas ? Sombre se concentre pour ne rien perdre de la conversation :

« Oui, ça m'a changé les idées… Comme avant, tu as raison. Et les enfants ont l'air en pleine forme… je ne sais pas, Étienne… il faut qu'on réfléchisse… »

Son armoire à glace de mari. Gentil, mais encombrant. Et tellement facile à manipuler. Il n'a fallu que deux rendez-vous à Nora pour le faire trébucher entre ses cuisses. À peine un peu de salive et d'huile de coude pour le pousser à revendiquer la garde de ses enfants. Nora est gourmande, mais elle a du métier. Il faut lui reconnaître ça. Dommage que le mari n'ait pas supporté d'apprendre qu'elle était *escort girl*. L'ex d'Emmy se prenait pour l'amant idéal. La chute a dû être douloureuse.

« … Je sais… moi aussi, mais… pour les conseils que je voulais te demander… d'accord, demain… dix-neuf heures au Mille-Feuille… Merci… »

Ma parole, elle rit. Météo conjugale au beau fixe et rendez-vous galant. Mauvaise idée. Mauvais timing. Emmy doit demeurer à sa merci, isolée, coupée de ses bases et de ses alliés. Sombre retourne son sac sans trouver la clé de l'appartement d'Emmy. Cela commence à faire beaucoup de coïncidences. Elle hait les coïncidences autant que les surprises. D'un index nerveux, elle enfonce longuement la sonnette de l'appartement.

— Ouvre-moi. Je sais que tu es là.

Silence stupéfait de l'autre côté.

Sombre récidive. Encore et encore. Il faudra bien qu'Emmy se décide à répondre, à moins qu'elle ne veuille finir sourde. Sa voix enfin, de l'autre côté, basse et tremblante :

— Je n'ouvre pas. Je sais tout, Léna. J'ai compris.

— Qu'est-ce que tu crois avoir compris ?

— Nora, les lettres anonymes. Je n'ai rien à te dire, mais toi, tu me dois des explications.

— Étienne n'est pas digne de toi. Je te l'ai dit cent fois.

— Ce n'était pas à toi d'en décider. C'était ma vie, mes enfants. Je ne comprends pas. J'avais confiance en toi.

Sombre lève le bras, prête à marteler le battant à coups de poing, le défoncer, le réduire en miettes. Au prix d'un effort surhumain, elle se maîtrise et poursuit d'une voix neutre.

— Tu joues à nouveau les victimes larmoyantes. Ce n'est pas ce que je t'ai enseigné. Des explications, j'en ai, mais je ne les chuchoterai pas au travers d'une porte.

Il y a un moment de flottement. Elle entend le bruit du loquet, la porte s'entrebâille. Sombre glisse un pied à l'intérieur et donne un coup d'épaule, mais se heurte à la résistance de la chaîne qu'Emmy a pris soin de tirer.

— Pauvre petite Emmy, je te fais si peur que ça ?

— J’écoute. Qu’est-ce que tu as à me dire ?

La main menue de Sombre se faufile dans l’embrasure de la porte, remonte en douce vers le cou d’Emmy et se referme sur son foulard, D’un coup sec, elle le tord et le ramène vers elle, côté palier, l’enroule autour de son poing pour le garder tendu. Bonne pioche ! C’est de la soie bien solide qui ne cédera pas de sitôt. Le hoquet stupéfait d’Emmy et le choc de sa tête contre la porte lui mettent un peu de baume au cœur :

— Pourquoi faut-il que tu me déçoives à ton tour ? Après tout ce que j’ai fait pour toi, j’espérais un peu plus de loyauté de ta part. Tu me plantes vendredi matin, tu disparais trois jours complets sans donner signe de vie… D’ailleurs, où étais-tu passée ?

Les mains d’Emmy griffent et s’acharnent à donner du mou au tissu. Elle tire un peu plus fort. Un craquement sec l’avertit que le foulard est à la limite de la rupture. Sombre lâche tout et répète sa question :

— Où étais-tu ?

Emmy repousse aussitôt la porte, enclenche le verrou. Sombre a le temps de compter jusqu’à trente avant qu’elle ne la déverrouille et ne l’entrouvre à nouveau. Un bon point pour celle qui a compris que la dérobade était inutile. L’affrontement est leur seule issue. Depuis le palier, Sombre perçoit la respiration haletante de sa voisine et reconnaît la peur dans sa voix.

— Tes cheveux ! T’es encore plus folle que ce que je pensais.

— Tu traînais avec ton idiot de mari, c’est ça ? Tu n’as donc rien appris. Après tout, ça m’est égal, libre à toi de commettre les mêmes erreurs, encore et toujours.

— Mon père. Il a aussi reçu une lettre. Je n'y comprends rien.

Cette fois, Sombre voit rouge, se défoule à coups de pieds et de poings sur le morceau de bois qui l'empêche de mettre Emmy à genoux. Que n'a-t-elle Infidel avec elle pour lui crever les yeux et lui faire promettre allégeance ?

— Tu n'as pas à comprendre ! crie-t-elle, avant de réaliser que le bruit risque d'attirer du monde. Écoute-moi bien, sale petite fouineuse. Personne n'exige rien de moi. C'est moi qui dis où, quand et comment. Toi, tu obéis parce que tu as une dette envers moi. Tu es ma débitrice, tu te rappelles ? Tu ne pourras pas te cacher éternellement dans ton trou.

Silence tendu, angoissé avant qu'Emmy n'admette la réalité de leur rapport de force.

— Qu'est-ce que tu veux ?

— Tu le sauras en temps utile. En attendant, rappelle-toi que tu n'es pas libre. Pas tant que je ne t'aurai pas déliée de tes engagements.

Un bruit de serrure à l'étage du dessus. Sans doute le vicieux du troisième qui se décide à venir voir ce qui se passe. Avec son diabète, son embonpoint et sa situation d'isolé social, il avait constitué une cible presque idéale pour poser un pied dans la place ; elle aurait d'ailleurs préféré le crever, lui, plutôt que la vieille, mais il n'était pas assez décati pour mourir sans éveiller les soupçons. Thérèse Minet demeurait le maître choix. Elle était morte sans souffrir et, à quatre-vingt-dix ans passés, sa mort n'avait pas fait de vagues.

— C'est pas fini, ce boucan ? ronchonne la voix grasseyante depuis le palier supérieur. Je vais appeler les flics, si ça continue.

Sombre rattache posément ses cheveux et se tourne vers la porte :

— À propos, si tu envisages de me dénoncer, rappelle-toi que je sais où frapper pour te faire mal. J'aurai toujours une longueur d'avance sur toi, je suis née comme ça.

* * * *

12

Magnus frappe à la porte de l'appartement, appelle. Personne. Le commanditaire du bouquet lui a pourtant affirmé qu'Emmy était chez elle. Il jette un regard hostile à l'encombrant montage de roses et d'amaryllis qu'il vient lui livrer. « Prétentieux et tape-à-l'œil », estime-t-il. Cela correspond à la voix de l'homme qu'il a eu en ligne et qui lui a dicté le mot à joindre aux fleurs. Le nouveau départ souhaité par Étienne Delcourt lui rappelle celui qu'il a naïvement espéré pour Léna et lui quatre ans plus tôt, celui qui tourne court aujourd'hui.

Le locataire du troisième étage débarque en soufflant sur le palier et marque une pause tout en l'observant avec curiosité. Il est en sueur, mal rasé. Son ventre déborde de son pantalon en un bourrelet repoussant. Magnus se surprend à penser qu'il est grand temps qu'il s'affranchisse du regard que Sombre porte sur les gens. Ce regard qui ne voit que la laideur et le vice, le combat et la revanche. Il frappe une nouvelle fois à la porte, plus par dépit qu'autre chose.

— Vous perdez votre temps, elle n'est pas là.

— Vous l'avez croisée ?

— Ouais. Dans le hall, ce matin, avec un gros sac. Elle avait l'air pressée. Ça ne m'a pas empêché de lui dire ce que je pensais. J'ai failli appeler la police, tout à l'heure.

— …

— Ben, à cause des cris. Quand on vit en appartement, la moindre des choses, c'est de respecter l'intimité des voisins.

— Des cris ?

— Une voix de femme. Hystérique ! Franchement, à votre place, je prendrais le large.

L'homme disparaît dans l'escalier, laissant Magnus aux prises avec ses questions : des cris, une dispute, un gros sac ? Il pose le bouquet sur le seuil, fouille dans ses poches et en sort la clé trouvée la veille dans le sac à main de Léna. La porte de leur appartement est blindée et comporte une serrure de sécurité à trois points. Cette clé ouvre une serrure banale, celle de cette porte, par exemple… laquelle s'ouvre en effet docilement sur l'appartement silencieux d'Emmy. Refusant de s'interroger sur la manière dont la clé a atterri dans le sac de Léna, il fait quelques pas dans l'entrée, gagne la cuisine où traînent les reliefs d'un petit déjeuner sur le pouce, puis la chambre. Le grand lit aux draps défaits lui renvoie l'écho des baisers volés et des caresses interdites. Le bouquet d'Étienne pèse plus lourd dans sa main. Il aimerait être sûr qu'Emmy va bien, savoir ce qu'elle pense de ce bouquet, du nouveau départ proposé par Étienne. Il aimerait savoir si elle a repensé à leur nuit, à lui. Il a des choses à lui dire, des secrets à lui confier. Est-il trop tard pour reconnaître qu'il a fait les mauvais choix ? Ces choix qui pèsent leur poids de sang et de violence, dans la poche intérieure de sa veste. Le poids de son silence aussi, bien plus lourd que les cent quarante grammes annoncés par la notice technique d'Infidel.

Soudain débordé, Magnus se laisse tomber sur le lit. Le nez dans l'oreiller, il respire une odeur de nuit fauve et laisse remonter en sanglots violents le souvenir de son adolescence perdue, humiliée, violée, la menotte sèche de Léna prenant la sienne pour ne plus la lâcher, les années vécues côte à côte entre loyauté, soumission et gratitude, le combat perdu contre Sombre, l'avenir qui se dresse comme un mur. Seuls points lumineux dans cette grisaille, les moments passés avec Emmy, dans ses bras ou avec ses enfants au terrain de jeux, où il a frôlé l'idée d'un autre monde, normal et paisible. Ses doigts hésitent sur le clavier du téléphone. Emmy ne décrochera pas. Pas le choix, il lui faut la retrouver.

Parmi les papiers qui traînent sur la console de l'entrée, il déniche son agenda. À la date du jour, il repère la mention « fête école Maxime » écrite de sa main et le carton d'invitation aux festivités du centenaire de l'école du gamin. Il quitte l'appartement avec le bouquet. Emmy va devoir choisir entre une vie qu'elle connaît déjà et un véritable nouveau départ, où tout reste à imaginer, à construire. Quoi qu'elle en pense, c'est ce choix qui les rapproche aujourd'hui.

Le trajet ne lui prend qu'une demi-heure et l'amène dans un quartier verdoyant et aéré qui fleure bon la bourgeoisie aisée. Le genre de quartier qu'il habitait quand il était petit. L'école se trouve au cœur d'un parc planté de marronniers et de tilleuls. Magnus suit les pancartes vers les sections maternelle et primaire et délaisse le bâtiment de briques rouges et les hautes fenêtres encadrées de pierre bleue du bâtiment réservé aux classes secondaires.

Ne pas repenser aux railleries, aux coups portés en douce, aux sous-vêtements jetés dans les toilettes ou imbibés de vinaigre. Refouler les mains brutales et farfouilleuses, l'haleine alcoolisée de ses agresseurs, la douleur qui déchire, le sol froid de la cave sur lequel ils l'ont laissé. Il aurait dû les dénoncer. Il ne l'a jamais fait. Il voulait les faire payer lui-même, à sa manière, laver l'humiliation. Il a imaginé mille scénarios. N'en a réalisé aucun. Quel genre de minable est-il pour avoir délégué sa vengeance ?

— Magnus ?

Emmy porte un cartable Batman à bretelles sur l'épaule et un anorak bleu sous le bras. Elle a les mains encombrées d'un gobelet en plastique et d'un sachet de bonbons. Le moins qu'on puisse dire est qu'elle ne semble pas ravie de le voir. Maxime déboule en courant et se jette dans ses jambes.

— Maman, je peux aller jouer dans le château gonflable ?

Levant un regard frondeur vers Magnus, il réclame un chewing-gum. L'instant d'après, il est reparti jouer avec ses copains.

— Où est la petite ?

— Chez mes beaux-parents. Elle a pris froid ce week-end. Qu'est-ce que tu fais ici, Magnus, et qu'est-ce que c'est que ce bouquet ?

— C'est pour toi, de la part d'Étienne, fait-il en le lui tendant.

Elle lève les yeux au ciel, fait signe qu'elle a déjà les bras chargés et l'emmène à l'écart vers un banc situé à l'ombre.

— On s'est tout dit l'autre jour. C'est terminé.

— Moi, j'ai encore des choses à dire. Tu te remets avec ton ex ?

— Ça ne te regarde pas. Est-ce que tu as vu Léna, aujourd'hui ?

— C'est d'elle que je suis venu te parler. De ses cheveux rouges, de sa folie.

Emmy ouvre la bouche pour répliquer. Le visage défait de Magnus l'en dissuade.

— J'ai perdu, Emmy. Je l'ai perdue. J'ai tout perdu.

Il raconte. Au milieu de la cour de récréation grouillante, des tentes striées de jaune et blanc, des ballons colorés, des cris d'enfants et des flonflons musicaux, il ouvre à Emmy son musée des horreurs, sa collection de chagrins, sa boîte à tristesses. Le bizutage qui vire au cauchemar, l'impossibilité d'en guérir, l'automutilation comme un besoin de plus en plus exigeant, pour se punir toujours plus, plus profond, pour y rester peut-être ; le quotidien sinistre du service de pédopsychiatrie du docteur Joubert, l'arrivée de Léna qui change tout, l'attirance et la fascination, les six années de séparation avant qu'elle ne vienne le repêcher – tout juste majeure – dans le flat où il végétait, abruti par l'herbe et l'alcool, le soulagement de se dire qu'il n'a plus à s'inquiéter de son avenir, qu'elle pense et agit pour deux.

Emmy l'écoute sans l'interrompre, les yeux agrandis par la stupeur et l'effroi. Elle a avancé la main quand il a évoqué le cauchemar vécu à l'internat, l'a retirée aussitôt, sans le toucher. Il lui sait gré d'avoir compris que la compassion l'empêcherait d'aller au bout de sa confession. À bout de souffle, il marque une pause et laisse errer son regard sur la joyeuse animation de la cour. Les écoles, leurs règlements, leurs rois officieux et leurs exclus lui filent toujours la nausée. Il a chaud, froid, ça le démange des pieds à la tête. Emmy lui tend le Coca de Maxime qu'il avale en deux gorgées. Les glaçons ont fondu, ça a le goût de l'eau sucrée, mais cela lui fait du bien. Elle se racle la gorge, ose enfin une question :

— Et pendant toutes ces années, tu n'as jamais rien remarqué de bizarre chez elle ?

— Elle était autoritaire et impatiente – elle l'a toujours été. Rancunière aussi, mais pas inquiétante. Du moins, pas au début.

— Alors c'est pour ça que tu es resté ? Parce qu'elle t'a choisi ?

— Elle avait besoin de moi. Cette fille incroyable et différente m'avait choisi et elle avait besoin de moi. J'étais son ancre, sa boussole. Je n'avais jamais compté comme ça pour personne, surtout pas pour mes parents qui me considéraient comme un raté. Ils ne comprenaient pas que je ne surmonte pas ce qui s'était passé à l'internat. Après tout, ils m'avaient payé les meilleurs thérapeutes, un séjour hors de prix à l'étranger pour m'aider à tourner la page. Pour eux, mon obsession relevait de la faiblesse ou de la mauvaise volonté. Léna, elle, a compris. Un jour, elle m'a dit de me retirer ça de la tête, qu'elle le porterait pour moi.

— …

L'air interloqué d'Emmy lui fait mal. Elle ne comprend pas. Elle a raison, les choses sont loin d'être aussi simples qu'il le prétend.

— Je crois savoir à quel moment les choses ont basculé pour Léna. Je me souviens d'un soir, assez tard… On somnolait dans le canapé, on n'avait même plus la force de se lever pour aller au lit. La télé diffusait un documentaire culturel sur les monuments religieux, les pèlerinages, tous ces trucs-là. D'un seul coup, Léna s'est redressée, elle m'a dit de la boucler. Ensuite, elle est partie se coucher sans rien dire.

— …

— Les jours suivants, elle était ailleurs, elle parlait à peine. Je n'ai pas remarqué le changement tout de suite : elle est devenue sèche et cassante. Méprisante aussi. Elle avait déjà un caractère bien trempé avant, mais je ne sais pas comment l'expliquer… je suis certain que la diffusion de ce reportage a déclenché quelque chose chez elle. Elle disparaissait parfois plusieurs jours sans donner de nouvelles. J'étais fou d'inquiétude. Puis elle revenait et elle refusait de me dire où elle était allée. Un matin, elle m'a appelé…

— Maman, je veux une glace.

Magnus et Emmy sursautent, brutalement replongés dans la chaleur de l'après-midi et le bruit de la cour. Bientôt, Maxime repart avec un billet, l'autorisation d'acheter un cornet et de refaire un tour de château gonflable.

Magnus enchaîne des phrases brèves et précises, pour arriver au bout, avant qu'elle ne le coupe avec des questions embarrassantes. La petite maison bordant le parc de l'abbaye sans clocher de Sainte-Maure, le corps sans vie de la vieille femme, Léna dans le cagibi, en chemise de nuit, le sang sur ses mains.

— Qui était cette femme ?

— Sa mère adoptive ou quelque chose comme ça. Une femme chez qui elle a vécu des trucs moches, mais je n'en sais pas plus. Léna s'est très peu livrée sur cette période. Ce jour-là, elle m'a dit que ce n'était pas de sa faute, qu'elle avait été obligée de la tuer. Elle parlait comme une petite fille, c'était effrayant. Puis d'un seul coup, elle a changé et j'ai eu affaire à Sombre.

— Tu veux dire qu'elle est…

— Le mot exact n'a pas d'importance. C'est ce dont elle est capable qui compte. Je l'ai aidée à effacer ses traces. On a fait disparaître le corps. Elle est redevenue comme avant et j'ai cru que le pire était passé. Sombre était revenue pour se venger. Puisque c'était fait, elle n'avait plus de raison d'être.

Cette fois, Emmy le dévisage avec dégoût.

— Tu as cru ce qui t'arrangeait. Il fallait la dénoncer, Magnus, la faire soigner.

— Ils l'auraient jugée sans savoir, sans comprendre. Ils l'auraient enfermée, droguée, éteinte. Je pensais que j'arriverais à la ramener sur les rails, qu'on en avait fini avec le passé, qu'on allait enfin pouvoir vivre.

Ce qu'il ne dira pas à Emmy, c'est que Sombre a récidivé et tué les trois salauds qui l'ont torturé à l'internat. Éliminés avec intelligence et méthode, au travers de circonstances accidentelles ou de meurtres crapuleux, soigneusement mis en scène et jamais élucidés. Ce qu'il ne dira pas non plus, c'est qu'il lui avait donné le moyen de les identifier et de les retrouver. Pas plus qu'il n'avouera qu'il a conservé les coupures de journaux relatant la découverte de leurs corps. Écartelé entre horreur et admiration, entre gratitude et soulagement, il est resté. Il n'avait plus à y penser, elle l'avait fait. De ses soupçons au sujet de la mort de Thérèse Minet, il ne parlera pas non plus. À quoi bon charger l'ardoise ?

— Quand j'ai découvert qu'elle travaillait au Cachot, j'ai pensé qu'on pouvait essayer d'en tirer profit. Ce serait l'espace de jeu de Sombre, le lieu où elle pourrait exprimer de manière cadrée ses penchants pour la violence, son obsession pour le sexe, son dégoût du faible. On a passé un accord tous les deux.

— Un accord avec Sombre ?

— J'ai été tellement naïf. Je ne voulais pas voir. Sombre n'a jamais respecté les règles. Elle n'a cessé de s'étendre et d'annexer d'autres territoires. Elle a bouffé Léna à petit feu et elle a fini par gagner. Il y a quelque temps, j'ai compris que j'étais dépassé. J'ai repris contact avec Joubert et je lui ai parlé de la double personnalité de Léna. Je suis resté vague, de peur qu'il ne la fasse interner. J'espérais encore. Je ne sais pas quoi.

— Et moi, demande Emmy à brûle-pourpoint, qu'est-ce que je viens faire là-dedans ?

Il a un geste d'ignorance. Tout ce qu'il sait, c'est que les choses continuent à empirer. Le Cachot, les cheveux rouges, tout cela n'annonce rien de bon.

— Elle m'a envoyé des lettres anonymes au début de l'année, tu le savais ?

C'est au tour de Magnus d'être sans voix. Il se redresse soudain, lui prend les mains. C'est pour ça aussi qu'il est venu aujourd'hui. Il veut se racheter, l'emmener loin d'ici, loin de Sombre, de ce cauchemar. Emmy se recule vivement.

— À quoi tu joues ? Il y a quelques jours, tu disais qu'on devait tout effacer.

— Oublie ce que j'ai dit. Je n'arrête pas de penser à ce qui s'est passé l'autre soir. Toi et moi, ce n'était pas un hasard. C'était beau et c'était vrai. Je vais la quitter, Emmy. C'est toi que je veux.

Emmy détourne les yeux et se ronge nerveusement l'ongle du pouce.

— Ce n'est pas possible, Magnus. C'est trop tôt… ou trop tard, je ne sais pas.

— On est pareils tous les deux. Ce n'est pas pour rien qu'elle nous a choisis. Je sais que tu l'as senti aussi l'autre nuit. Tu veux vraiment retenter l'aventure avec ton ex ? Recoller les morceaux d'avant, vivre dans les soupçons.

— Étienne m'a quittée pour Nora. C'est Léna qui avait tout manigancé. Est-ce que tu le savais ?

Magnus semble un instant pris de court. Elle croit voir passer sur ses traits un fugace éclair d'admiration. Mais il ne se laisse pas démonter pour autant.

— Bien sûr que non. Je ne l'aurais pas laissé faire un truc aussi tordu. Si je l'avais su, il y a longtemps que je te l'aurais dit.

L'expression d'Emmy dit clairement qu'elle ne le croit pas. Comment s'en étonner, après ce qu'il vient de lui révéler ? Ces années passées à s'aveugler plus ou moins volontairement, à subir, accepter, tolérer, postposer.

— Je ne savais rien, Emmy, tu dois me croire. Quoi qu'il en soit, personne n'a forcé Étienne à coucher avec Nora. Il pouvait dire non. Le fait est qu'il t'a trompée et qu'il a quitté le bateau. Et aujourd'hui il prétend revenir avec ça, conclut-il en poussant le bouquet du pied.

Il s'approche encore, saisit son visage entre ses mains. Du pouce, il essuie les larmes prêtes à déborder, caresse tendrement ses paupières, ses joues, ses lèvres.

— Viens avec moi, Emmy. Je prendrai soin de toi, de tes enfants. Je vous protégerai. Si tout ce que j'ai vécu devait me conduire jusqu'à toi, alors j'y vois un sens. Si toi, tu n'y crois pas, laisse-moi une chance de te convaincre, laisse-nous essayer.

Les épaules de la jeune femme se détendent peu à peu. Elle mêle ses doigts aux siens.

— Je ne sais pas, murmure-t-elle d'une voix chevrotante.

— Personne ne sait à l'avance. Le vouloir, c'est déjà beaucoup.

Il parle tout contre sa bouche, caresse ses lèvres, jusqu'à ce qu'il les sente mollir, s'ouvrir sous les siennes. Une bouffée de bonheur l'envahit, l'envie de croire à cette vie toute neuve qui lui tombe du ciel. Il l'étreint furieusement, la colle contre lui.

— Maman…

Emmy se dresse comme un ressort, écarlate et confuse. Planté à quelques mètres du banc, Maxime a le visage livide, les lèvres tremblantes.

— J'ai mal au ventre. Je voudrais vomir.

Emmy ramasse en hâte l'anorak et le cartable, hésite et fouille dans son sac avant de lui tendre un prospectus sur lequel elle griffonne quelques chiffres.

— Mon nouveau numéro de portable. Désolée, il faut que j'y aille.

Elle est déjà partie. Enfuie. Magnus encode le numéro dans son téléphone et empoche le prospectus de l'hôtel Mercura. Depuis combien de temps n'a-t-il plus voulu quelque chose aussi fort ? Quand a-t-il décidé pour lui-même la dernière fois ? Il ne laissera pas Emmy à Étienne. À présent qu'il sait où elle s'est réfugiée, il ira la rechercher, argumentera encore, insistera jusqu'à ce qu'elle dise oui. Le bouquet finit tête la première au milieu des gobelets en plastique et des sachets en papier.

Alors qu'il quitte l'école et regagne les rues prises d'assaut par la circulation de fin d'après-midi, son portable vibre dans sa poche. Emmy, déjà ? Ce n'est que Joubert. Magnus réfrène sa déception. Son dernier échange avec le professeur remonte à leur rendez-vous manqué, le soir où Léna est venue le rejoindre chez Jem, après la fermeture. Joubert avait gobé ses excuses sans faire de commentaire et l'avait informé de son prochain départ à l'étranger dans le cadre d'un séminaire couplé à quelques jours de congé. Leur entrevue pouvait-elle attendre son retour ? Magnus avait hésité, confirmé que oui.

Joubert doit être vraiment préoccupé par la situation pour le rappeler ainsi dès son retour. Il ne pouvait pas tomber plus mal. Le message l'invite à dix-neuf heures trente au domicile du professeur. Cette fois, pas d'échappatoire. S'il va au rendez-vous, il va devoir tout dire, combler les blancs et les flous, admettre qu'il a détourné les yeux bien trop longtemps pour être innocent. Et payer pour ce qu'il a laissé faire.

Sortir de cette histoire délétère avec Léna, prendre enfin sa part de soleil et d'amour avec Emmy, c'est ce qu'il veut aujourd'hui. Le doigt prêt à supprimer le message, Magnus tergiverse. Ne doit-il pas donner cette dernière chance à Léna ? Raconter ce qu'il sait et la remettre entre les mains d'un homme compétent et humain afin qu'elle puisse être soignée et pas seulement punie pour ses crimes.

* * * *

Quand on l'apprivoise et qu'on la domine, la colère est une alliée précieuse. Elle aiguise l'esprit, le rend vif et réactif. C'est la colère qui lui a dicté ce qu'elle doit faire aujourd'hui. Pas le temps de peaufiner une stratégie, on est dans l'urgence. Il a fallu s'adapter, réagir avec les moyens du bord, pour éviter que tout ne lui échappe.

Le portable bipe entre ses doigts. Sombre déchiffre le message, se laisse aller contre le siège de la voiture, soulagée. Ça roule comme prévu. Pour la suite, il faudra y aller au culot, bluffer.

Elle ne flanchera pas. En cas d'hésitation, la colère la soutiendra, guidera son bras.

Son esprit travaille à plein rendement, énumère et dicte le matériel à prévoir, le scénario à suivre. Elle n'a pas le droit à l'erreur, il lui reste à peine plus d'une heure. Elle sera prête.

* * * *

Chaud. Soif. Gorge brûlante, lèvres desséchées.

Méli-mélo de pensées. Impossible d'en saisir une, de s'y raccrocher. Magnus essaie d'ouvrir les yeux, les referme, sans force. Envie de dormir, de se laisser dériver. Angoisse diffuse. Ouvrir les yeux. Il le faut.

Au prix d'un immense effort, il décolle ses paupières, tente de rassembler en une seule image les fragments qui dansent devant ses yeux, de se focaliser sur les données à traiter : la pénombre ambiante, le sol, dur et froid sous ses fesses, les murs de planches brutes, une odeur forte, piquante ; du foin, songe-t-il sans savoir d'où lui vient l'information.

En remuant, il prend conscience de la gêne autour de ses poignets et de ses chevilles. Son cœur s'affole un bref instant avant qu'une main se pose sur son front. Elle est douce et fraîche, ça lui fait du bien.

— On dirait que tu es réveillé, trésor. Tu en as mis du temps, je finissais par croire que j'avais forcé la dose.

Léna, ses cheveux rouges. Il s'agite convulsivement, cela accentue la pression des colliers de serrage qui l'entravent. Où ? Comment ? Pourquoi ?

— Chhhhht, fait la voix de Léna. – Elle pose un index autoritaire sur sa bouche. – Reste calme, je comprends que tu sois perdu. Je vais t'expliquer. Le message que tu as reçu tout à l'heure, ce n'est pas Joubert qui te l'a envoyé, c'est moi.

Elle sort un portable haut de gamme de son sac, le brandit avec fierté.

— C'est moi qui ai son téléphone. Ce cher Ronald n'en a pas besoin là où il est. Tout à l'heure, tu es venu chez lui, pour me trahir, j'imagine. Tu as sonné, mais on ne t'a pas ouvert. Tu as entendu des voix à l'arrière de la maison. Comme toute personne normalement constituée, tu as fait le tour de la maison. Tu te souviens ?

Il secoue la tête, sourcils froncés, bat désespérément le rappel de ses souvenirs.

— C'est à cause du médicament. Dans la notice, ils disent que l'amnésie temporaire fait partie des effets secondaires. Je t'ai assommé, trésor, mais j'avais besoin que tu sois sage un bout de temps, alors je t'ai fait une injection. Incroyable, ce qu'on peut dénicher dans la pharmacie d'un psychiatre. Bref, c'est pour ça que tu te sens bizarre. Tu comprends ce que je dis ?

Cette fois, il acquiesce, à peine moins perdu.

— Où on est ? Pourquoi…

— Laisse-moi continuer, coupe Léna, désireuse d'exposer combien son plan a été mené de main de maître. Tu étais trop lourd pour moi, je t'ai chargé dans la brouette de notre ami et déposé dans le coffre de sa voiture. Il n'en aura plus besoin non plus, autant qu'elle serve à quelqu'un. Le tout sans le moindre voisin à l'horizon, le quartier de Joubert est d'un calme, un vrai bonheur ! Après, je t'ai amené ici. Ça me paraissait l'endroit idéal pour te faire mes adieux.

Sa voix s'effrite brièvement. Elle passe un doigt caressant sur sa joue, se promène sur son torse. C'est là qu'il remarque que sa chemise et la fermeture de son jean sont déboutonnées. La paille sur laquelle il est allongé lui pique le dos. Il lui jette un regard perdu.

— Qu'est-ce que t'as fait ? marmonne-t-il d'une voix molle. J'étais inconscient.

— C'est en allant rejoindre Emmy que tu t'es montré inconscient, réplique-t-elle sèchement. C'est pour lui dire oui que tu m'as dit non ce matin ?

Le claquement familier d'Infidel le réveille d'un seul coup et lui fait dresser les poils sur tout le corps. Bien sûr, elle l'a fouillé, elle a retrouvé le couteau. Comment a-t-il pu être assez stupide pour le garder sur lui ? Une peur vipérine se coule dans ses entrailles. Le corps de la femme dans la petite maison. Le sang déjà noir. Ses agresseurs, éliminés avec constance et application. Thérèse Minet sur son carrelage. Joubert, dont le corps doit pourrir quelque part. Léna ne joue pas, ne tremble pas.

— Je t'ai suivi, Magnus. Je vous ai vus sur le banc.

— Je… C'est pas ce que tu crois.

— Je ne partage pas, je ne pardonne pas. Cette fille encore moins qu'une autre.

— Je te promets…

— Pas de promesse ! cria Léna en appuyant la lame contre ses lèvres. Le mot ne vaut rien dans ta bouche. Tu oublies tes engagements et ce que j'ai accompli pour toi.

— Je ne t'ai pas demandé de les tuer.

— Je l'ai fait pour toi, Magnus, pour te permettre de relever la tête et parce que tu avais dit que tu resterais.

— J'avais promis, mais pas à Sombre. Je l'avais promis à Léna.

— Il n'y a que toi pour croire que nous sommes deux.

— La fille qui est venue me chercher dans mon studio n'était pas une psychopathe. Cette fille, je l'ai aimée à la folie, à m'en boucher les yeux et les oreilles pour mieux refuser ce que je voyais. J'ai tout fait pour la garder avec moi.

Une bouffée d'espoir lui emplit les poumons lorsqu'il voit frémir ses paupières. Il se redresse tant bien que mal, tente d'accrocher son regard.

— Moi aussi je t'aime, fait-elle d'une voix plus fragile. Tellement que je pourrais en mourir.

Elle est là, à portée de mots. Il faut maintenir le contact, la ramener à la raison en douceur.

— Mon amour, détache-moi. Tu as besoin de moi.

Elle cligne des paupières, oscille doucement au son de la voix sourde qui l'a si souvent rassurée.

— Rappelle-toi, je suis ta boussole, ton ancre, ton centre. Avec moi tu ne crains rien.

— J'ai toujours été Sombre ! s'écrie soudain Léna. Tu refusais de l'admettre, de m'aimer telle que je suis. Tu es comme l'autre. Tant pis pour toi.

Elle se relève souplement, attrape un bidon en plastique et dévisse le bouchon. Une odeur d'essence se répand dans l'air au fur et à mesure qu'elle le déverse sur le sol de la grange. Le cœur de Magnus part en vrille : il implore, il supplie.

Elle revient vers lui, le regarde ruer furieusement.

— Inutile de t'épuiser. Le coin est désert et ces liens sont solides.

D'un petit sac à dos, elle extrait un objet qu'elle laisse tomber sur ses genoux.

— Tu le reconnais ?

Il hoche la tête avec anxiété. Ce lien de cuir à double poignée l'a mené plus d'une fois au bord de l'asphyxie pendant leurs ébats. Léna glisse l'entrave autour de son cou, la passe dans la boucle et serre brutalement. Une myriade de points noirs obscurcissent sa vision, il se sent couler au fond d'un puits.

— Tu vois, ce n'est pas compliqué. Il suffit de le vouloir.

En quelques gestes précis, elle s'assure que ses poches ne contiennent aucun objet susceptible de l'identifier ultérieurement. Puis tranche le lien qui lui maintient les poignets.

— Ne te rate pas, fait-elle en glissant le lien de cuir entre ses doigts gourds : cet endroit flambera comme une torche en quelques minutes.

Malgré ses muscles incertains, il tente de s'agenouiller. Autour de lui, l'espace tangue. Ses chevilles entravées le trahissent, il retombe sur le côté.

— Sombre, attends !

Elle est déjà à la porte, marque un bref temps d'arrêt.

— Regarde-moi !

— Non.

— Je n'aurai pas la force. Aide-moi, je t'en prie.

— Cette fois, il va falloir que tu te débrouilles seul. Un dernier mot, trésor ?

— Pardon, croasse-t-il d'une voix enrouée par la panique. Pitié, mon amour. Ne fais pas ça.

Avec une moue de dépit, Sombre jette le briquet sur la paille imbibée d'essence et quitte la grange sans se retourner.

— Rendez-vous en enfer, trésor, s'il existe !

* * * *

13

On est dans les derniers jours de juin. Le soir tombe enfin, l'obscurité enveloppe Sombre. La nuit, le monde est moins laid, plus supportable. Le sang bourdonne à ses oreilles, si fort qu'il couvre tout le reste.

Remettre la brouette dans le coffre.

Réenfiler la perruque brune – un comble, alors qu'elle vient enfin de renoncer à la rouge –, la casquette, le blouson en jean et les gants ;

Ne pas laisser d'empreintes sur le volant ou le tableau de bord ;

Rouler tranquillement sur le chemin du retour, surtout ne pas se faire flasher sur l'autoroute.

La circulation est fluide en direction de la ville, elle sera rentrée dans les temps. La grange qu'elle vient de quitter se trouve en pleine campagne, dans une ancienne propriété agricole aux bâtiments insalubres et désaffectés. L'endroit a attiré son attention une quinzaine de jours plus tôt lorsqu'elle a visionné un reportage sur les propriétés en déshérence. Un lieu désert et tranquille, ça peut toujours servir. Elle est venue en repérage pour mieux se rendre compte, apprivoiser les lieux. Pas un instant, elle n'a imaginé y vivre ses derniers instants avec Magnus. Sombre allume la radio et s'oblige à respirer à fond en ressassant son listing :

Ramener la voiture chez Joubert et s'y installer pour la nuit. Dormir, parce qu'elle en a besoin.

Le Plan idéal voudrait qu'elle repasse par l'immeuble et sonne chez la concierge pour que celle-ci puisse attester du fait qu'elle était bien chez elle ce soir. Tant pis, il y a peu de risques qu'on lui demande des comptes sur son emploi du temps de la soirée.

La jeune femme jette un regard dans le rétroviseur pour vérifier si la fumée de l'incendie est déjà visible. Elle croise son propre regard, aux abois, esquisse un sourire crispé qui s'achève en hoquet.

« Je t'ai aimée à la folie. » Elle a presque eu envie de le croire, de pardonner.

Ses doigts se crispent sur le volant. Magnus était doux et chaud quand elle l'a déshabillé dans la grange. Trop somnolent pour réaliser ce qui se passait, mais plus réactif qu'elle ne l'aurait pensé. Sa libido était comme déconnectée de son mental, docile et réceptive à sa bouche, à ses mains. Magnus ne saura pas qu'elle s'est déshabillée pour s'allonger sur lui, éprouver une dernière fois le contact de leurs peaux. Il ne saura pas qu'elle lui a murmuré des mots qu'elle pensait ne jamais dire à personne, qu'elle grelottait à l'idée de le perdre. Elle en avait la nausée. Elle le voulait en elle encore, sentir vibrer entre eux le lien tissé dans la douleur et la peur. Elle l'a caressé longtemps, a joui de lui. Amère revanche sur le refus qu'il lui a opposé le matin même.

Viol : rapport sexuel non consenti, infligé à autrui par la contrainte.

Léna réprime de justesse un haut-le-cœur et se range sur la bande d'arrêt d'urgence. Pas le temps de sortir de la voiture. Elle se jette en travers du siège, pousse la portière côté passager et vomit dans les hautes herbes qui bordent l'autoroute.

Quand Magnus avait lu son poème devant les autres à l'hôpital, elle avait su qu'il était son âme sœur. Lui et personne d'autre. Parce qu'il avait été abîmé, souillé par des gens impurs, comme elle. Parce qu'il brandissait sa souffrance comme un étendard alors qu'elle dissimulait la sienne en eaux profondes. Parce qu'il revendiquait le droit de se faire mal avec une violence égale à celle qui la poussait à vivre. Il avait des mains de fille, des doigts longs et fins, des ongles soignés. Ça lui avait plu.

Des sirènes retentissent, des lumières bleutées éclairent brièvement la nuit. Léna gémit et se recroqueville sur le siège. « N'y pense plus, il le fallait. Et tire-toi d'ici avant qu'on remarque la voiture. » Elle s'essuie la bouche, rajuste la perruque et la casquette et remet le contact.

Emmy paiera pour ça ; pour l'amas de chair calcinée qu'est devenu Magnus, pour le manque qui lui broie le ventre. Elle expiera longtemps, douloureusement, dans la solitude et l'angoisse.

Une berline la dépasse et se range devant elle. Au travers du pare-brise, deux fillettes lui adressent des signes de la main. Elle regarde droit devant elle, les ignore. Les enfants l'ont toujours mise mal à l'aise. Il y a en eux cette part d'innocence troublante, cette foi dans la bienveillance d'autrui qu'elle ne comprend pas. A-t-elle été enfant ? Peut-on appeler enfance les années vécues en vase clos, dans la maison de Moune, entre des portes verrouillées ? Elle ne conserve pas souvenir d'avoir jamais joué dans le jardin. Quand elle a été en âge de poser des questions, Moune l'a bouclée dans sa chambre et a occulté sa fenêtre avec des planches. Précaution presque inutile. Le monde au-dehors la terrorisait tellement qu'elle n'aurait jamais songé à partir. Moune lui avait si souvent seriné qu'elle était en lieu sûr, qu'elle avait beaucoup de chance qu'elle l'ait recueillie quand sa mère l'avait abandonnée. Elle croyait Moune. Elle aimait Moune.

Pourtant il avait bien fallu la tuer, elle aussi. À cause des mensonges, à cause de l'homme. Moune disait que c'était normal qu'elle ait peur et qu'elle n'aime pas ces câlins, que c'était le prix à payer pour être en sécurité. Elle ajoutait que ça lui passerait. Le dégoût ne lui était jamais passé, mais elle avait appris à accepter ses attouchements sans se débattre ni pleurer parce que c'était pire quand il était contrarié. Le jour où il a eu son malaise, c'est Poppy qui lui a soufflé la voie.

Bien plus qu'une poupée de chiffon pour qui sait écouter, Poppy est une « éveilleuse ». C'est elle qui l'a sortie des limbes dans lesquels elle pourrissait et amenée à la vie. Comment ne pas lui vouer une éternelle reconnaissance ?

Dans le monospace, les gamines se sont détachées et lui tirent la langue en louchant. Elles rient, se moquent d'elle sûrement. Furieuse, Sombre enclenche le clignotant pour dépasser la voiture. Au passage, la mère lui offre un sourire serein avant de se retourner vers ses filles, sans doute pour leur demander de se rasseoir et de rattacher leur ceinture de sécurité. Profil maternel satisfait, qui prend les précautions nécessaires, pense contrôler la situation, s'espère à l'abri. Quelle expression lui offrirait cette mère s'il manquait une passagère à l'arrière, si la banquette était vide ? Bonheur en sursis.

Sombre accélère brutalement. Elle tient sa revanche.

* * * *

La porte est à l'image du bâtiment, peinture écaillée, poignée rouillée. Sombre enfonce la sonnette. Un pas traînant s'approche de l'autre côté. Le verrou claque à l'intérieur, le battant s'écarte. Elle détaille l'homme qui lui fait face, son teint blafard, ses joues mal rasées et ses épaules voûtées, sa chemise tachée et son pantalon qui poche aux genoux. Spécimen masculin bas de gamme ! Le genre misanthrope, qui ne supporte pas plus les autres qu'il ne se supporte lui-même. Il n'y a pas d'honneur à triompher de pareil adversaire. Pas étonnant qu'Emmy ait pris la tangente à la première occasion. A-t-il connu des jours plus glorieux, une époque où il s'est comporté en père ? Elle en doute.

— Si c'est pour me refiler un de vos abonnements à la con, je ne suis pas intéressé.

Il s'impatiente, redresse les épaules et la toise d'un air hargneux. Son haleine dégage une odeur de mauvais alcool.

— Vous êtes blessé ? questionne-t-elle en désignant son avant-bras revêtu d'un bandage taché de brun.

— C’est pas vos oignons, ma jolie. À moins que vous ayez envie de faire l’infirmière. J’achète rien, mais je joue volontiers au docteur.

La bouche de Pierre s’est tordue en une mimique lubrique. Elle a beau savoir qu’il fait exprès de jouer au gros dégueulasse, les poils de ses avant-bras se hérissent. La haine se concentre dans son estomac en une boule compacte. Bientôt, il sera à terre. Il regrettera, il suppliera, comme les autres.

— Je viens pour une clôture de compte.

— De quoi parlez-vous ? bredouille-t-il, retrouvant quelques notions de courtoisie. Quel compte, quelle société ?

— Un compte ouvert il y a vingt-cinq ans, ça ne te rappelle rien ?

L’homme secoue la tête, décontenancé par sa familiarité soudaine. Un voile d’inquiétude passe sur ses traits. Il tente de refermer la porte, mais elle glisse vivement son pied dans l’ouverture.

— Pas si vite ! Secoue la poussière et l’alcool qui te coagulent les neurones, je sais que tu sais.

Pierre fronce les sourcils, ses lèvres tremblent un peu. Soudain, ses yeux s’écarquillent. Il recule.

— Vous êtes… vous êtes…

— Elle-même ! gronde Sombre qui imprime à la porte une poussée brutale et s’engouffre dans la maison.

Pierre perd l’équilibre, ouvre la bouche pour appeler à l’aide. La matraque le fauche au creux des genoux. Il s’affaisse en gémissant, lève vers elle un regard brouillé de larmes.

— Qu’est-ce que vous voulez ?

Le second coup l'atteint à la base du crâne. Il roule sur le dos avec un grognement.

Sombre replie la matraque, la glisse dans son sac à dos et en extrait une paire de gants et un rouleau de corde en Nylon, Ce n'est pas à lui de poser les questions. Qu'il garde sa salive, il en aura besoin bientôt !

* * * *

Emmy a fait défiler les chaînes sur la télévision en mode *mute* jusqu'à l'écœurement. Sur un coup de tête, elle a descendu la demi-bouteille de champagne trouvée dans le bar-frigo de la chambre et a complété la dose avec trois mignonnettes d'alcool. Elle a dormi d'un sommeil visqueux et agité, peuplé de rêves où se côtoyaient Nora, Olimpia, Pierre ou Magnus. L'aura de Sombre planait sur ses images absurdes comme un oiseau de proie tournant très haut dans le ciel, susceptible de fondre à tout instant sur sa proie.

Lorsqu'elle émerge enfin, un fond de migraine palpite à la base de son crâne, conséquence de ses agapes solitaires. Le réveil digital affiche onze heures trente-sept. Plus qu'une poignée d'heures à patienter avant de rejoindre Étienne ce soir au Mille-Feuille, de pouvoir partager avec lui ce qu'elle a reconstitué des manœuvres de Léna et l'impasse angoissante dans laquelle elle se trouve. Étienne saura quoi faire, il prendra les choses en main, elle ne sera plus seule avec ce poids sur la poitrine. D'ici là, il faut qu'elle arrive à rassembler ses neurones et organiser ses pensées. Du pied, elle écarte les bouteilles qui traînent au pied du lit, déniche un comprimé d'aspirine dans son sac à main et foule l'épaisse moquette jusqu'à la salle de bains.

Dehors, c'est l'été indien. Un jour lumineux et un ciel d'un bleu si pur qu'ils blessent la rétine. D'un geste vif, elle referme les tentures, avale le médicament et se réfugie sous les draps, à l'abri, comme avant, quand Sombre n'avait pas encore pris la main sur son existence.

Étienne croira-t-il à son histoire ? C'est tellement énorme, rocambolesque. Son ex est un homme cartésien. Il cherchera de la logique, du plausible, de la cohérence, toutes catégories auxquelles échappe sa voisine. Elle n'a rien d'autre à lui livrer que son vécu des derniers mois et les quelques confidences de Magnus. Sans doute lui conseillera-t-il d'aller se confier à la police.

« Inutile de penser à me dénoncer, j'aurai toujours un coup d'avance sur toi. »

Emmy n'en doute pas un instant. De toute façon, ses allégations sont vagues et invérifiables. Un meurtre ? Qui ? Où ? Quand ? Des lettres ? Où sont-elles ? Dans quel but ? Des menaces, un danger ? Vous êtes sûre ? Pas vraiment de quoi appâter les cellules grises d'un inspecteur débordé par la paperasse et les marginaux de tout poil.

Elle soupire, masse ses paupières douloureuses. Elle est à bout, lasse au-delà de ce qu'elle pensait possible. Elle voudrait que ce soit terminé. *Game over*, comme dans les jeux vidéo de Maxime.

« Paie ta dette et je sortirai de ta vie pour toujours. Tu n'entendras plus parler de moi. »

L'esprit au ralenti, elle appelle la réception pour se faire monter un petit déjeuner. Chaque jour est un combat. Ne jamais partir au combat le ventre vide. La règle d'or est désormais gravée dans son cerveau limbique.

Le téléphone. Et si c'était Magnus ? Elle bondit, le cœur battant. Envie de le revoir, sans être obligée de réfléchir ou de décider. Simplement parce que c'est lui, parce que son histoire la bouleverse, parce qu'il éveille en elle des élans inconnus, parce qu'il ne lui a pas fait de promesse qu'il sera incapable de tenir, parce qu'il lui ressemble, trop frêle pour le costume que lui a taillé Sombre, mais décidé à faire de son mieux. La nuit dernière, elle a remâché sa proposition sans parvenir à trancher. Le choisir, lui… ou retrouver Étienne. L'inconnu ou la sécurité ?

Son téléphone vibre sur la table de nuit. Elle lit le texto avec stupeur, hésite et rappelle l'expéditeur. La voix bougonne de Pierre Renoir l'accueille, lui suggère de laisser un message. Allons bon ! Il exige une conversation, mais il filtre ses appels. C'est vrai qu'il n'en est pas à une contradiction près. Ses doigts s'agitent sur le clavier. Demeurer neutre, concise, ni trop cassante, ni trop gentille, cela risquerait de refroidir son envie de confidences.

« Bien reçu ton message. Je passerai te voir demain pour la conversation sérieuse que tu proposes. »

« Aujourd'hui ! Je t'attends », répond-il aussitôt.

À peine croyable ! Après vingt-cinq ans de mutisme, voilà que le besoin de confession tourne à l'urgence. Pierre a-t-il pris conscience qu'ils ne se sont pas tout dit la fois dernière, éprouve-t-il des remords, à sa manière bien sûr ? Le moment est venu de percer l'abcès jusqu'au cœur. Ce sera l'occasion de lui demander des explications au sujet de l'enveloppe noire qu'elle a trouvée dans la poubelle de la cuisine. Emmy vérifie l'heure : si elle saute dans ses vêtements, elle sera là-bas en début d'après-midi, ce qui lui laisse largement le temps d'être de retour pour son rendez-vous avec Étienne. Elle rappelle et annonce à la messagerie vocale son heure d'arrivée. Un nouveau texto, laconique, lui confirme la bonne réception du message. C'est Pierre en plein : têtu comme une mule, déterminé à la faire enrager jusqu'au bout pour se donner l'impression qu'il reste maître du terrain.

Il est près de quatorze heures quand elle remonte l'avenue Lieutenant-Broussaille en direction de la maison de son enfance. La traversée des rues au grand jour lui donne l'impression d'un saut à pieds joints dans le passé, quand elle fonçait avec ses rollers sur les trottoirs du quartier, revenait de l'école avec son cartable trop lourd ou s'arrêtait à l'épicerie pour acheter d'énormes guimauves roses et sucrées. Rien n'a changé, ce sont les mêmes arbres qui ombragent la rue, à peine un peu plus tordus, le même terre-plein communal qui part à l'abandon, le même ensemble de garages où se réunissaient les jeunes le soir, pour fumer, les mêmes façades grises… Celle de Solange et Daniel a été refaite à neuf. Sans doute ont-ils déménagé entre-temps. Elle ne croise presque personne dans les rues écrasées de soleil, à peine un ou deux passants en promenade avec leur chien. Des nouveaux venus, elle ne les connaît pas.

En face de la propriété, la voisine a fermé les persiennes pour se protéger de la chaleur. Sa moisson de ragots sera maigre aujourd'hui. À la lumière du jour, leur maison lui semble plus minable encore que la dernière fois. Emmy pousse la grille, s'avance au milieu des herbes folles, passe sous l'ombre du marronnier dont les feuilles commencent à brunir.

— Salut !

Emmy sursaute, dévisage avec surprise le jeune homme qui se tient à deux pas derrière elle. Couvert comme en plein hiver : casquette, blouson en jean, écharpe, gants, sans oublier les épaisses dreadlocks et les lunettes de soleil qui lui mangent le visage. D'où sort-il ? Elle n'a pas entendu couiner les gonds rouillés, n'a vu personne dans le jardin quand elle est entrée.

— Vous êtes sur une propriété privée. Sortez, s'il vous plaît !

Il acquiesce avec un sourire moqueur, prend cependant le temps de la toiser.

— Fichez le camp ou j'appelle les flics, lâche Emmy d'une voix plus étranglée qu'elle ne voudrait.

Le jeune homme ébauche un geste conciliant. Le haut de son corps pivote bizarrement, un peu comme si son buste s'en allait et que ses jambes refusaient de suivre le mouvement. Le coup la prend par surprise. Sec et ajusté, au milieu de la tempe. Rideau noir. Emmy s'effondre sans un cri.

Quelques instants plus tard, le jardin a retrouvé sa tranquillité banlieusarde. Un cadenas tout neuf luit sur la grille en fer forgé.

* * * *

Sous l'immense tonnelle verte, Étienne remue les glaçons de son Martini, croque une olive. Au Mille-Feuille, c'est le coup de feu. La terrasse du restaurant est pleine à craquer, les serveurs courent d'une table à l'autre, se croisent avec des plateaux et des assiettes. Il a déjà eu droit de la part de l'un ou l'autre à un regard noir parce qu'il se refuse à commander alors que les clients font la file en attendant qu'une table se libère. Il s'en moque : le client est roi.

La trotteuse poursuit sa course inlassable sur le cadran : plus d'une demi-heure de retard déjà. Emmy exagère. Il a l'air d'un idiot, tout seul avec son apéritif et ses amuse-gueules. L'air du mec qui attend pour rien. Étienne commande un second Martini pour patienter, croque une autre olive.

Durant le week-end, Emmy l'a reconquis. Plus femme et séduisante que l'étudiante timide et solitaire qui l'a fait craquer quelques années plus tôt. Une rouerie nouvelle dans le regard, une délicieuse assurance qui ont réveillé son envie d'elle. Il a failli risquer un premier assaut en la rejoignant dans la chambre. S'est ravisé. Trop tôt, trop risqué. Il lui a simplement pris la main, elle ne l'a pas repoussée. Début prometteur ! À ses côtés, il a dormi comme un bébé, confiant et serein. Leur couple a essuyé un sacré grain, à présent les choses reviennent à la normale. Tout comme lui, Emmy a compris des choses durant leur séparation. Certes, il a posé le pied hors des traverses mais, après tout, il est un homme. Un homme qu'elle avait emberlificoté dans une vie terne et monotone, qu'elle avait repoussé durant des mois et qu'une très belle femme était venue chercher avec des arguments plus que convaincants. Nora, feu d'artifice sexuel et cuisante humiliation. Brève aventure à laquelle il ne veut plus penser. Aucune importance. L'essentiel est qu'ils se retrouvent aujourd'hui, qu'elle pardonne et admette – comme lui – qu'un nouveau départ est possible, souhaitable même, si l'on songe aux enfants.

Sur la table, son portable émet le cocorico triomphant, annonciateur d'un texto :

« Ai un truc important à régler. Te rappelle plus tard. »

L'olive prend dans sa bouche un goût âcre. Tout ce temps à patienter comme un imbécile pour se faire poser un lapin. Ce dîner aurait pu sceller officiellement leur réconciliation, et la soirée se terminer de façon câline. Il avait d'ailleurs réservé la baby-sitter pour la nuit, au cas où… Ce rapprochement, il est manifestement le seul à l'espérer. L'appel qu'il passe vers le portable d'Emmy bascule directement sur le répondeur. En plus, elle ignore ses appels ! Étienne vide son Martini. Qu'elle se débrouille avec ses fadaises de complot et de lettres anonymes ! Il quitte le Mille-Feuille au pas de charge. La prochaine fois qu'elle lui demandera conseil, elle aura intérêt à se montrer gentille.

* * * *

Tout est en place.

La journée a été longue, mais tout s'est enchaîné comme prévu. Pas un accroc, pas l'ombre d'un imprévu. Rien d'étonnant à cela : la réalité ne peut que s'incliner face à un Plan bien pensé. Et le sien l'a été jusqu'aux plus infimes détails. Le portable d'Emmy cesse enfin de trembler dans sa main.

Un gêneur de moins, tout bénéfice pour le Plan ! Elle efface l'appel, éteint le téléphone.

Sombre se faufile dans le jardin, panthère souple et silencieuse. Elle connaît la propriété et le quartier sur le bout des doigts. Elle y est venue souvent depuis que l'idée du Plan a germé, sous divers prétextes et diverses apparences, repérer les lieux, les apprivoiser, épier les tics et les tocs de Pierre, ceux des voisins, les heures de fréquentation du quartier. Tapie au bout de la pelouse, la maison aux volets tristes l'attend pour le dernier acte. Quant à ses pions, ligotés et bâillonnés, ils patientent sagement – Emmy sous une bâche dans un recoin de la remise, Pierre dans le placard à provisions qui jouxte la cuisine –, espérant et redoutant le moment où elle viendra les délivrer de leur attente. Depuis le temps qu'ils marinent, ils doivent être à point.

Son cœur s'accélère tandis qu'elle approche de la remise. Ce n'est pas de la peur, plutôt le frisson d'anticipation qui précède l'action. Ce soir se joue la fin d'une partie entamée par Pierre il y a longtemps.

* * * *

Papillon

14

Lorsque Emmy a repris conscience – une éternité plus tôt, lui semble-t-il –, sa mémoire olfactive l'a aussitôt renseignée sur l'endroit dans lequel elle se trouvait. Une odeur de vieux bois et de colle, celle de la remise dans laquelle Pierre s'absorbait interminablement pour remplacer le fond d'un tiroir, façonner des moulures, raboter un panneau. Travailler le bois était son violon d'Ingres, il en oubliait même de téter la bouteille posée sur l'établi. Enfant, elle pouvait passer des heures à l'observer, assise sur une chaise dépenaillée. Jusqu'au moment où il s'agaçait de sa présence silencieuse et l'envoyait jouer dans le jardin ou faire une course.

Le temps s'est traîné. L'atmosphère était étouffante et le chiffon dans sa bouche a eu vite fait d'absorber ce qui lui restait de salive. Il est vrai que la météo avait annoncé une journée d'automne inhabituellement chaude et ensoleillée. Les poignets sciés par la corde qui les maintient dans son dos, elle a passé sa journée en revue des dizaines de fois : les textos comminatoires de Pierre – envoyés par Léna, bien sûr –, l'agression dans le jardin – toujours Léna, cette fois travestie et méconnaissable. Sa voisine est une hydre aux multiples têtes. À force de se couler dans ses personnages, Léna sait-elle encore quel est son vrai visage, sa vraie voix, sa vraie vie ?

Les yeux clos, la gorge sèche, Emmy a compté jusqu'à mille pour éviter de penser. Une première fois, puis une seconde. S'est demandé ce que Sombre avait fait de son père, a pleuré un peu en songeant à Maxime et Clara, aux bras robustes d'Étienne autour d'elle, aux lèvres de Magnus, fermes et douces sur les siennes. Elle ne veut pas mourir. Elle est prête à affronter l'ennemie sur son terrain, jusqu'au bout, pourvu que celle-ci lui en laisse l'opportunité.

Peu à peu, le temps s'est effrité. Ses pensées sont devenues confuses. La peur a cédé la place à la résignation. L'épuisement a succédé à la révolte. La bâche sous laquelle elle se trouve ne lui a pas permis de s'apercevoir que la lumière avait baissé et que l'obscurité était descendue sur la remise.

Le grincement de la porte réveille instantanément sa vigilance, l'adrénaline se diffuse à toute vitesse dans son organisme. La bâche glisse. Emmy cligne des yeux dans le noir, repère l'ombre qui se penche vers elle, sursaute lorsque la lame du couteau claque près de son oreille. Une main habile libère ses jambes du poids de la corde.

— C'est l'heure. Lève-toi et va jusqu'au salon. Ne tente rien, ce serait aussi stupide qu'inutile.

Ses muscles se tétanisent sous l'effet d'une angoisse nouvelle. Cette voix grinçante, elle la connaît. C'est celle de la Poupée du Cachot. Ankylosée par son attente immobile, Emmy se redresse maladroitement, titube. Ses chevilles sont reliées par une corde qui lui permet tout juste d'écarter les pieds d'une vingtaine de centimètres, ses bras sont toujours liés dans le dos.

Un pas après l'autre, elle rejoint le couloir éclairé, jette un regard de côté et réprime un sursaut. Croisement improbable entre les jeunes héroïnes de la comtesse de Ségur et les créatures monstrueuses de Stephen King, Sombre porte une robe de plumetis rose, de longs bas blancs et de hautes bottines vernies. Ses cheveux rouges, sagement nattés et agrémentés de rubans, ses yeux froids, ourlés de cils immenses et sa bouche d'un rose agressif détonnent avec son accoutrement enfantin. Celle qui se tient à ses côtés ce soir est bel et bien passée de l'autre côté. Même si elle a déjà eu un aperçu de Sombre, la côtoyer de si près rend la chose terriblement concrète. Affolante. Inutile de pleurer ou de supplier, cela ne fera que l'agacer.

« Affronte l'adversaire. Ne le laisse pas renifler ta peur. »

Emmy s'arrête au milieu du couloir, la pointe de la lame s'enfonce aussitôt dans ses reins.

— Avance, fait la voix derrière elle. On nous attend.

Emmy rassemble son courage, se tourne vers elle et soutient son regard. D'un geste brutal, celle-ci arrache le bâillon qui l'empêche de parler.

— Tu as quelque chose à me dire ?

Nier l'existence de Sombre, ne s'adresser qu'à Léna.

— On était amies, Léna. Pourquoi ?

— Je ne veux pas d'une amie qui embrasse mon mec à pleine bouche. Tu n'aurais pas dû faire ça.

Elle sait. Comment l'a-t-elle appris ? Magnus a-t-il commis la folie de lui parler ? Où est-il ? Bloquant les questions qui jaillissent, elle tente une contre-attaque misérable :

— C'est toi qui as commencé, avec Nora, ces lettres anonymes. Si tu n'avais pas…

Les doigts de Sombre enserrent son bras avec une force surprenante.

— Faux ! Ce n'est pas moi qui ai commencé la partie. Mais je compte bien la gagner. Avance !

— Magnus et moi, c'était un accident. Ce n'est arrivé qu'une fois. C'était une erreur. Je suis désolée.

— Il a eu les mêmes mots que toi : « Pardon… c'est une erreur… je ne le ferai plus. »

— Il… il a dit ça ? Est-ce qu'il sait que nous sommes ici ce soir ?

— Assez parlé de Magnus. J'ai fait une croix sur lui. Tu devrais en faire autant.

— …

— Il m'a suppliée de le reprendre jusqu'au dernier moment. Pauvre trésor, trop faible et lâche pour ce monde. Espérons qu'il trouvera sa place dans l'autre.

Un sourire cruel flotte sur les lèvres vernissées de la Poupée. Du bout de l'index, elle cueille la larme qui perle au bord des cils d'Emmy :

— Alors, tu y avais cru pour de vrai ? Le prince charmant, le nouveau départ, le bonheur romantique. Je constate que les illusions ont la vie dure, contrairement aux traîtres.

Secouée de sanglots silencieux, Emmy baisse la tête. Sombre lui relève le menton d'un geste brusque :

— Maintenant qu'on a évacué ce différend, peut-on se concentrer sur le sujet qui nous occupe avant que ton salaud de père nous claque entre les doigts ?

Le salon est plongé dans une semi-pénombre, seulement éclairé par le halo d'une dizaine de bougies.

— Emmy ?

La voix incrédule de Pierre lui parvient avant même qu'elle ait aperçu sa silhouette tassée sur une chaise. Sur sa chemise claire s'étale une traînée sombre qu'elle identifie sans peine. Ses poignets et ses chevilles sont entravés à l'aide de la même corde bleue qui lui tord les bras. Sa respiration, courte et heurtée, lui fait mal au cœur.

— Qu'est-ce qu'il a ? fait-elle en se tournant vers Sombre. Qu'est-ce que tu lui as fait ?

— On pourrait croire que tu es inquiète. Pourtant, d'après ce que je sais, tu n'étais pas si pressée de le soigner quand tu l'as blessé l'autre jour.

— …

— Ton père m'a raconté beaucoup de choses tout à l'heure. Il n'était pas très loquace au début, mais j'ai su le convaincre, n'est-ce pas, Pierre ?

Il ne réagit pas. Ses yeux dilatés vont de l'une à l'autre, comme si elles constituaient la double incarnation du même cauchemar. Finalement, il reprend d'une voix plate.

— Est-ce qu'elle sait ?

— Je tenais à ce que tu lui dises toi-même. Rien ne vaut une explication de première main. Assieds-toi ! fait-elle en se tournant vers Emmy.

— Bien sûr que je sais, intervient celle-ci d'une voix fébrile. On a parlé la semaine dernière. Il m'a avoué que je n'étais pas sa fille, il m'a parlé de la réfugiée…

— Une demi-vérité, voilà ce qu'il t'a servi ! crie Sombre. Qu'attendre d'autre de la part d'une moitié d'homme ? Je t'ai ordonné de t'asseoir.

— Je suis désolée, papa. J'aurais dû te réveiller quand j'ai trouvé la lettre l'autre jour.

Les ongles de Sombre cliquettent nerveusement sur la lame du couteau. Elle contourne soudain son prisonnier, lui tire la tête en arrière d'un geste brusque et appuie le cran d'arrêt sur sa gorge ignorant ses gargouillements pathétiques.

— Obéis ou j'abrège ces échanges pénibles !

Hébétée, Emmy recule vers le canapé, s'y laisse tomber et réalise au même moment que la mollesse des coussins l'empêchera de se relever sans aide. Sans hâte, Sombre s'approche et attache sa cheville au pied du fauteuil à l'aide d'une paire de menottes. Emmy ne peut retenir un gémissement lorsque le métal mord sa peau.

— C'est toi qui m'y force, s'écrie Sombre avec fureur, toi qui as rompu la confiance ! À cause de ton impulsivité et de tes initiatives, j'ai dû adapter le Plan. Ça ne devait pas se passer comme ça. On était censées venir ici en alliées et non en ennemies. Maintenant, Pierre, je te suggère vivement de parler avant que ma patience ne soit épuisée.

* * * *

Vingt-cinq ans plus tôt

La sage-femme a appelé au petit matin pour le prévenir que le travail a commencé. Elle semble en proie à une crise de scrupules tardifs, réticente à l'idée d'assumer seule les heures qui s'annoncent : un premier accouchement, c'est souvent long et, vu la manière dont les choses se présentent, elle craint des complications. Pierre la remet sur les rails :

— Dans certaines tribus, les femmes accouchent dans la brousse, à l'écart de la tribu. Pas d'échographie ni de perfusion. Il faut que l'enfant sorte, pas le choix.

— Et le taux de mortalité de ces femmes, il est de combien ?

— Vous m'emmerdez, Rita. Je croyais que vous étiez rodée aux accouchements clandestins. Vous avez accepté le marché, débrouillez-vous ! En cas de pépin, rappelez-vous que c'est l'enfant qui compte.

Pierre Renoir raccroche, le ventre noué. Cet accouchement le renvoie au *pueblo* dévasté, au ventre immobile de Louise, à la fièvre et au délire qui ont pris possession d'elle. Leur premier pas sur l'escalier glissant de la démence. Doit-il écouter Rita et faire admettre Mariléna aux urgences ? Elle sera récupérée par le système, son enfant officiellement répertorié dans le registre des naissances de l'hôpital et identifié comme né de Mariléna Lupesco ; ils seront ensuite transférés au centre fermé jusqu'à ce qu'une décision administrative statue sur leur cas et les renvoie à leur misère d'origine.

Il pourra alors dire adieu au nourrisson promis à Louise, cet enfant pour lequel elle a recommencé à se lever, à prendre ses médicaments, à vivre. La perspective de la voir retomber l'épouvante. Il y croit dur comme fer : lorsque le bébé sera là, elle s'accrochera pour lui et vaincra ses démons, un jour après l'autre, pour le voir grandir. Il n'y a pas d'autre solution que de s'en tenir à ce qui a été convenu : que Mariléna serre les dents et lui ponde ce mouflet, comme des millions de femmes l'ont fait avant elle ! Elle aura l'argent, de quoi se planquer tranquille quelque temps dans la clandestinité. Il n'est pas le premier à s'asseoir sur sa conscience pour exaucer un rêve. L'équilibre de Louise n'a pas de prix.

Il lui semble qu'une éternité s'écoule avant que le téléphone ne sonne à nouveau.

— C'est fait. On vous attend.

Il se précipite, le cœur ballotté entre espoir et inquiétude. Le ton de la sage-femme était glacial, elle ne lui a donné aucune explication. Son accueil, lorsqu'il pousse la porte de l'appartement, n'est pas plus avenant.

— Pauvre petite, elle a dérouillé. Et vous êtes une belle crevure sous vos grands airs. Enfin, j'ai réussi à sauver tout le monde. Voyez par vous-même.

Dans la chambre stagne une odeur de sueur et de sang. Pierre détourne les yeux du panier empli de linges souillés, choisit de se concentrer sur le lit aux draps fleuris. Mariléna semble endormie. Des cernes violets soulignent ses yeux clos et ses cheveux s'étalent sur l'oreiller, buisson d'algues échoué sur la plage. Il cherche l'enfant des yeux, pousse une exclamation étouffée :

— Merde ! Vous le saviez ?

— Je n'étais sûre de rien et je vous rappelle que vous lui avez refusé l'échographie. Mais les battements de cœur m'intriguaient. Il y avait une sorte d'écho.

* * * *

— Des jumelles ? répète Emmy abasourdie. Mariléna a eu des jumelles ?

Pierre acquiesce, à bout de forces. Le regard d'Emmy glisse sur Sombre qui a écouté Pierre sans l'interrompre. Elle le dévisage sans ciller. Son regard a la même fixité terrifiante que lorsqu'elle portait les pupilles turquoise. Son immobilité a quelque chose de minéral.

— Léna, dis quelque chose. C'était toi… c'était nous ?

Elle sursaute, fouille dans son sac à dos et jette sur les genoux d'Emmy une photo aux couleurs fanées, froissée à force de manipulations : deux crânes roses qu'ombre un duvet brun, poings et visages fripés, perdus au milieu des draps. L'un est un nouveau-né, comme Maxime ou Clara l'ont été, l'autre… une chose minuscule dont la vue lui donne mal au cœur. À l'autre bout du matelas, leur tournant le dos, une silhouette recroquevillée en position fœtale, le visage enfoui sous l'édredon. Difficile de savoir si elle dort ou si elle sanglote, à moins qu'elle ne cherche à échapper à l'objectif. Tout ce qu'elle connaîtra de sa mère, c'est cette poignée de cheveux bruns répandus sur le coussin.

— Nées du même ventre, articule lentement Sombre. Strictement égales d'un point de vue humain, même si ton placenta a volé au mien l'espace nécessaire pour se développer. On partage le même sang. Cette ordure te le confirmera.

Sombre récupère le cliché et le fourre sous le nez de Pierre.

— Pourquoi ? Pourquoi elle et pas moi ? Cette explication, tu me la dois.

Il détourne la tête. Sans doute ne voit-il pas la photo sans ses lunettes, mais il est évident que sa mémoire a conservé de ce moment une image intacte, en dépit des années écoulées.

— Je ne sais plus, marmonne-t-il. Le hasard.

Léna claque de la langue, pose la pointe du couteau sur sa paupière.

— Mauvaise réponse ! À trois, tu deviens borgne. Un, deux…

— La petite, Léna… Elle est sortie la première, mais elle n'a pas crié. Rita a dû attendre que l'autre soit née pour s'occuper d'elle. Elle a probablement fait un arrêt respiratoire et on se demandait…

— Quoi ? s'écrie Sombre, vous vous demandiez quoi ?

— S'il y aurait des séquelles. Elle aurait pu développer des problèmes à long terme.

— …

— Rita voulait que j'emmène les deux bébés. Selon elle, c'était aussi le souhait de Mariléna. Deux pour le prix d'une.

Il secoue la tête, les yeux fixés sur le sol.

— C'était impensable. Ce n'était même pas une question d'argent. Louise était trop fragile pour assumer des jumelles. Ensemble, vous lui auriez pris tout son temps, sa santé, son énergie. Et moi, je… je voulais un enfant sain, qui grandirait sans lui causer d'inquiétude. La petite avait démarré du mauvais pied, je ne voulais pas prendre de risque. Alors j'ai choisi celle qui avait les meilleures chances de survie. J'ai choisi Marie et nous l'avons rebaptisée Emmy.

Emmy cligne des yeux sans y croire. Son second prénom est en réalité le premier, le vrai, celui que lui a donné sa mère.

Sombre recule, s'appuie contre le buffet. Son visage est d'une pâleur spectrale. Ses mains jouent avec le cran d'arrêt, dont la lame ne cesse de rentrer et sortir avec un claquement irritant.

— Il n'y a pas eu de séquelle, gronde-t-elle d'une voix méconnaissable. À peine un peu d'asthme. J'étais une petite fille comme les autres et j'avais droit autant que ma sœur à l'amour d'une mère, à une enfance normale. Ton putain de choix m'a précipitée en enfer.

— Je t'ai laissée à ta mère, réplique Pierre d'une voix lasse. Ne viens pas dire que je t'ai condamnée à l'enfer.

— C'est vrai, intervient Emmy. Mariléna était ta mère. Il était normal de te laisser avec elle. Il ne pouvait pas deviner qu'elle t'abandonnerait.

Sans le quitter des yeux, Léna s'approche, applique le couteau sur la pommette de Pierre et ouvre dans la peau flasque un sillon rouge qui lui arrache un hurlement.

— Dis-lui le reste ou je te saigne comme un porc. Je commencerai par te couper une oreille, puis un doigt…

— De quoi parle-t-elle ? Raconte, papa ! Dis-le.

* * * *

Vingt-trois ans plus tôt

Il avait remis aux deux femmes les sommes convenues, leur avait expliqué que le bail de l'appartement courait jusqu'à la fin du mois ; qu'après cela, Mariléna devrait l'oublier et se débrouiller seule. Puis il avait emmené le bébé dans un couffin, prenant soin de ne pas se faire repérer en regagnant la voiture.

Ensuite, tout s'était passé sans accroc. Il avait déposé le bébé dans les bras de Louise et s'était rendu le lendemain à l'état civil pour le déclarer sous le nom d'Emmy Renoir. Quelques semaines plus tard, il était repassé devant l'immeuble et avait constaté avec satisfaction que l'appartement était à nouveau à louer. Il allait pouvoir tourner la page, se détendre.

Les mois avaient passé. Emmy grandissait. Louise lui consacrait tout son temps, comblée par sa maternité tardive au point qu'elle semblait parfois frappée d'amnésie sur la manière dont l'enfant avait débarqué dans leur vie. Pierre avait essayé de se renseigner, discrètement. Pour ce qu'il en savait, Mariléna n'avait pas été pincée en séjour illégal et devait survivre quelque part, dans la clandestinité, avec la petite, pour autant que celle-ci ait survécu. Quant à Rita, elle devait avoir repris sa vie de retraitée bilieuse, d'infirmière désavouée par la profession pour sa morale trop élastique. Il se croyait tiré d'affaire. Quelle erreur !

Emmy vient d'avoir quatorze mois quand les problèmes refont surface.

En quittant son bureau, Pierre croit reconnaître Mariléna sur le trottoir d'en face. C'est bien elle, vêtue d'un jogging élimé et de baskets trop larges d'au moins trois tailles. La peau sur les os, le teint maladif, des yeux immenses. Il fait semblant de ne pas la reconnaître, mais elle le suit, l'apostrophe à voix haute. Sans ménagement, il l'entraîne à l'écart pour discuter tranquillement.

— Qu'est-ce que tu veux ?

— *Tu as arjon. La pitit é malad et moi ji fin. Donne quequechose.*

— On avait un accord : tu as eu l'argent, ce n'est pas de ma faute si tu as tout dépensé. Si tu ne te plais plus ici, rentre chez toi.

— *Coument vous nome la pitite ?*

— Ça ne te regarde plus. Tu as renoncé à cet enfant.

— *Ti a foto ? Pou voir.*

Pierre hésite, sort une photo de son portefeuille à contre-cœur. Mariléna la lui arrache des mains, dévore du regard les joues roses d'Emmy, ses bras potelés, sa robe rouge, le visage souriant de Louise contre celui de sa fille.

— *Belle. Bonne sonté. Ma pitite pas comme ça ; tujur malad. Ji besoin arjon pour docteur.*

Il s'impatiente, finit par lui tendre un billet pour qu'elle lui fiche la paix. Mariléna l'empoche sans dire merci, avant de poursuivre :

— *Tu doné plus arjon et je donne ma otre pitite. Après, je pars tujur.*

Mon œil ! songe Pierre. Une fois la pompe à billets amorcée, elle ne s'arrêtera pas. Pendant qu'il réfléchit, la jeune femme l'observe d'un air sournois.

— *Si tu donnes pas, je parler police. Dire pour le contrat. Tu as bocoup problèm.*

Il serre les dents, contient sa fureur à grand-peine. De quel droit cette semi-vagabonde se permet-elle de le menacer ? Il ne croit pas à son coup de bluff. Elle ne dira rien. Le risque est trop grand pour elle de se retrouver dans le premier avion pour son pays natal. Elle ne le veut pas. Aucun d'eux ne le veut, une fois qu'ils ont côtoyé l'abondance et les tentations du capitalisme occidental. Ils magouillent, grattent, s'accrochent, comme les parasites affamés qu'ils sont, dans l'espoir de récolter les miettes, de sucer les os qui traînent à leur portée. Tout plutôt que de se retrouver à la case départ sous des cieux sans avenir. Les bras croisés dans une attitude de défi, Mariléna brave sa fureur et répète :

— *Je va police avec Rita si toi donnes pas.*

Il a eu tort de lui glisser ce billet, culpabilisé par sa silhouette décharnée, par cette histoire de gamine malade. C'est bien connu : la seule politique gagnante avec les maîtres chanteurs est de leur flanquer la trouille de leur vie. Il l'empoigne, la cogne contre le mur :

— Tu n'auras plus rien, Mariléna. *Nimic !*

Le regard haineux et apeuré de la jeune femme le poursuit un moment, mais il finit par museler sa conscience, se félicite d'avoir joué la carte de la fermeté. Il ne se tracasse pas pour elle : cette fille a de la ressource, elle trouvera un autre pigeon à plumer, un esprit plus faible et facile à culpabiliser. Il épargne l'incident à Louise. Parce que leur arrangement le veut ainsi : il a trouvé l'enfant, elle s'en occupe et l'aime pour deux. Louise ne veut rien savoir. Elle va mieux. Inutile d'aller l'encombrer avec des menaces et des paroles en l'air.

L'enveloppe arrive quelques semaines plus tard, à son seul nom. Écriture soignée, fine et penchée. La photocopie d'une lettre de dénonciation racontant toute l'histoire dans un français limpide. L'œuvre de Rita, à tous les coups. Il la relit, en épluche chaque paragraphe, évalue les risques. Si la lettre se trouvait dans les mains des flics, ceux-ci seraient déjà là pour lui demander des comptes. On n'en est encore qu'au stade préliminaire, le « dernier avertissement ». Il est encore possible de réagir pour éviter le pire.

Mariléna est de retour devant son bureau dès le lendemain, avec son sourire arrogant.

— *Tu reçu lettre ? Tu fé quoi ?*

— Si tu vas trouver les flics, ce sera ma parole contre la tienne. Je dirai que j'ai trouvé Emmy dans la rue, là où quelqu'un – sa mère, par exemple – l'a abandonnée.

— *Rita va police avec moi. Elle dire tout sur toi.*

— Il faut que tu sois raisonnable, Mariléna. Je ne suis pas aussi riche que tu crois.

Elle hausse les épaules, lui glisse dans la main un papier avec un montant inscrit dessus. Astronomique !

— *Tu apportes arjon et fini toi et moi.*

— Fini fini ?

— *Fini si va bien*, réplique-t-elle d'un air hypocrite. *Peut-être tu aidé moi trouver travail.*

Pierre crispe les poings dans ses poches pour ne pas marteler son museau de fouine malfaisante.

— Très bien. Passe après-demain, mais attends un peu plus loin. Inutile de te faire repérer.

* * * *

— C'est de sa faute, bredouille Pierre d'une voix geignarde. On avait passé un accord, c'est elle qui ne l'a pas respecté.

Les os soudain glacés, Emmy le dévisage comme si elle le voyait pour la première fois.

— Qu'est-ce que tu racontes ?

— Cette fille… elle jouait avec nos vies. Ça l'amusait de me voir trembler. Elle m'aurait dénoncé sans hésitation. Je refusais d'être suspendu aux caprices d'une moins-que-rien.

— …

— Je n'ai pas voulu ça, tu dois me croire, Emmy.

— Pas voulu quoi ? articule celle-ci, la gorge nouée.

A-t-elle vraiment envie de savoir ?

De son dossier, Sombre extrait une coupure de presse jaunie, intitulée « La dormeuse du Val ». L'article remonte à une petite vingtaine d'années et relate la découverte d'un corps déterré par des chiens dans la forêt des Ardennes, non loin de la frontière. Les premières constatations médico-légales ont révélé qu'il s'agissait d'une jeune femme, décédée plusieurs années auparavant. Malgré l'état de dégradation du corps, l'autopsie indique que la victime a été battue à mort et évoque une probable strangulation. À défaut d'empreintes exploitables, la police lance un appel à témoins pour essayer d'identifier la victime dont le squelette révèle un état de dénutrition avancé : une femme en situation précaire. Sur sa mâchoire fracturée ont été retrouvés plusieurs plombages à l'ancienne, tels qu'on les réalise encore dans certains pays de l'Est. À côté du titre, une main inconnue a inscrit « Mariléna ? », d'une écriture fine et penchée.

— Où as-tu trouvé ça ? questionne Emmy d'une voix ténue.

— Dans les papiers de Rita. Je me suis renseignée au Parquet, le dossier a été abandonné et classé sans suite, faute de témoins. Ça ressemble au crime presque parfait. Qu'en dis-tu, Pierre ?

Il se redresse du mieux qu'il peut pour lui tenir tête.

— Ce qu'elle a fait, c'était pour l'argent, pas pour toi. Ta mère était une tique et tu n'étais pour elle qu'un moyen de se remplir les poches.

La gifle envoie valser sa tête de gauche à droite.

— Et moi, tu y as pensé quand tes doigts serraient son cou, quand tu lui as brisé la mâchoire et les côtes à coups de pied, quand tu l'as enterrée, à poil dans son ciré rose et ses bottes ?

— …

— Bien sûr que non. Je ne comptais pas. J'étais la petite, la gêneuse, celle qui aurait dû y rester. Sauf que j'ai survécu. À Rita, à l'ordure qui venait chaque semaine me tripoter chez elle, aux questions des flics, aux thérapies de l'hôpital psychiatrique, aux foyers miteux dans lesquels j'ai attendu ma majorité, au brouillard qui a gelé mes souvenirs d'enfance après ma fuite. Tout cela, je l'ai vaincu, Pierre ; et mon combat m'a menée jusqu'à toi. Ça fait un bail que je te surveille et que je guette mon heure. Depuis que Rita s'est confessée.

— Alors tout ce cirque, c'est à cause de cette vieille corneille ? marmonne Pierre. Même pas capable de la boucler avec tout le fric que je lui refile depuis quatre ans.

— Rita ne t'a jamais fait chanter. C'est moi qui ai été lésée par ton choix. C'est à moi que tu dois réparation.

— Les enveloppes noires, intervient Emmy. C'est elle qui les envoyait. J'en ai reçu aussi.

Sombre mime un applaudissement caricatural à l'adresse d'Emmy et se tourne à nouveau vers Pierre sans cesser de faire jouer la lame du cran d'arrêt.

— Tu as tué ma mère, tu m'as séparée de ma sœur et jetée dans les griffes de Rita. Ça fait au moins trois raisons de passer à la caisse.

— Je refuse d'endosser ce que tu as vécu chez cette femme. Je ne savais même pas qu'elle t'avait récupérée.

— Récupérée en effet, explose Sombre, comme une chose, une sorte de garantie ou de monnaie d'échange. Encore un malheur que je te dois !

— Je… je ne comprends pas.

— Tu crois que Rita m'a reprise par affection, par pitié peut-être ? La vérité est plus sordide, Pierre, plus conforme à ce que ton arrogance et ton égoïsme ont déclenché. Ma mère et Rita avaient prévu de partager le fric que tu allais cracher pour préserver ton petit monde. Vu qu'elle n'avait plus de nouvelles, Rita a fini par penser qu'elle s'était fait doubler. Elle l'avait mauvaise quand elle a débarqué dans le taudis où on habitait, surtout que personne n'a pu lui dire où Mariléna était passée. Quand elle m'a repérée au milieu des autres gosses, elle s'est dit qu'à défaut d'être mignonne et bien portante, je pouvais toujours servir… Par exemple à récupérer sa part du gâteau, des fois que son associée se repointerait. Mais Mariléna n'a plus donné signe de vie. Et pour cause ! À force de fouiner et de poser des questions, Rita a appris que ma mère avait touché un paquet de billets et qu'elle avait émigré en Angleterre.

Sombre marque une pause, reprend :

— Une fausse rumeur que tu as répandue toi-même, pour brouiller les pistes et couvrir tes traces.

Pierre ne nie pas. Ne défie plus. Les épaules voûtées, il attend la suite.

— Ça n'a pas plu à Rita, tu t'en doutes. Doublement baisée par la Roumaine, vu que je lui restais sur les bras. Avec le temps, elle s'est habituée à moi comme à un animal de compagnie. Elle prétend même m'avoir aimée, tu parles ! Quand un corps en ciré rose a été découvert, elle a eu des soupçons. Elle a d'abord pensé à te dénoncer ou à te faire chanter, mais elle a renoncé. Après tout, ça n'avait pas réussi à Mariléna et elle-même n'était pas la blanche colombe de l'histoire.

— Et mon autre mère, celle qui m'aimait, quelqu'un peut me dire ce qui lui est arrivé ? s'énerve soudain Emmy. Est-ce que son accident a un lien avec toute cette horreur ?

Le visage de Pierre s'affaisse d'un seul coup. Il paraît vieux et malade.

— Le jour où je devais retrouver Mariléna pour lui donner l'argent…

— Tu veux dire, le jour où tu l'as assassinée, rectifie Sombre.

— Louise a fouillé mon bureau. Je le sais, car les papiers étaient en vrac quand je suis rentré et je n'ai pas pu remettre la main sur la lettre de menace écrite par Rita. J'ai appris par la suite qu'elle avait cherché à me joindre au bureau, qu'elle semblait paniquée. Bien entendu, personne n'a pu lui dire où je me trouvais. J'ignore ce qui s'est passé dans sa tête, Louise restait psychologiquement fragile. Elle a dû t'embarquer dans la voiture pour te cacher. Je préfère ne pas imaginer dans quel état elle se trouvait quand elle a pris le volant.

Emmy assimile au ralenti, dépassée par la quantité d'informations à absorber, par la chaîne de malheurs qui a découlé du choix de Pierre. Par l'obstination de sa jumelle à retrouver les responsables, à les faire payer. Elle entend à peine Pierre terminer ses aveux.

— L'enquête a tourné court, faute de renseignements et de témoins. Les circonstances du décès de Louise ont créé autour de nous un élan de compassion. On nous plaignait, on nous soutenait, on me proposait de l'aide. Tu étais officiellement ma fille, tu es restée avec moi.

Il tourne vers elle un visage éteint :

— Je lui avais offert un enfant pour qu'elle ait envie de vivre, Emmy, comment aurais-je pu t'aimer après ce qui est arrivé ?

Sombre arpente la pièce à grands pas, prise d'une sorte de transe.

Pardonner n'est pas une option. Elle le sait depuis le jour où l'idée du Plan a germé. Le chemin est à sens unique. Pas d'embranchement ni de déviation possible, malgré les gènes partagés avec Emmy et la complicité inattendue des derniers mois. Malgré les remords tardifs de Pierre, ses tentatives pitoyables de se disculper. Il faut aller au bout, pour se libérer enfin de la colère, de l'injustice, de la voix qui lui blesse les tympans. Pour commencer à vivre autrement, peut-être. Sombre se tourne vers sa sœur :

— Quand j'ai appris quelle enfance il t'avait réservée, j'ai compris que le Plan ne serait complet qu'avec toi. Aucune de nous n'a été choyée comme elle le méritait. Il nous a volé notre mère, séparées, nous a condamnées à la solitude alors que nous aurions pu nous consoler. Il fallait que tu sois avec moi pour le punir.

— Le meurtre de Mariléna n'est pas encore prescrit, murmure Emmy. Ce n'est pas à nous de lui rendre justice.

— Il ne s'agit pas seulement d'elle. C'est à toi qu'il appartient de rétablir l'équilibre qu'il a rompu entre nous, au nom du sang partagé et des mois vécus côte à côte. Bien sûr, c'est plus commode de me traiter de folle ou de psychopathe. Ça te permet d'éluder ta responsabilité : c'est parce que tu as été élue que je suis devenue celle que je suis. C'est parce que tu m'as empêchée de prendre ma place dans le ventre de notre mère que je suis née trop petite pour répondre à ses exigences. Le temps de la neutralité est passé, Emmy : prouve que tu es de mon côté et venge-moi.

Emmy regarde le couteau que lui tend Sombre. Ce n'est pas possible, elle ne peut tout de même pas espérer ça.

— Elle est cinglée, marmonne Pierre d'une voix épuisée. Ne rentre pas dans son jeu.

— Tu aggraves ton cas, Pierre.

Le couteau décrit un arc de cercle et entaille largement la chair de l'épaule. Il hurle, se tasse sur sa chaise, à demi conscient. L'odeur du sang envahit la pièce, sordide répétition de leur récente dispute. Emmy détourne la tête et retient un haut-le-cœur. La respiration de Pierre est devenue chaotique. Il faut qu'elle lui dise tant qu'il est encore temps.

— Je regrette qu'on se soit manqués, papa, murmure-t-elle d'une voix brouillée.

Il ne réagit pas, mais elle croit le voir cligner des yeux.

— Tu choisis son camp ? Après tout ce que je t'ai appris ? Après ce que j'ai fait pour toi ?

Une terreur sourde tord les entrailles d'Emmy. Son corps est couvert de sueur et son cœur bat jusque dans ses chevilles, à grands coups frénétiques. Elle ne sait plus que dire, quels mots apaiseraient sa sœur, leur permettraient de sortir en vie de cette pièce. Cette soirée est sans issue. Soudain, elle est au-delà de la peur, au-delà de la fatigue et du dégoût.

— Je ne sais pas si tu es née comme ça ou si ce sont les circonstances qui t'ont rendue dingue, mais moi, je ne suis ni une justicière ni une meurtrière. Je ne tuerai personne. Jamais.

— On est du même sang, tu n'es pas meilleure que moi. Mais j'aurais dû me douter que tu n'assumerais pas. Tant pis pour toi !

* * * *

15

Sous la joue d'Emmy, le sol est dur et froid. Sa vision est brouillée, sa bouche sèche, ses muscles en coton et son cerveau en bouillie. L'inventaire des informations à sa disposition s'avère laborieux : le tic-tac de l'horloge, les tommettes rouges de l'entrée, les pieds moulurés du secrétaire en merisier, une odeur prégnante, métallique, associée à un parfum de cire… des bougies ? À ses côtés, le couteau africain de son père, dont la lame maculée de brun lui arrache un gémissement terrifié. Incrédule, le souffle court, Emmy contemple ses mains rougies. Son estomac se contracte et se vide en quelques haut-le-corps douloureux qui la laissent épuisée et tremblante face à une vision étrangement nette : Pierre ; entravé et avachi sur sa chaise, une large tache sombre sous sa gorge béante.

À quatre pattes, elle s'éloigne du salon et gagne la cuisine où elle réussit à s'asseoir sur une chaise. Par petites gorgées, elle avale un demi-verre d'eau qui apaise sa nausée. Son épaule est sensible à l'endroit où Sombre lui a fait l'injection. La dose l'a assommée plusieurs heures durant, sans effacer les détails de leur face-à-face nocturne ni l'horreur par laquelle il s'est achevé.

L'effet de la drogue a été presque immédiat. Emmy se souvient du tangage de la pièce, de ses jambes molles, du visage de Sombre, penché sur le sien, de ses ordres, déformés par un écho grotesque. Elle revoit les mains dénouant ses liens, glissant le couteau dans sa paume, la poigne guidant son geste. Et la voix – affreuse et dissonante –, qui continuait à la persécuter.

« On doit le faire ensemble, c'est ce que prévoit le Plan. Si tu t'étais comportée loyalement, nous en serions restées là. Mais tu m'as trahie et toute trahison a son prix. Je n'en ai pas fini avec toi. »

Y a-t-il eu bagarre ? Y a-t-il eu des cris ? Elle ne garde pas souvenir de la lame pénétrant la chair, pas plus que du sang versé. Peut-elle affirmer pour autant que sa main est étrangère à cette barbarie ?

— Je ne l'ai pas tué. Je ne suis pas une meurtrière. C'est une mise en scène.

Elle prononce les mots à voix haute, s'applique à détacher les syllabes, les répète pour mieux s'en convaincre, sans y parvenir tout à fait. Comment dès lors espérer en persuader la police ? Impossible ! Que ferait Léna dans sa situation ?

« La confiance est l'apanage des faibles, martèlerait-elle. Je ne fais confiance à personne, j'applique ma propre loi. Et j'ai toujours le dessus. »

Léna, sa jumelle, sa sœur de sang. Emmy frissonne, tandis que la réalité s'impose peu à peu à son esprit engourdi. Seule, elle est seule. Personne ne la croira. La police la soupçonnera d'abord. C'est tellement plus évident. Tout le monde sait qu'ils ne se supportaient plus, son père et elle. Sans parler de ses empreintes, partout, alors que Léna n'aura pas laissé un cheveu derrière elle, pas une goutte de sueur. Ils vont la mettre en garde à vue, l'interroger pendant des heures, vérifier chacun de ses mots, la garder en cellule, alors que le vrai danger est dans la nature, libre de peaufiner ses manigances. Elle sait de quoi l'autre est capable, mais eux, comment pourraient-ils imaginer ? C'est elle qu'ils vont prendre pour une folle. Sans doute est-ce cela, son Plan. Mais la suite ? Qu'a-t-elle prévu pour la suite ? Emmy est face à l'abîme. Pourquoi suis-je encore en vie ? Comment vais-je devoir payer ? Qu'a-t-elle voulu dire par « je n'en ai pas fini avec toi » ? La liste des questions s'allonge, interminable. Emmy coupe court, s'approche de l'évier et attrape la brosse et le liquide vaisselle. Elle passe ses mains sous le jet d'eau, nettoie et frotte méticuleusement, des ongles jusqu'aux coudes. Elle y met tout son désespoir, ne s'arrête que lorsque sa peau crie grâce. Reste à évacuer ses vêtements tachés de sang.

Ses idées s'éclaircissent. Son père était un vieil homme solitaire et désagréable. Il y a peu de risques pour qu'il manque à quelqu'un dans l'immédiat. Cela lui laisse un répit, le temps de débusquer Léna, avant qu'elle ne mette en place le piège suivant.

« Toujours saisir la chance qui se présente et la tourner à ton avantage. Tu ne sais pas s'il y en aura une autre. »

Une dizaine de minutes plus tard, Emmy se glisse hors de la maison par la porte de l'arrière-cuisine qu'elle verrouille soigneusement. Les vêtements de sa mère, démodés et un peu larges, sentent le vieux grenier, mais cela fera l'affaire. Les lunettes de soleil ont un look vintage, presque dans l'air du temps. Au fond du jardin, derrière la haie passe une ancienne servitude qui n'est plus entretenue depuis des années. À moins d'un amateur de cross-country, elle pourra regagner la gare sans croiser personne.

Tout en écartant les ronces qui s'accrochent à ses bas, elle s'efforce d'entrer dans la tête de Sombre. Penser comme elle, entrer dans sa logique pour anticiper ses actes, la localiser, la neutraliser. Il n'y a pas d'autre alternative.

* * * *

La tête appuyée contre la vitre, Emmy regarde défiler le paysage. L'épuisement la rattrape, elle ferme les yeux, se concentre sur ses mains jusqu'à ralentir enfin leurs frottements compulsifs. Dans ce wagon bondé d'étudiants et de navetteurs, plongés dans leurs écrans pour la plupart, elle se sent protégée. Cette foule garantit bien mieux son anonymat qu'un wagon à demi vide dans lequel sa tenue risquerait de susciter la curiosité.

La poche de son blouson vibre. Un texto. Numéro masqué.

« As-tu déjà connu le manque ? Celui que rien ne comble, qui colle à l'âme. À perpétuité. »

Un frisson glacé la secoue, elle crispe les doigts sur la tablette, croise et décroise les genoux, heurtant ceux de l'homme en costume qui, face à elle, abaisse son journal et la dévisage. Le smartphone vibre à nouveau entre ses doigts.

« Bientôt ! »

Emmy entreprend de se lever. Elle profite du balancement du wagon pour se frayer un passage entre les corps ensommeillés et, sans un mot d'excuse, vise le sas où l'air doit être plus respirable. Il est plein lui aussi. Ne restent que les toilettes. Elle tape fiévreusement sur le clavier.

Étienne est sur messagerie. Après une attente musicale interminable, le secrétariat de son cabinet lui apprend qu'il plaide au tribunal et ne sera joignable qu'en début d'après-midi. Le téléphone émet un bip sinistre, annonciateur de sa prochaine extinction. Elle retient son souffle et compose le numéro de sa belle-mère. Françoise Delcourt décroche à la quatrième sonnerie. La froideur de son accueil ne la démonte pas. Sautant les politesses d'usage, Emmy va droit au but.

— Où sont les enfants ?

— Nous sommes en semaine, Emmy. Ils doivent être à l'école.

— Vous en êtes sûre ? Il faut aller les chercher.

— …

— Pardon de me montrer aussi directe, Françoise, mais il faut que vous y alliez. Maurice est avec vous ?

— Je suis seule et j'ai rendez-vous chez le coiffeur dans vingt minutes. D'où sort cette nouvelle lubie ?

— Je vous en supplie, Françoise, j'ai besoin de savoir qu'ils sont en sécurité.

— Ils sont à l'école, sous surveillance. Où êtes-vous ?

Le téléphone bipe une nouvelle fois, la voix de Françoise se coupe brièvement.

— S'il vous plaît ! Je n'ai pas le temps… ma batterie est presque morte. Promettez-moi d'y aller ! Gardez-les jusqu'à ce soir, dans la maison, pas dans le jardin. Prévenez Étienne ! Et si vous voyez quoi que ce soit d'anormal…

— J'ai compris, coupe sèchement Françoise. Je me mets en route. Mais vous devriez…

La conversation se coupe sur un triple bip. Emmy contemple l'écran opaque au creux de sa main et réalise qu'on frappe à la porte. Elle ouvre le loquet et fixe le contrôleur d'un air hébété.

Françoise a dit oui, c'est une femme de parole. Elle ira. Ses épaules se relâchent brusquement, les larmes de soulagement jaillissent enfin.

* * * *

Léna, Sombre, Magnus, Pierre, Max, Clara, Max, Clara. Max, Clara. Max et Clara. Max et Clara. Réfléchir. Ressasser. Remâcher. Son esprit harassé va et vient, part en vrille et rebondit contre les murs du bistrot. La salle est presque vide. Ce n'est plus l'heure du café, pas encore celle du déjeuner.

Devant elle, l'omelette se fige. Son regard accroche l'écran muet de la télévision accrochée en hauteur, tandis que les pointes de la fourchette agacent sa paume à vif. Tout est bon pour la distraire de son obsession.

En quittant la gare, elle est passée devant un commissariat. À l'écart de l'entrée, un flic fumait une cigarette, assis sur le dossier d'un banc. Il lui a adressé un signe de tête poli. Sa carrure mise en valeur par l'uniforme, l'arme accrochée à sa ceinture, son air de type bien… Déposer son histoire et ses angoisses entre les mains de quelqu'un qui saurait quoi faire, lâcher prise, donner le nom de Léna et son signalement, ses antécédents, implorer qu'on lance des recherches à l'échelle nationale.

« J'aurai toujours une longueur d'avance sur toi, je suis née comme ça. »

Le vertige est monté d'un seul coup, elle n'a rien mangé depuis vingt-quatre heures. Elle s'est remise en marche.

— Tout se passe bien, madame ? L'omelette est à votre goût ?

Emmy acquiesce. Son estomac se révulse lorsque la matière gluante et salée s'écrase sur sa langue. Les larmes aux yeux, elle déglutit, se contraint à respirer calmement pour dominer son dégoût.

« Bien joué ! Continue ! On ne lutte pas le ventre vide. »

Le serveur échange son assiette contre un café, tandis que le générique du JT laisse place au visage familier du présentateur. Emmy se raidit lorsque la maison de Pierre Renoir apparaît à l'image. Pas besoin des commentaires du journaliste, elle a compris l'essentiel : les flics ont découvert le corps. Au bas de l'écran, un numéro d'appel à témoins défile en continu. Une photo d'elle s'affiche, juste au-dessus. Elle dépose un billet sur la table, sort ses lunettes de soleil et quitte la salle sans terminer son café.

* * * *

À l'étroit dans la cabine du *call-center*, Emmy récapitule le discours qu'elle a préparé. Étienne décroche presque immédiatement, ne lui laisse pas le temps d'expliquer quoi que ce soit.

— Clara est avec toi ?

— … Elle est chez ta mère. Je lui ai demandé d'aller chercher les enfants à l'école ce matin.

— Elle y a été, juste après son rendez-vous chez le coiffeur. Elle a récupéré Maxime, mais Clara n'y était plus. On a essayé de te joindre, tu ne décrochais pas. T'es au courant pour la mort de ton père ? Les flics ont été prévenus par un appel anonyme. Emmy, dis-moi que tu n'as rien à voir avec tout ça !

La bouche en carton, Emmy vacille contre le mur de la cabine. Clara… envolée.

— Quand ont-ils remarqué son absence ?

— Un peu après la récréation du matin. Pourquoi as-tu demandé à ma mère de mettre les enfants à l'abri ? Qu'est-ce qui se passe, Emmy ? Qu'est-ce que tu as fait ?

— J'ai de gros ennuis, Étienne. Je ne sais pas par où commencer. Je devais t'en parler hier, mais…

— Tu es allée chez ton père, c'est ça ? Emmy, où es-tu ? Si tu sais quelque chose au sujet de la petite, tu dois aller trouver les flics. On ne joue plus, là ! C'est grave.

Parler. Perdre du temps. Encore. Alors que Sombre détient Clara.

— Garde Max près de toi. Ne le lâche sous aucun prétexte, pas d'une semelle, tu entends. Pas d'école, pas de baby-sitter.

— Putain ! Tu le fais exprès ou tu comprends pas ? Notre fille a disparu, ton père a été assassiné, tu es recherchée dans le cadre d'une enquête pour meurtre. Ton téléphone et tes cartes bancaires doivent être surveillés, c'est une question d'heures avant qu'ils te mettent la main dessus. Alors redescends sur terre et file dans le premier commissariat !

— Ça va prendre des plombes pour tout expliquer, on n'a pas le temps. Elle est dans la nature, avec Clara… Il faut que je l'arrête.

— C'est toi qui vas arrêter ! crie Étienne, excédé. Où est Clara ? Avec qui ? Puis, la voix posée, à nouveau : Dis-moi où tu es, je viens te rejoindre.

Oh ! Ce ton anormalement compréhensif et patient qu'il avait déjà du temps de sa liaison avec Nora lorsqu'elle le mettait au pied du mur et qu'il réfutait ses soupçons. « Il ment. Il pense que j'ai pété les plombs, que je suis dangereuse. Il va me balancer aux flics. »

Étienne croit savoir et maîtriser, mais il est à côté de la plaque. Elle n'a pas le temps de le convaincre de son erreur. Il n'y a qu'elle qui puisse sauver sa fille, arrêter Sombre. Elle seule sait comment pense sa jumelle. Personne d'autre ne peut comprendre, personne. En dehors de Magnus dont l'absence aujourd'hui lui confirme qu'elle a raison. Sombre ira au bout de son Plan, quel qu'en soit le prix, quelle que soit la victime. Une lame de terreur la balaie de haut en bas. Ne pas céder à la panique. Pas maintenant.

Anéantie, Emmy repose le combiné sur le socle et cherche l'appui de la paroi. Rester concentrée sur l'objectif : retrouver sa fille. Vite. Éliminer Léna. Définitivement. Mais comment faire, où chercher ? À qui se fier ? Elle aurait dû se douter qu'Étienne ne faisait pas partie des personnes dignes de confiance.

Étienne qui jadis baisait tranquillement Nora en jouant au bon père de famille l'autre moitié du temps.

L'illumination jaillit sous son crâne. Derrière le comptoir, la patronne feuillette distraitement un magazine féminin. Elle s'approche du comptoir, toussote pour attirer l'attention :

— Je dois consulter l'annuaire en ligne. C'est urgent.

* * * *

La clé a un peu de mal à tourner dans la serrure. La porte racle le carrelage et s'ouvre sur l'entrée étroite et familière. Une odeur de terre et d'humidité lui saute aux narines. Dans les bras de Sombre, la gamine est toujours endormie, ses petites mains potelées serrées autour du ventre de Poppy. Avec la dose qu'elle lui a refilée, Clara en a pour un moment. À l'école ce matin, la petite l'a reconnue sur-le-champ : « Tu es la dame de la pêche aux canards », a-t-elle gazouillé de sa voix de bébé. Si confiante, si facile à manipuler et à attirer à l'écart du groupe. Clara a gobé ses mensonges et accepté de la suivre, mais elle a exigé de voir Poppy dont la tête rouge dépassait du sac à dos. Elle ne l'a pas lâchée depuis. Sombre se défait de son sac et gravit l'échelle de meunier qui mène au grenier. Elle pose la petite fille sur le matelas, étend sur elle une couverture qui sent la poussière. Au bout du lit, elle laisse un paquet de biscuits et un berlingot de jus d'orange et verrouille la trappe avant de quitter la pièce.

Tout en redescendant l'échelle, elle fait le point sur la situation. Le chantier de rénovation en cours sur le site de l'abbaye la prend au dépourvu. Elle n'avait pas prêté attention aux affiches annonçant la rénovation la dernière fois qu'elle est venue. Distraction regrettable. Pourvu qu'aucun ouvrier ne s'avise de venir faire un tour jusqu'à la maison pour chercher de l'eau ou de l'électricité. En dehors de cela, les risques sont minimes. Elle a garé la voiture de Joubert le long d'un chemin isolé et terminé le trajet à pied, son poids plume dans les bras. Cette nuit, elle ressortira pour la déplacer. Une belle bagnole comme celle-là aura vite fait d'attirer l'attention sur un chemin de campagne. Et puis, il faudra aussi qu'elle décide du sort de Clara. La garder en vie est dangereux, compliqué. On ne part pas en cavale avec un gosse. S'en débarrasser… Un désagréable frisson se coule dans son dos. La précipitation ne lui réussit pas. Il faut qu'elle dorme. Les choses s'éclairciront ensuite. Agir à froid, dans la maîtrise et le calme. C'est la clé.

Elle pénètre dans la chambre, se débarrasse de ses bottes et de son jean avec un soupir de soulagement. Le papier peint fleuri, le crucifix au-dessus de la porte, les photos fanées au mur, le couvre-lit en chenille vert pâle. Rien n'a bougé depuis son ultime confrontation avec Rita. Quatre ans déjà que la vieille lui a confessé la version complète de son histoire. Elle a demandé pardon, elle a aussi pleuré et supplié. Cela ne l'a pas sauvée.

La fatigue la rattrape, déferle dans son corps courbatu. Elle s'écroule sur le lit, laisse échapper un rire las. Elle est presque au bout du chemin et c'est à Poppy qu'elle le doit. Vingt-cinq ans sans jamais avoir été séparées, pas une seule journée. Elle a failli la reprendre à Clara lorsqu'elle l'a déposée au grenier, s'est dit que la présence de la poupée rassurerait la petite au réveil. N'est-ce pas Poppy qui la rassure et la protège depuis toujours ? Surprenante continuité des choses. Le sommeil la gagne peu à peu, l'emporte vers un endroit où elle est libre. De son passé, de tous les Plans du monde. Un endroit où Magnus est en vie.

* * * *

La femme qui ouvre la porte à Emmy est élégante et mince dans son peignoir de soie rouge. Séduisante, certes, mais pas autant que les photos prises par Étienne ne le laissaient penser. Nora ne l'invite pas à entrer. Ses yeux gris s'écarquillent sous l'effet de la surprise lorsqu'elle reconnaît sa visiteuse. Les traits fermés, elle ne s'écarte pas.

— Qu'est-ce que vous voulez ?

— Il faut qu'on parle de Léna.

Nora secoue vigoureusement la tête. Son visage se défait. Emmy y distingue quelque chose qu'elle reconnaît pour l'avoir longtemps côtoyé de près : la peur.

— Ça fait un moment que je ne l'ai pas vue. Je n'ai rien à vous dire.

Emmy la bouscule, s'engouffre à l'intérieur et referme la porte. Autour d'elles, une multitude de miroirs reflètent leurs silhouettes hostiles. Nora resserre son peignoir sur son décolleté parsemé de taches de rousseur, repousse en arrière ses longs cheveux cuivrés. Elle s'efforce de paraître calme, mais Emmy note la main aux ongles laqués qui joue nerveusement avec la boucle d'oreille. Comment faire tomber le mur ? Vaincre l'ancienne loyauté, la peur des représailles.

— Elle vous a utilisée pour me prendre mon mari. Et elle a pris ma fille… enlevée ce matin, à l'école. C'est cette femme-là que vous protégez, Nora ! Il faut que vous le sachiez !

Sa voix dérape dans les aigus. Emmy serre les poings au fond de ses poches. Quelque chose à l'intérieur d'elle se débat, voudrait hurler, pleurer, griffer le visage de celle qui persiste à se taire au lieu de l'aider.

— Pourquoi Léna voudrait faire du mal à Clara ? reprend enfin celle-ci. Ça n'a aucun sens.

Le prénom de sa fille a tremblé dans la bouche de Nora. La brèche est là, Emmy s'y précipite.

— Vous la connaissez aussi bien que moi ! Vous savez que ses raisons ne relèvent pas de la logique. S'il lui arrive quelque chose et que vous aviez les moyens de l'empêcher, je veillerai à vous le faire payer.

Nora pâlit, prend appui contre la console du vestibule. Pas facile de trancher entre deux partis, d'évaluer deux risques.

— Je ne veux pas être mêlée à vos histoires. J'ai vu les nouvelles ce midi… C'était votre père ?

— Oui, et vous savez qui est à l'origine de cette boucherie. Je dois la localiser au plus vite, retrouver Clara.

Les doigts de Nora nouent et dénouent le cordon du peignoir. Elle ouvre la bouche, se ravise. Se décide enfin :

— Elle est passée tôt ce matin. Seule. Elle avait l'air claquée, de mauvaise humeur. Je n'ai rien demandé. Léna préfère poser les questions que d'y répondre, c'est une chose que j'ai apprise. Elle a pris une douche et un café, m'a emprunté des vêtements et elle est partie. Je ne sais pas où elle est et je n'imaginais pas… Je vous jure que c'est vrai. Si je m'étais doutée qu'elle mijotait quelque chose contre vos enfants, j'aurais prévenu Étienne. Vous me croyez ?

Emmy acquiesce, une boule dans la gorge. La déception est immense. Elle est venue ici sur une intuition, elle a joué son va-tout. Si Nora n'a rien à lui dire, personne ne pourra l'aider.

— Vous avez prévenu la police pour les menaces ?

— Trop de bla-bla et de procédures. C'est à moi de régler ça. De l'éradiquer de ma vie.

— Vous parlez comme elle !

Emmy hausse les épaules. Libre à Nora de penser ce qu'elle veut. L'important est de trouver le fil qui la mènera jusqu'à Sombre et Clara.

— Que puis-je faire pour vous aider ? finit par lâcher *l'escort girl* dans un soupir résigné.

— J'ai besoin de vêtements moins voyants, d'une voiture…

L'eau chaude ruisselle sur ses épaules, détend ses muscles noués. Ça lui fait du bien. « Ne baisse pas la garde. Pense à Clara ! » Emmy tourne le robinet à fond vers la droite et ne peut retenir un cri lorsque l'eau froide l'éclabousse. Grelottante, elle sort de la douche et se réchauffe au souffle du sèche-cheveux avant d'enfiler la perruque blond platine que Nora a posée pour elle sur la tablette du lavabo. Dans le miroir, une Barbie l'observe, pareille à une autre poupée – mêmes lèvres serrées, même regard meurtrier, seule la couleur des cheveux diffère. Emmy fouille dans le sac-poubelle contenant les vêtements mis à disposition par Nora : un survêtement foncé, un blouson de cuir noir, des gants, parfait ! Dans le sac, ses doigts accrochent une masse molle et laineuse : de fausses dreadlocks, un blouson en jean… Elle déverse le contenu sur le carrelage, un aérosol de Ventoline s'échappe d'une poche. Elle le secoue : il est presque plein. Date de péremption lointaine, prescription manuscrite recopiée sur l'étiquette. Mais ce qui lui importe est écrit en tout petit, au bord de l'autocollant : Pharmacie de la Place, à Sainte-Maure.

* * * *

Ils sont là tous les quatre, alignés sagement : Pierre, Joubert, Étienne et Magnus. Pierre tend l'index vers Emmy et parle le premier : « Parce qu'elle est plus apte à survivre. » « Parce qu'elle n'est pas cinglée », enchaîne Joubert en la désignant à son tour. « Parce qu'elle est une mère », poursuit Étienne en imitant leur geste. « Parce que je l'aime », achève Magnus, et sa main tendue vers Emmy fait à Sombre l'effet d'un coup de couteau.

Son cri la réveille. Sous ses fesses, la terre battue est humide. Le souffle court, Sombre attend que s'apaisent les pulsations frénétiques de son cœur. Comment a-t-elle atterri ici, dans l'odieux cagibi aux araignées ? Elle se souvient s'être endormie dans le lit de Rita.

L'air entre et sort de sa gorge avec un chuintement rauque. Les crises se font plus fréquentes ces temps-ci et la sensation d'étouffement lui paraît chaque fois plus aiguë. Elle se traîne hors du cagibi, regagne la chambre. L'aérosol acheté la semaine précédente ne se trouve pas dans la poche habituelle. À court d'haleine, Sombre retourne le sac à dos sur le lit, fouille en vain. Elle étouffe, halète, cherche l'air. « Calme-toi ! Ça va passer, ça finit toujours par passer. » Ne pas s'affoler, ne pas s'agiter. Allongée sur le lit, les yeux rivés au plafond, elle se contraint à respirer par le ventre, récite l'alphabet à l'endroit, puis à l'envers. Petit à petit, le ronflement de ses poumons s'atténue, l'étau se desserre. Sombre s'assied, masse ses muscles raidis. Elle a gagné. Encore.

Plus de bruit ni de mouvement du côté du chantier, les ouvriers doivent être partis. Son estomac brûle. Le frigo est vide et elle n'a pas réussi à manger quoi que ce soit chez Nora ce matin. Elle plonge le nez dans le foulard de Magnus, y cherche son odeur. Elle s'atténue déjà, bientôt, ce ne sera plus qu'un morceau de tissu bleu. Il ne lui restera alors de son amant que quelques photos dans son téléphone. Un téléphone dont elle devrait s'être débarrassée depuis longtemps. Le conserver, même éteint, représente un risque non négligeable. Le genre d'attitude qui ne lui ressemble pas, pas plus que de se laisser aller à la nostalgie et aux regrets. Sombre enfonce ses ongles dans la cicatrice en étoile de sa hanche. La douleur la transperce, la distrait un instant de sa souffrance intime. Demain, elle jettera le téléphone et commencera à oublier Magnus. Demain… Elle ne veut pas penser à demain.

Un bruit inhabituel lui fait tendre l'oreille. Elle met un instant avant d'identifier des pleurs. La petite est réveillée. Déjà ? Le ventre noué, Sombre gravit à nouveau l'échelle, frappe contre la trappe.

— Arrête de chouiner ! Qu'est-ce que t'as ?

— Mal au ventre, gémit Clara. Veux aller à la toilette.

Sombre se mordille les lèvres avec nervosité. L'idée de toucher à nouveau la gamine lui flanque la chair de poule. De l'autre côté, celle-ci pleure soudain plus fort. Sombre déverrouille la porte en hâte. L'odeur la prend au nez dès qu'elle passe la tête dans la pièce. Âcre et puissante. Clara pousse un cri de frayeur et se rencogne au bout du lit. Son regard liquide et ses lèvres tremblantes sont un aveu. Sombre laisse échapper une exclamation de dégoût. Les draps et l'oreiller sont souillés, il y en a partout. Elle aurait dû penser à laisser un seau dans la chambre. Trop de choses en tête. Perplexe et furieuse, elle contemple les jambes sales de la petite, son visage mouillé de larmes et de morve.

— T'es vraiment dégueulasse.

— C'est venu trop vite, pleurniche Clara.

— Pas question que je m'occupe de ça. Tant pis pour toi.

La laisser mariner dans ses déjections, que ça lui serve de leçon. C'est ce que Moune aurait fait. Et pour arrondir le compte, elle l'aurait gratifiée d'une gifle bien sentie. Sauf qu'elle n'est pas Moune. Elle est Sombre, celle qui rend justice, punit les coupables et élimine les gêneurs. La jeune femme revient dans la chambre, emballe Clara dans la couverture et l'empoigne à bout de bras. Elle est légère comme un moineau, sa peau est si fine qu'on voit les veines au travers. Sans un mot, elle redescend l'échelle, l'emmène à la salle de bains et la dépose dans la baignoire.

— Déshabille-toi !

Clara a des jambes en bâtons de mikado, des bras comme des brindilles. Une fente aussi minuscule que celle d'une tirelire. Si petite, une version miniature d'Emmy. La jeune femme déglutit, fait couler l'eau.

— T'es fâchée ?

— Lave-toi. Ça, tu sais le faire toute seule au moins ?

Clara secoue la tête avec une moue pitoyable. Sombre fait mousser le savon sur le gant de toilette et lui nettoie les jambes. Sous l'eau froide, la peau de la fillette prend une vilaine teinte bleutée. Sombre l'enroule dans une serviette, la frictionne avec rudesse et l'écoute pleurer tout bas. Pleurer. Si seulement elle y arrivait. Ça la soulagerait peut-être, éteindrait le feu qui couve à l'intérieur. Clara renifle et se calme peu à peu, pose la tête sur son épaule sans remarquer son mouvement de recul, attrape entre ses doigts une mèche de cheveux rouges.

— Rouze comme Poppy, zézaie-t-elle en suçant son pouce.

Les enfants sont plus malins qu'on ne le pense. À qui appartient-il de veiller sur l'innocence qui les protège de la laideur du monde ? Les jambes soudain flageolantes, la jeune femme se laisse glisser sur le carrelage, la petite sur ses genoux.

— Moi aussi rouze, ajoute Clara en désignant une cicatrice couverte de Mercurochrome sur son genou.

Les digues de Sombre cèdent sous un tsunami de sanglots secs et silencieux. Les épaules secouées de spasmes violents, elle presse l'enfant contre elle sans parvenir à se reprendre. L'innocence de Clara ne rachètera pas celle qu'on lui a volée jadis. La souffrance d'Emmy n'apaisera pas la sienne, la mort de Pierre ne répare pas l'injustice de son choix, pas plus que celle de Moune n'a effacé les gifles et les punitions. Sans les bras et les mots de Magnus, sans la fragilité et l'amitié d'Emmy, il ne reste rien pour adoucir les angles de sa vie brisée, plus aucun miroir pour lui renvoyer une image supportable. Ne subsistent que la colère et l'envie d'en découdre qui la consumeront jusqu'à la fin, jusqu'à ce qu'elle devienne Cendre. Éteinte et dispersée aux quatre vents, ultime forme d'équilibre, d'apaisement.

* * * *

« Sainte-Maure 3 km », affiche le panneau indicateur.

Le nom ne lui était pas inconnu. Où l'avait-elle entendu ? Dans quel contexte ? C'était là, au bout de sa langue, mais impossible de s'en souvenir. La deuxième occurrence de la recherche effectuée sur l'ordinateur de Nora l'avait renvoyée à un fait divers vieux de treize ans. Emmy avait cliqué, reconnu l'édifice religieux dont le clocher avait été arraché par les vents. C'est de là qu'elle connaissait le nom de la localité. Les confidences de Magnus dans la cour de l'école lui étaient revenues, les connexions s'étaient enchaînées : le documentaire télévisé qui avait bouleversé Léna, le premier meurtre de Sombre, le parc de l'abbaye sans clocher, et la petite maison dans laquelle il l'avait retrouvée…

Se rendre là-bas, retrouver cette maison. Parce qu'elle a besoin de faire autre chose que d'attendre, parce qu'elle va perdre la raison si elle ne fait rien. Rien ne dit que Sombre y ait emmené Clara, sauf qu'en situation critique, l'oiseau retourne au nid, même s'il n'a pas été mœlleux et qu'il l'a jadis fui. N'est-ce pas ce qu'elle-même a fait en retournant chez Pierre Renoir, quelles que soient les raisons qu'elle s'est données ce soir-là ? Pas pour y retrouver de l'affection, non. Parce que le nid demeure inévitablement associé à l'illusoire impression de sécurité qu'éprouvent les enfants. Sombre a beau fonctionner selon une logique particulière, elle a été une petite fille. La maison de Sainte-Maure est son nid.

Son cœur se crispe d'angoisse lorsqu'elle imagine sa fille dans ces murs, entre ces mains sans compassion, œuvrant à la réussite d'un Plan cinglé. Il n'est pas trop tard. Elle peut encore la sauver. Toute autre hypothèse est insupportable, risquerait de la rendre folle sur-le-champ, inefficace. Pour affronter Sombre, elle a besoin de croire que Clara va bien.

La voiture de Nora traverse la localité endormie et suit les panneaux menant à l'abbaye. Elle gare la voiture sur le parking désert, le plus loin possible des réverbères. Le jour finit de tomber et l'obscurité envahit lentement le parc. Les contours des bâtiments qui se découpent dans la pénombre naissante lui évoquent un gigantesque navire en cale sèche. Tout est tranquille, immobile. Un petit vent frais agite les feuilles avec un bruit de rivière. Plusieurs Bobcat, une excavatrice et d'imposants tas de terre et de briques encerclent d'énormes trous en cours de comblement. Fameux chantier ! Il y aura du monde demain matin, il faudra avoir disparu avant l'arrivée des ouvriers. Emmy ôte la perruque devenue inutile et l'abandonne dans le coffre de la voiture. Ce round-là, elle le mènera à visage découvert. Puis elle allume sa torche et, prenant soin de la diriger vers le sol, s'enfonce entre les arbres. Elle a la nuit pour elle. Elle trouvera.

Une lumière brille entre les bosquets avant de disparaître. Emmy éteint sa lampe, s'approche et touche une barrière à la peinture écaillée qu'elle franchit sans bruit. Immobile, elle écoute dans le noir, apprivoise l'épaisseur du silence et les ombres alentour. Dans les herbes s'esquisse un chemin plus clair, qu'elle suit au jugé. Un bâtiment. Une porte. Fermée à clé, bien sûr.

Emmy fait le tour de la bâtisse, repère une fenêtre au carreau fendu. Enfile les gants et descelle en douceur le morceau brisé, passe la main et ouvre les battants. Le bruit qu'elle vient de faire doit avoir réveillé les morts endormis dans le cimetière de l'abbaye, mais à l'intérieur, rien ne bouge. Elle remonte la fermeture Éclair du blouson, enjambe l'appui de fenêtre. En douceur, elle pose un pied, puis l'autre sur le linoléum, le cœur cognant sourdement entre ses côtes. Si elle se trompait ? Non, son instinct lui crie d'avancer.

Elle se trouve dans ce qui ressemble à une arrière-cuisine. Progresse dans le noir, traverse à tâtons une cuisine, un salon, entrouvre une porte donnant sur un genre de cellier qui sent le moisi. Elle guette les bruits, espère un indice, n'importe lequel, qui lui confirmerait que sa vie n'a pas encore basculé. Au bout du couloir, deux portes. Une chance sur deux. Celle que choisit Emmy ouvre sur une salle de bains vétuste dont l'odeur infecte la fait reculer. Au-dessus d'elle, un gémissement enfantin troue le silence, immédiatement suivi d'un claquement bref qui la liquéfie sur place. Emmy fait volte-face, se heurte à Sombre.

Six mois entre ce choc et leur premier contact dans le hall de l'immeuble. Tant d'amitié, de complicité, de colère, de haine et de rancune entre-temps. Comme d'habitude, elles entament leur phrase au même moment.

— Tu n'aurais pas dû venir.

— Tu n'aurais pas dû la prendre.

Infidel dérape sur le cuir épais du blouson. Emmy attrape le poignet de sa jumelle, le tourne d'un mouvement sec, lui arrachant un cri. Le couteau valse sur le sol. Elles ne sont plus qu'une seule silhouette, agglutinées, cramponnées l'une à l'autre. Elles griffent, mordent, frappent. Se bousculent, glissent, tombent et roulent sur le sol. Sombre se redresse la première, s'assied sur le torse d'Emmy, les mains serrées autour de sa gorge. Ses bronches émettent un bruit de soufflet, mais elle ne lâche pas, les pouces appuyés bien à plat sur la trachée. La vue d'Emmy se brouille, se fragmente en millions de points noirs, ses forces s'échappent d'elle à toute vitesse. Pas moyen de lutter, de se débattre.

— Je ne voulais pas te tuer… seulement te faire mal… autant de mal que tu m'en as fait.

Sombre ne desserre pas son étreinte, cesse simplement d'appuyer. En dessous d'elle, Emmy demeure inerte, la tête basculée de côté, les yeux ouverts, la poitrine immobile. La respiration de Sombre est toujours aussi irrégulière et bruyante. Comme si elle cherchait en vain à aspirer l'air volé à sa jumelle.

Une éternité plus tard, elle détache les yeux du visage d'Emmy, pose un index tremblant sur sa carotide. Une ruade violente la renverse sur le côté. Sa tête heurte le rebord de l'évier en porcelaine avec un craquement écœurant. Sombre s'effondre lourdement sur le dos, les yeux flous. Un instant plus tard, la brûlure du couteau qui se glisse en profondeur sous ses côtes lui confirme que la partie est perdue. L'air ne parvient plus jusqu'à ses poumons, ses pensées s'enlisent, tournoient dans son cerveau égaré. Le sang libéré par la lame infidèle s'écoule dedans, dehors, n'importe où, au lieu de circuler dans ses veines. Elle ne parvient plus à ouvrir les paupières. Il faut pourtant qu'elle y arrive, qu'elle parvienne à regarder Emmy au fond des yeux. Il faut qu'Emmy sache. Elle y met toute son énergie.

Sa sœur est à ses côtés, recroquevillée comme la petite chose molle qu'elle était jadis. Mais les leçons ont porté : elle n'a pas lâché Infidel dont la lame poisseuse repose sur ses genoux, prêt à frapper encore. Ce ne sera pas nécessaire. La voix d'Emmy brise le silence, enrouée et vacillante.

— Il n'y a jamais eu qu'une place. Une seule place. Elle était pour moi.

Si elle le pouvait, Sombre sourirait. Sans elle, Emmy aurait-elle jamais osé prendre cette place qu'elle revendique aujourd'hui ? Ou serait-elle restée la chenille abjecte qu'elle a rencontrée ? Celle qu'on écrase d'un coup de talon, qu'on néglige et qu'on trompe, celle qui ne compte pas. C'est absurde, paradoxal, mais elle est fière du chemin parcouru par sa jumelle. Le carrelage est si froid, elle ne sent plus ses membres, elle flotte. Bientôt au-delà. Trouvera-t-elle la force de prononcer les mots qu'elle lui doit ? Avec effort, elle écarte les lèvres et tente d'aspirer un peu d'air. La douleur liée à l'effort manque de lui faire perdre conscience, quelques bulles rouges viennent éclater au coin de sa bouche. Emmy se penche vers elle, s'essuie les yeux et pose sur sa joue une main humide pour l'encourager. Léna rassemble ses forces, les yeux rivés à ceux de sa sœur. Une syllabe après l'autre, elle prononce :

— Pas meilleure… que moi.

* * * *

Emmy a attendu que le souffle saccadé de Sombre se soit tu avant de quitter la salle de bains. Puis, elle a escaladé l'échelle, déverrouillé la trappe. Clara a jailli du lit, s'est pris les pieds dans la chemise de nuit trop grande. Incapable de parler tout autant que de pleurer, Emmy a serré sa fille contre elle, l'a couverte de baisers fiévreux avant de l'aider à regagner le rez-de-chaussée et de l'allonger sur le divan aux coussins usés.

Sa fille refuse de lâcher la poupée de chiffon avec laquelle elle l'a trouvée. Inutile d'insister, elle se préoccupera de ce détail plus tard. Dans la chambre de Léna, elle trouve un portable et compose le numéro d'Étienne. Elle ne le laisse pas parler. Il a toujours trop parlé, son tour est venu d'écouter. Elle lui dit qu'elle est avec Clara, qu'elle est d'accord pour parler aux flics ; qu'il doit appeler la gendarmerie de Sainte-Maure et qu'elle les attend dans la petite maison au fond du parc de l'abbaye. Elle lui dit : « Je veux que tu sois mon avocat. J'espère que tu es aussi bon que tu le prétends ! »

Derrière la porte de la salle de bains, le corps de Sombre attend, allongé sous le couvre-lit en chenille vert. Les sirènes retentissent au loin. Ses doigts se referment sur Infidel, dans la poche intérieure du blouson en cuir. Elle sait ce que dirait sa jumelle : « Beau boulot ! Cette fois, tu es mûre pour voler en solo. »

Épilogue

Un an plus tard

Maman a déménagé. Elle habite un endroit tout petit, avec une seule chambre. Ça s'appelle un studio. Avec Maxime, ils habitent un peu chez papa et un peu chez maman. L'autre jour, Maxime a demandé à maman si elle était encore amoureuse de papa. Maman a répondu que c'était un grand avocat et qu'il avait fait du bon boulot. « Alors, a dit Maxime, pourquoi tu retournes pas habiter avec lui ? » Maman a déposé le couteau des pommes de terre, elle a rassemblé les épluchures dans un papier journal, puis elle a répondu que, peut-être, elle reviendrait un jour. Maxime, il voudrait bien. Elle, elle attend de voir.

Clara glisse la main sous l'oreiller, en ramène un morceau de chiffon mou et usé. Une poupée délavée aux cheveux de laine rose, avec des chaussettes rayées, une robe d'un jaune sale et un sourire en forme de cœur. Quand elle a vu Poppy dans la maison de la dame aux cheveux rouges, maman a d'abord dit que c'était un chiffon dégoûtant, qu'il fallait la jeter et qu'elle lui en achèterait une plus jolie. Clara a pleuré très fort, c'est Poppy qu'elle voulait. Maman a fini par dire oui, elle l'a seulement passée dans la machine à laver. Clara se demande si la dame aux cheveux rouges viendra un jour rechercher Poppy. Elle avait l'air de tenir beaucoup à sa poupée. Pourtant, elle les a abandonnées toutes les deux dans le grenier. Maman lui a expliqué qu'il n'y avait plus personne dans la maison la nuit où elle est venue la chercher. Clara se demande si c'est vrai et pourquoi les policiers sont venus et restés aussi longtemps dans la salle de bains. Les grandes personnes mentent souvent. Le truc, c'est qu'on ne peut pas savoir quand.

« C'est vrai, confirme Poppy, tu ne peux faire confiance à personne. Seulement à toi-même. »

— Et à toi aussi, Poppy.

Poppy sait plein de choses, sans doute parce qu'elle est déjà un peu vieille. Par exemple, le couteau dans le tiroir de maman, c'est Poppy qui lui a expliqué que maman en avait besoin pour se défendre, pour ne plus avoir peur.

« Raconte-moi pourquoi tu es triste. Tu sais qu'à moi, tu peux tout dire. Moi, je ne mens jamais. »

Les pupilles-bouton bleues la fixent patiemment de leur regard vide. Clara frotte son nez contre les cheveux roses. À l'oreille de Poppy, elle chuchote qu'elle a peur que maman retombe malade. Au début de sa maladie, maman pleurait beaucoup, elle était souvent fatiguée. C'était une maladie très grave, parce que ça lui a fait oublier qu'elle était une maman et ça a duré longtemps.

— Ta maman, la dame aux cheveux rouges, elle a peut-être attrapé la même maladie. C'est pour ça qu'elle t'a abandonnée. Tu n'as pas peur, toi ?

« Tu ne dois pas avoir peur, Clara. Je serai toujours avec toi. Croix de bois croix de fer, celui qui veut nous séparer, on l'envoie en enfer. »

* * * *

Merci…

À mon mari et mes enfants pour leur présence et leur confiance tout au long de ce projet.

À ma famille et mes proches pour leur écoute et leurs encouragements.

À Réjane, pour sa finesse d'analyse, ses interrogations pertinentes et ses conseils qui m'ont ouvert des pistes à explorer et permis d'aller plus loin dans l'écriture et le scénario. Nos conversations m'ont soutenue, stimulée et remise en question au travers des versions successives du manuscrit. Elles ont aussi permis aux personnages de Sombre et Emmy de se déployer et à ce roman d'évoluer pour quitter aujourd'hui sa chrysalide.

À Ariane, Arnaud, Laurence, Marie-Astrid, Maureen, Natacha, Noëlle et d'autres encore… pour leur amitié et leurs commentaires éclairants. Leur enthousiasme m'a donné envie de partager cette histoire.

À Franck Thilliez, président du jury de ce concours, ainsi qu'aux membres du comité de lecture des Nouveaux Auteurs pour leur lecture attentive, leurs remarques et suggestions judicieuses ainsi que pour l'accueil favorable qu'ils ont réservé à ce manuscrit.

À tous ceux qui, depuis le jour où j'ai entamé l'écriture de ce roman, ont pris des nouvelles de son avancement et m'ont fait part de leur envie de le découvrir. Leurs questions et leur intérêt m'ont poussée à aller au bout de l'aventure.

POCKET N° 15898

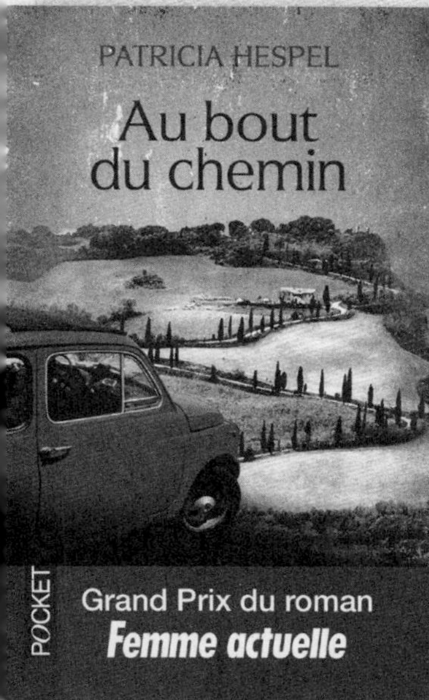

Une quête d'identité à trois pour tenter de prendre un nouveau départ...

Patricia HESPEL

AU BOUT DU CHEMIN

Ève prend la fuite le jour de son mariage. Sur la route, elle croise le chemin d'Émile, chauffeur routier au grand cœur, et d'Azraël, ancien champion de patinage artistique.
Avec ses acolytes, Ève part en direction de l'Italie à la recherche de la nounou de son enfance afin de démêler les secrets de sa naissance.

Cet ouvrage a été composé et mis en page
par PCA 44400 Rezé

Imprimé en France par Maury Imprimeur
en octobre 2018
N° d'impression : 231030

POCKET – 12, avenue d'Italie – 75627 Paris Cedex 13

Dépôt légal : avril 2018
Suite du premier tirage : octobre 2018
S28516/06